Вечера на хуторе близ Диканьки
Evenings on a Farm Near Dikanka
Николай Гоголь
Nikolai Gogol

Evenings on a Farm Near Dikanka
Copyright © JiaHu Books 2015
First Published in Great Britain in 2015 by JiaHu Books – part of
Richardson-Prachai Solutions Ltd, 34 Egerton Gate, Milton Keynes, MK5
7HH
ISBN: 978-1-78435-175-5

Часть первая
Предисловие к первой части

«Это что за невидаль: *Вечера на хуторе близ Диканьки?* Что это за вечера? И швырнул в свет какой-то пасичник! Слава Богу! еще мало ободрали гусей на перья и извели тряпья на бумагу! Еще мало народу, всякого звания и сброду, вымарали пальцы в чернилах! Дернула же охота и пасичника потащиться вслед за другими! Право, печатной бумаги развелось столько, что не придумаешь скоро, что бы такое завернуть в нее».

Слышало, слышало вещее мое все эти речи еще за месяц! То есть, я говорю, что нашему брату, хуторянину, высунуть нос из своего захолустья в большой свет — батюшки мои! — Это все равно, как, случается, иногда зайдешь в покои великого пана: все обступят тебя и пойдут дурачить. Еще бы ничего, пусть уже высшее лакейство, нет, какой-нибудь оборвавшийся мальчишка, посмотреть — дрянь, который копается на заднем дворе, и тот пристанет; и начнут со всех сторон притопывать ногами. «Куда, куда, зачем? пошел, мужик, пошел!..» Я вам скажу... Да что говорить! Мне легче два раза в год съездить в Миргород, в котором, вот уже пять лет, как не видал меня ни подсудок из земского суда, ни почтенный иерей, чем показаться в этот великий свет. А показался — плачь, не плачь, давай ответ.

У нас, мои любезные читатели, не во гнев будь сказано (вы, может быть, и рассердитесь, что пасичник говорит вам запросто, как будто какому-нибудь свату своему или куму), у нас, на хуторах, водится издавна: как только окончатся работы в поле, мужик залезет отдыхать на всю зиму на печь, и наш брат припрячет своих пчел в темный погреб, когда ни журавлей на небе, ни груш на дереве не увидите более, тогда, только вечер, уже наверно где-нибудь в конце улицы брезжит огонек, смех и песни слышатся издалеча, бренчит балалайка, а подчас и скрипка, говор, шум... Это у нас *вечерницы!* Они, изволите видеть, они похожи на ваши балы; только нельзя сказать, чтобы совсем. На балы, если вы едете, то именно для того, чтобы повертеть ногами и позевать в руку; а у нас соберется в одну хату толпа девушек совсем не для балу, с веретеном, с гребнями; и сначала будто и делом займутся:

веретена шумят, льются песни, и каждая не подымет и глаз в сторону; но только нагрянут в хату парубки с скрыпачом — подымется крик, затеется шаль, пойдут танцы и заведутся такие штуки, что и рассказать нельзя.

Но лучше всего, когда собьются все в тесную кучку и пустятся загадывать загадки, или просто нести болтовню. Боже ты мой! Чего только не расскажут! Откуда старины не выкопают! Каких страхов не нанесут! Но нигде, может быть, не было рассказываемо столько диковин, как на вечерах у пасичника Рудого Панька. За что меня миряне прозвали Рудым Паньком — ей-богу, не умею сказать. И волосы, кажется, у меня теперь более седые, чем рыжие. Но у нас, не извольте гневаться, такой обычай: как дадут кому люди какое прозвище, то и во веки веков останется оно. Бывало, соберутся, накануне праздничного дня, добрые люди, в гости, в пасичникову лачужку, усядутся за стол, — и тогда прошу только слушать. И то сказать, что люди были вовсе не простого десятка, не какие-нибудь мужики хуторянские. Да, может, иному, и повыше пасичника, сделали бы честь посещением. Вот, например, знаете ли вы дьяка Диканьской церкви, Фому Григорьевича? Эх, голова! Что за истории умел он отпускать! Две из них найдете в этой книжке. Он никогда не носил пестрядевого халата, какой встретите вы на многих деревенских дьячках; но заходите к нему и в будни, он вас всегда примет в тонком суконном балахоне, цвету застуженного картофельного киселя, за которое платил он в Полтаве чуть не по шести рублей за аршин. От сапог его, у нас никто не скажет на целом хуторе, чтобы слышен был запах дегтя; но всякому известно, что он чистил их самым лучшим смальцем, какого, думаю, с радостью иной мужик положил бы себе в кашу. Никто не скажет также, чтобы он когда-либо утирал нос полою своего балахона, как то делают иные люди его звания; но вынимал из пазухи опрятно сложенный, белый платок, вышитый по всем краям красными нитками, и, исправивши что следует, складывал его снова, по обыкновению, в двенадцатую долю, и прятал в пазуху. А один из гостей… Ну, тот уже был такой панич, что хоть сейчас нарядить в заседатели или подкоморие. Бывало, поставит перед собою палец и, глядя на конец его, пойдет рассказывать — вычурно, да хитро, как в печатных книжках! Иной раз слушаешь, слушаешь, да и раздумье нападет. Ничего, хоть убей, не понимаешь. Откуда он слов понабрался таких! Фома Григорьевич раз ему насчет этого славную сплел присказку: он рассказал ему, как один школьник, учившийся у какого-то дьяка грамоте, приехал к отцу и стал таким латыньщиком, что позабыл даже наш язык православный. Все слова сворачивает на ус. Лопата, у него лопатус; баба, бабус. Вот, случилось раз, пошли они вместе с отцом в поле. Латыньщик увидел грабли и спрашивает отца: «Как это, батьку, по-вашему называется?» Да и наступил, разинувши рот, ногою на зубцы. Тот не успел собраться с ответом, как ручка, размахнувшись, поднялась и — хвать его по лбу. «Проклятые грабли! — закричал школьник, ухватясь рукою за лоб и подскочивши на аршин. — Как же они, черт бы спихнул с мосту отца их, больно бьются!» Так вот как! Припомнил и имя, голубчик! — Такая присказка не по душе пришлась затейливому рассказчику. Не говоря ни слова, встал он с места, расставил ноги свои посреди комнаты, нагнул голову немного вперед, засунул руку в задний карман горохового кафтана своего, вытащил круглую под лаком табакерку, щелкнул пальцем по намалеванной роже какого-то бусурманского генерала и, захвативши немалую порцию табаку, растертого с золою и листьями любистка, поднес ее коромыслом к носу и вытянул носом на лету всю кучку, не дотронувшись даже до большого пальца, — и все ни слова; да как полез в другой карман и вынул синий в клетках бумажный платок, тогда только проворчал про себя, чуть ли еще не поговорку: *не мечите бисера перед свиньями»*... «Быть же теперь ссоре», — подумал я, заметив, что пальцы у Фомы Григорьевича так и складывались дать дулю. К счастию, старуха моя догадалась поставить на стол горячий книш с маслом. Все принялись за дело. Рука Фомы Григорьевича, вместо того, чтоб показать шиш, протянулась к книшу, и, как всегда водится, начали прихваливать мастерицу хозяйку. Еще был у нас один рассказчик; но тот (нечего бы к ночи и вспоминать о нем) такие выкапывал страшные истории, что волосы ходили по голове. Я нарочно и не помещал их сюда. Еще напугаешь добрых людей так, что пасичника, прости Господи, как черта все станут бояться. Пусть лучше, как доживу, если даст Бог, до Нового году и выпущу другую книжку, тогда можно будет постращать выходцами с того света и дивами, какие творились в старину, в православной стороне нашей. Меж ними, статься может, найдете побасенки самого пасичника, какие рассказывал он своим внукам. Лишь бы слушали, да читали, а у меня, пожалуй, лень только проклятая рыться, наберется и на десять таких книжек.

Да вот было и позабыл самое главное. Как будете, господа, ехать ко мне, то прямехонько берите путь по столбовой дороге, на Диканьку. Я нарочно и выставил ее на первом листке, чтобы скорее добрались до нашего хутора. Про Диканьку же, думаю, вы наслушались вдоволь. И то сказать, что там дом почище какого-нибудь пасичникова куреня. А про сад и говорить нечего: в Петербурге вашем, верно, не сыщете такого. Приехавши же в Диканьку, спросите только первого попавшегося навстречу мальчишку, пасущего в запачканной рубашке гусей: «А где живет пасичник Рудый Панько?» — «А вот там!» — скажет он, указавши пальцем, и если хотите, доведет вас до самого хутора. Прошу однако ж не слишком закладывать назад руки и, как говорится, финтить, потому что дороги по хуторам нашим не так гладки, как перед вашими хоромами. Фома Григорьевич, третьего году, приезжая из Диканьки, понаведался-таки в провал с новою таратайкою своею и гнедою кобылою, несмотря на то, что сам правил и что сверх своих глаз надевал по временам еще покупные.

Зато уже, как пожалуете в гости, то дынь подадим таких, какие вы отроду, может быть, не ели; а меду, и забожусь, лучшего не сыщете на хуторах. Представьте себе, что как внесешь сот — дух пойдет по всей комнате, вообразить нельзя, какой: чист, как слеза или хрусталь дорогой, что бывает в серьгах. А какими пирогами накормит моя старуха! Что за пироги, если б вы только знали: сахар, совершенный сахар! А масло, так вот и течет по губам, когда начнешь есть. Подумаешь, право: на что не мастерицы эти бабы! Пили ли вы когда-либо, господа, грушовый квас с терновыми ягодами или варенуху с изюмом и сливами? Или, не случалось ли вам, подчас, есть путрю с молоком? Боже ты мой, какие на свете нет кушаньев! Станешь есть — объеденье, да и полно. Сладость неописанная! Прошлого года... Однако ж, что я в самом деле разболтался?.. Приезжайте только, приезжайте поскорей; а накормим так, что будете рассказывать и встречному, и поперечному.

Пасичник Рудый Панько.

На всякий случай, чтобы не помянули меня недобрым словом, выписываю сюда, по азбучному порядку, те слова, которые в книжке этой не всякому понятны.

Банду́ра, инструмент, род гитары.
Бато́г, кнут.
Боля́чка, золотуха.
Бо́ндарь, бочар.
Бу́блик, круглый крендель, баранчик.
Буря́к, свекла.
Бухане́ц, небольшой хлеб.
Ви́нница, винокурня.
Галу́шки, клёцки.
Голодра́бец, бедняк, бобыль.
Гопа́к,
Горлица, } малороссийские танцы.
Дивчина, девушка.
Дивча́та, девушки.
Дижа́, кадка.
Дрибу́шки, мелкие косы.
Домови́на, гроб.
Ду́ля, шиш.
Дука́т, род медали, носится на шее.
Зна́хор, многознающий, ворожея.
Жи́нка, жена.
Жупа́н, род кафтана.
Кагане́ц, род светильни.
Кле́пки, выпуклые дощечки, из коих составлена бочка.
Книш, род печеного хлеба.
Ко́бза, музыкальный инструмент.
Комо́ра, амбар.
Кора́блик, головной убор.
Кунтуш, верхнее старинное платье.
Корова́й, свадебный хлеб.
Ку́холь, глиняная кружка.
Лысый дидько, домовой, демон.
Лю́лька, трубка.
Маки́тра, горшок, в котором трут мак.
Макого́н, пест для растирания мака.
Малаха́й, плеть.

Ми́ска, деревянная тарелка.

Молоди́ца, замужняя женщина.

На́ймыт, нанятой работник.

На́ймычка, нанятая работница.

Оселе́дец, длинный клок волос на голове, заматывающийся на ухо.

Очи́пок, род чепца.

Пампу́шки, кушанье из теста.

Па́сичник, пчеловод.

Па́рубок, парень.

Пла́хта, нижняя одежда женщин.

Пе́кло, ад.

Пере́купка, торговка.

Переполо́х, испуг.

Пейсики, жидовские локоны.

Пове́тка, сарай.

Полу́табенек, шелковая материя.

Пу́тря, кушанье, род каши.

Рушни́к, утиральник.

Свитка, род полукафтанья.

Синдя́чки, узкие ленты.

Сласте́ны, пышки.

Сво́лок, перекладина под потолком.

Сливянка, наливка из слив.

Сму́шки, бараний мех.

Со́няшница, боль в животе.

Сопи́лка, род флейты.

Стуса́н, кулак.

Стри́чки, ленты.

Тройча́тка, тройная плеть.

Хло́пец, парень.

Ху́тор, небольшая деревушка.

Ху́стка, платок носовой.

Цибу́ля, лук.

Чумаки́, обозники, едущие в Крым за солью и рыбою.

Чупри́на, чуб, длинный клок волос на голове.

Ши́шка, небольшой хлеб, делаемый на свадьбах.

Юшка, соус, жижа.

Ятка, род палатки или шатра.

Сорочинская ярмарка
I

Мини нудно в хати жить.
Ой вези ж меня из дому,
Де багацько грому, грому,
Де гопцюют все дивкы,
Де гуляют парубки!

Из старинной легенды.

Как упоителен, как роскошен летний день в Малороссии! Как томительно-жарки те часы, когда полдень блещет в тишине и зное, и голубой, неизмеримый океан, сладострастным куполом нагнувшийся над землею, кажется, заснул, весь потонувши в неге, обнимая и сжимая прекрасную в воздушных объятиях своих! На нем ни облака. В поле ни речи. Все как будто умерло; вверху только, в небесной глубине дрожит жаворонок, и серебряные песни летят по воздушным ступеням на влюбленную землю, да изредка крик чайки или звонкий голос перепела отдается в степи. Лениво и бездумно, будто гуляющие без цели, стоят подоблачные дубы, и ослепительные удары солнечных лучей зажигают целые живописные массы листьев, накидывая на другие темную, как ночь, тень, по которой только при сильном ветре прыщет золото. Изумруды, топазы, яхонты эфирных насекомых сыплются над пестрыми огородами, осеняемыми статными подсолнечниками. Серые скирды сена и золотые снопы хлеба станом располагаются в поле и кочуют по его неизмеримости. Нагнувшиеся от тяжести плодов широкие ветви черешень, слив, яблонь, груш; небо, его чистое зеркало — река в зеленых, гордо поднятых рамах... как полно сладострастия и неги малороссийское лето!

Такою роскошью блистал один из дней жаркого августа тысячу восемьсот... восемьсот... Да, лет тридцать будет назад тому, когда дорога, верст за десять до местечка Сорочинец, кипела народом, поспешавшим со всех окрестных и дальних хуторов на ярмарку. С утра еще тянулись нескончаемою вереницею чумаки с солью и рыбою. Горы горшков, закутанных в сено, медленно двигались, кажется, скучая своим заключением и темнотою; местами только какая-нибудь расписанная ярко миска или макитра хвастливо выказывалась из высоко взгроможденного на возу плетня и привлекала умиленные взгляды поклонников роскоши. Много прохожих поглядывало с завистью на высокого гончара, владельца сих драгоценностей, который медленными шагами шел за своим товаром, заботливо окутывая глиняных своих щеголей и кокеток ненавистным для них сеном.

Одиноко в стороне тащился истомленными волами воз, наваленный мешками, пенькою, полотном и разною домашнею поклажею, за которым брел, в чистой полотняной рубашке и запачканных полотняных шароварах, его хозяин. Ленивою рукой обтирал он катившийся градом пот с смуглого лица и даже капавший с длинных усов, напудренных тем неумолимым парикмахером, который без зову является и к красавице, и к уроду, и насильно пудрит несколько тысяч уже лет весь род человеческий. Рядом с ним шла привязанная к возу кобыла, смиренный вид которой обличал преклонные лета ее. Много встречных, и особливо молодых парубков, брались за шапку, поравнявшись с нашим мужиком. Однако ж не седые усы и не важная поступь его заставляли это делать; стоило только поднять глаза немного вверх, чтоб увидеть причину такой почтительности: на возу сидела хорошенькая дочка с круглым личиком, с черными бровями, ровными дугами поднявшимися над светлыми карими глазами, с беспечно улыбавшимися розовыми губками, с повязанными на голове красными и синими лентами, которые, вместе с длинными косами и пучком полевых цветов, богатою короною покоились на ее очаровательной головке. Все, казалось, занимало ее; все было ей чудно, ново… и хорошенькие глазки беспрестанно бегали с одного предмета на другой. Как не рассеяться! в первый раз на ярмарке! Девушка в осмнадцать лет в первый раз на ярмарке!… Но ни один из прохожих и проезжих не знал, чего ей стоило упросить отца взять с собою, который и душою рад бы был это сделать прежде, если бы не злая мачеха, выучившаяся держать его в руках так же ловко, как он вожжи своей старой кобылы, тащившейся за долгое служение теперь на продажу. Неугомонная супруга… но мы и позабыли, что и она тут же сидела на высоте воза в нарядной шерстяной зеленой кофте, по которой, будто по горностаевому меху, нашиты были хвостики красного только цвета, в богатой плахте, пестревшей как шахматная доска, и в ситцевом цветном очипке, придававшем какую-то особенную важность ее красному, полному лицу, по которому проскальзывало что-то столь неприятное, столь дикое, что каждый тотчас спешил перенести встревоженный взгляд свой на веселенькое личико дочки.

Глазам наших путешественников начал уже открываться Псел; издали уже веяло прохладою, которая казалась ощутительнее после томительного, разрушающего жара. Сквозь темно- и светло-зеленые листья небрежно раскиданных по лугу осокоров, берез и тополей засверкали огненные, одетые холодом искры, и река-красавица блистательно обнажила серебряную грудь свою, на которую роскошно падали зеленые кудри дерев. Своенравная, как она в те упоительные часы, когда верное зеркало так завидно заключает в себе ее полное гордости и ослепительного блеска чело, лилейные плечи и мраморную шею, осененную темною, упавшею с русой головы волною, когда с презрением кидает одни украшения, чтобы заменить их другими, и капризам ее конца нет — она почти каждый год переменяет свои окрестности, выбирает себе новый путь и окружает себя новыми, разнообразными ландшафтами. Ряды мельниц подымали на тяжелые колеса свои широкие волны и мощно кидали их, разбивая в брызги, обсыпая пылью и обдавая шумом окрестность. Воз с знакомыми нам пассажирами взъехал в это время на мост, и река во всей красоте и величии, как цельное стекло, раскинулась перед ними. Небо, зеленые и синие леса, люди, возы с горшками, мельницы — все опрокинулось, стояло и ходило вверх ногами, не падая в голубую, прекрасную бездну. Красавица наша задумалась, глядя на роскошь вида, и позабыла даже лущить свой подсолнечник, которым исправно занималась во все продолжение пути, как вдруг слова «ай да дивчина!» поразили слух ее. Оглянувшись, увидела она толпу стоявших на мосту парубков, из которых один, одетый пощеголеватее прочих, в белой свитке и в серой шапке решетиловских смушек, подпершись в бока, молодецки поглядывал на проезжающих. Красавица не могла не заметить его загоревшего, но исполненного приятности лица и огненных очей, казалось, стремившихся видеть ее насквозь, и потупила глаза при мысли, что, может быть, ему принадлежало произнесенное слово. «Славная дивчина! — продолжал парубок в белой свитке, не сводя с нее глаз. — Я бы отдал все свое хозяйство, чтобы поцеловать ее. А вот впереди и дьявол сидит!» Хохот поднялся со всех сторон; но разряженной сожительнице медленно выступавшего супруга не слишком показалось такое приветствие: красные щеки ее превратились в огненные, и треск отборных слов посыпался дождем на голову разгульного парубка:

— Чтоб ты подавился, негодный бурлак! Чтоб твоего отца горшком в голову стукнуло! Чтоб он подскользнулся на льду, антихрист проклятый! Чтоб ему на том свете черт бороду обжег!

— Вишь, как ругается! — сказал парубок, вытаращив на нее глаза, как будто озадаченный таким сильным залпом неожиданных приветствий, — и язык у нее, у столетней ведьмы, не заболит выговорить эти слова.

— Столетней! — подхватила пожилая красавица. — Нечестивец! поди, умойся наперед! Сорванец негодный! Я не видала твоей матери, но знаю, что дрянь! и отец дрянь! и тетка дрянь! Столетней! что у него молоко еще на губах... — Тут воз начал спускаться с мосту, и последних слов уже невозможно было расслушать; но парубок не хотел, кажется, кончить этим: не думая долго, схватил он комок грязи и швырнул вслед за нею. Удар был удачнее, нежели можно было предполагать: весь новый ситцевый очипок забрызган был грязью, и хохот разгульных повес удвоился с новою силой. Дородная щеголиха вскипела гневом; но воз отъехал в это время довольно далеко, и месть ее обратилась на безвинную падчерицу и медленного сожителя, который, привыкнув издавна к подобным явлениям, сохранял упорное молчание и хладнокровно принимал мятежные речи разгневанной супруги. Однако ж, несмотря на это, неутомимый язык ее трещал и болтался во рту до тех пор, пока не приехали они в пригородье к старому знакомому и куму, козаку Цыбуле. Встреча с кумовьями, давно не видавшимися, выгнала на время из головы это неприятное происшествие, заставив наших путешественников поговорить об ярмарке и отдохнуть немного после дальнего пути.

II

Що Боже, ты мій Господе! чого нема на тій ярмарци! колеса,

14

скло, деготь, тютюн, ремень, цыбуля, крамари всяки... так, що хоть бы в кешени було рублив и с тридцять, то и тогди б не закупыв усіеи ярмарки.

Вам, верно, случалось слышать где-то валящийся, отдаленный водопад, когда встревоженная окрестность полна гула и хаос чудных, неясных звуков вихрем носится перед вами. Не правда ли, не те ли самые чувства мгновенно обхватят вас в вихре сельской ярмарки, когда весь народ срастается в одно огромное чудовище и шевелится всем своим туловищем на площади и по тесным улицам, кричит, гогочет, гремит? Шум, брань, мычание, блеяние, рев — все сливается в один нестройный говор. Волы, мешки, сено, цыганы, горшки, бабы, пряники, шапки — все ярко, пестро, нестройно; мечется кучами и снуется перед глазами. Разноголосные речи потопляют друг друга, и ни одно слово не выхватится, не спасется от этого потопа; ни один крик не выговорится ясно. Только хлопанье по рукам торгашей слышится со всех сторон ярмарки. Ломается воз, звенит железо, гремят сбрасываемые на землю доски, и закружившаяся голова недоумевает, куда обратиться. Приезжий мужик наш с чернобровою дочкой давно уже толкался в народе. Подходил к одному возу, щупал другой, применивался к ценам; а между тем мысли его ворочались безостановочно около десяти мешков пшеницы и старой кобылы, привезенных им на продажу. По лицу его дочки заметно было, что ей не слишком приятно тереться около возов с мукою и пшеницею. Ей бы хотелось туда, где под полотняными ятками нарядно развешаны красные ленты, серьги, оловянные, медные кресты и дукаты. Но и тут, однако ж, она находила себе много предметов для наблюдения: ее смешило до крайности, как цыган и мужик били один другого по рукам, вскрикивая сами от боли; как пьяный жид давал бабе киселя; как поссорившиеся перекупки перекидывались бранью и раками; как москаль, поглаживая одною рукою свою козлиную бороду, другою... Но вот почувствовала она, кто-то дернул ее за шитый рукав сорочки. Оглянулась — и парубок, в белой свитке, с яркими очами, стоял перед нею. Жилки ее вздрогнули, и сердце забилось так, как еще никогда, ни при какой радости, ни при каком горе: и чудно, и любо ей показалось, и сама не могла растолковать, что делалось с нею.

«Не бойся, серденько, не бойся! — говорил он ей вполголоса, взявши ее руку, — я ничего не скажу тебе худого!» — «Может быть, это и правда, что ты ничего не скажешь худого! — подумала про себя красавица, — только мне чудно… верно, это лукавый! Сама, кажется, знаешь, что не годится так… а силы недостает взять от него руку». Мужик оглянулся и хотел что-то промолвить дочери, но в стороне послышалось слово: пшеница. Это магическое слово заставило его, в ту же минуту, присоединиться к двум громко разговаривающим негоциантам, и приковавшегося к ним внимания уже ничто не в состоянии было развлечь. Вот что говорили негоцианты о пшенице:

III

Чи бачишь вин якый парныще?
На свити трохы есть такых.
Сывуху так, мов брагу, хлыще!

Котляревский. Энеида.

— Так ты думаешь, земляк, что плохо пойдет наша пшеница? — говорил человек, с вида похожий на заезжего мещанина, обитателя какого-нибудь местечка, в пестрядевых, запачканных дегтем и засаленных шароварах, другому в синей, местами уже с заплатами, свитке и с огромною шишкою на лбу.

— Да думать нечего тут; я готов вскинуть на себя петлю и болтаться на этом дереве, как колбаса пред Рождеством на хате, если мы продадим хоть одну мерку.

— Кого ты, земляк, морочишь? Привозу ведь, кроме нашего, нет вовсе, — возразил человек в пестрядевых шароварах. «Да, говорите себе, что хотите, — думал про себя отец нашей красавицы, не пропускавший ни одного слова из разговора двух негоциантов, — а у меня десять мешков есть в запасе».

— То-то и есть, что если где замешалась чертовщина, то ожидай столько проку, сколько от голодного москаля, — значительно сказал человек с шишкою на лбу.

— Какая чертовщина? — подхватил человек в пестрядевых шароварах.

— Слышал ли ты, что поговаривают в народе? — продолжал с шишкою на лбу, наводя на него искоса свои угрюмые очи.

— Ну!

— Ну, то-то ну! Заседатель, чтоб ему не довелось обтирать

губ после панской сливянки, отвел для ярмарки проклятое место, на котором, хоть тресни, ни зерна не спустишь. Видишь ли ты тот старый, развалившийся сарай, что вон-вон стоит под горою? — (Тут любопытный отец нашей красавицы подвинулся еще ближе и весь превратился, казалось, во внимание.) — В том сарае то и дело, что водятся чертовские шашни; и ни одна ярмарка на этом месте не проходила без беды. Вчера волостной писарь проходил поздно вечером, только глядь — в слуховое окно выставилось свиное рыло и хрюкнуло так, что у него мороз подрал по коже; того и жди, что опять покажется *красная свитка*!

— Что ж это за *красная свитка*?

Тут у нашего внимательного слушателя волосы поднялись дыбом; со страхом оборотился он назад и увидел, что дочка его и парубок спокойно стояли, обнявшись и напевая друг другу какие-то любовные сказки, позабыв про все находящиеся на свете свитки. Это разогнало его страх и заставило обратиться к прежней беспечности.

— Эге, ге, ге, земляк! да ты мастер, как вижу, обниматься! Черт меня возьми, если я не на четвертый только день после свадьбы выучился обнимать покойную свою Хвеську, да и то спасибо куму: бывши *дружкою*, уже надоумил.

Парубок заметил тот же час, что отец его любезной не слишком далек, и в мыслях принялся строить план, как бы склонить его в свою пользу. «Ты, верно, человек добрый, не знаешь меня, а я тебя тотчас узнал».

— Может и узнал.

— Если хочешь, и имя, и прозвище, и всякую всячину расскажу: тебя зовут Солопий Черевик.

— Так, Солопий Черевик.

— А вглядись-ко хорошенько: не узнаешь ли меня?

— Нет, не познаю. Не во гнев будь сказано, на веку столько довелось наглядеться рож всяких, что черт их и припомнит всех!

— Жаль же, что ты не припомнишь Голопупенкова сына!

— А ты будто Охримов сын?

— А кто ж? Разве один только *лысый дидько*, если не он.

Тут приятели побрались за шапки, и пошло лобызание; наш Голопупенков сын, однако ж, не теряя времени, решился в ту же минуту осадить нового своего знакомого.

— Ну, Солопий, вот как видишь, я и дочка твоя полюбили

друг друга так, что хоть бы и навеки жить вместе.

— Что ж, Параска, — сказал Черевик, оборотившись и смеясь к своей дочери, — может, и в самом деле, чтобы уже, как говорят, вместе и того... чтобы и паслись на одной траве! Что? по рукам? А ну-ка, новобранный зять, давай могарычу! — и все трое очутились в известной ярмарочной ресторации — под яткою у жидовки, усеянною многочисленной флотилией сулей, бутылей, фляжек всех родов и возрастов. — Эй, хват! за это люблю! — говорил Черевик, немного подгулявши и видя, как нареченный зять его налил кружку, величиною с полкварты, и, нимало не поморщившись, выпил до дна, хватив потом ее вдребезги. — Что скажешь, Параска? Какого я жениха тебе достал! Смотри, смотри: как он молодецки тянет пенную!.. — и, посмеиваясь и покачиваясь, побрел он с нею к своему возу, а наш парубок отправился по рядам с красными товарами, в которых находились купцы даже из Гадяча и Миргорода — двух знаменитых городов Полтавской губернии, — выглядывать получшую деревянную люльку в медной щегольской оправе, цветистый по красному полю платок и шапку для свадебных подарков тестю и всем, кому следует.

IV

Хоть чоловикам не онее,
Да коли жинци бачишь, тее,
Так треба угодыты...

Котляревский.

— Ну жинка! а я нашел жениха дочке!

— Вот, как раз до того теперь, чтобы женихов отыскивать. Дурень, дурень! тебе, верно, и на роду написано остаться таким! Где ж таки ты видел, где ж таки ты слышал, чтобы добрый человек бегал теперь за женихами? Ты подумал бы лучше, как пшеницу с рук сбыть; хорош должен быть и жених там! Думаю, оборваннейший из всех голодрабцев.

— Э, как бы не так, посмотрела бы ты, что там за парубок! Одна свитка больше стоит, чем твоя зеленая кофта и красные сапоги. А как сивуху *важно* дует... Черт меня возьми вместе с тобою, если я видел на веку своем, чтобы парубок духом вытянул полкварты, не поморщившись.

— Ну, так: ему если пьяница, да бродяга, так и его масти. Бьюсь об заклад, если это не тот самый сорванец, который увязался за нами на мосту. Жаль, что до сих пор он не попадется мне: я бы дала ему знать.

— Что ж, Хивря, хоть бы и тот самый; чем же он сорванец?

— Э! чем же он сорванец! Ах, ты безмозглая башка! слышишь! чем же он сорванец! Куда же ты запрятал дурацкие глаза свои, когда проезжали мы мельницы; ему хоть бы тут же, перед его запачканным в табачище носом, нанесли жинке его бесчестье, ему бы и нуждочки не было.

— Все однако же я не вижу в нем ничего худого; парень хоть куда! Только разве, что заклеил на миг образину твою навозом.

— Эге! да ты, как я вижу, слова не дашь мне выговорить! А что это значит? Когда это бывало с тобою? Верно, успел уже хлебнуть, не продавши ничего…

Тут Черевик наш заметил и сам, что разговорился чересчур, и закрыл в одно мгновение голову свою руками, предполагая без сомнения, что разгневанная сожительница не замедлит вцепиться в его волосы своими супружескими когтями. «Туда к черту! Вот тебе и свадьба! — думал он про себя, уклоняясь от сильно наступавшей супруги. — Придется отказать доброму человеку ни за что, ни про что. Господи, Боже мой, за что такая напасть на нас, грешных! и так много всякой дряни на свете, а Ты еще и жинок наплодил!»

V

Не хилися явороньку,
Ще ты зелененький;
Не журыся козаченьку,
Ще ти молоденький!

Малорос. песня.

Рассеянно глядел парубок в белой свитке, сидя у своего воза, на глухо шумевший вокруг него народ. Усталое солнце уходило от мира, спокойно пропылав свой полдень и утро; и угасающий день пленительно и ярко румянился. Ослепительно блистали верхи белых шатров и яток, осененные каким-то едва приметным огненно-розовым светом. Стекла наваленных кучами оконниц горели; зеленые фляшки и чарки на столах у шинкарок превратились в огненные; горы дынь, арбузов и тыкв казались вылитыми из золота и темной меди. Говор приметно становился реже и глуше, и усталые языки перекупок, мужиков и цыган ленивее и медленнее поворачивались. Где-где начинал сверкать огонек, и благовонный пар от варившихся галушек разносился по утихавшим улицам. «О чем загорюнился, Грицько? — вскричал высокий загоревший цыган, ударив по плечу нашего парубка. — Что ж, отдавай волы за двадцать!»

— Тебе бы все волы, да волы. Вашему племени все бы корысть только. Поддеть, да обмануть доброго человека.

— Тьфу, дьявол! да тебя не на шутку забрало. Уж не с досады ли, что сам навязал себе невесту?

— Нет, это не по-моему; я держу свое слово; что раз сделал, тому и навеки быть. А вот у хрыча Черевика нет совести, видно, и на полшеляга: сказал, да и назад... Ну, его и винить нечего, он пень, да и полно. Все это штуки старой ведьмы, которую мы сегодня с хлопцами на мосту ругнули на все бока! Эх, если бы я был царем или паном великим, я бы первый перевешал всех тех дурней, которые позволяют себя седлать бабам...

— А спустишь волов за двадцать, если мы заставим Черевика отдать нам Параску?

В недоумении посмотрел на него Грицько. В смуглых чертах цыгана было что-то злобное, язвительное, низкое и вместе высокомерное: человек, взглянувший на него, уже готов был сознаться, что в этой чудной душе кипят достоинства великие, но которым одна только награда есть на земле — виселица. Совершенно провалившийся между носом и острым подбородком рот, вечно осененный язвительною улыбкой, небольшие, но живые, как огонь, глаза и беспрестанно меняющиеся на лице молнии предприятий и умыслов — все это как будто требовало особенного, такого же странного для себя костюма, какой именно был тогда на нем. Этот темно-коричневый кафтан, прикосновение к которому, казалось, превратило бы его в пыль; длинные, валившиеся по плечам охлопьями черные волосы; башмаки, надетые на босые, загорелые ноги, — все это, казалось, приросло к нему и составляло его природу. «Не за двадцать, а за пятнадцать отдам, если не солжешь только!» — отвечал парубок, не сводя с него испытательных очей.

— За пятнадцать? ладно! Смотри же, не забывай: за пятнадцать! Вот тебе и синица в задаток!

— Ну, а если солжешь?

— Солгу — задаток твой!

— Ладно! Ну, давай же по рукам!
— Давай!

VI

От бида, Роман иде, от тепер, як раз, надсадыть мене бебехив,
да и вам, пане Хомо, не без лыха буде.

— Сюда, Афанасий Иванович! Вот тут плетень пониже,
поднимайте ногу, да не бойтесь: дурень мой отправился на
всю ночь с кумом под возы, чтоб москали на случай не
подцепили чего. — Так грозная сожительница Черевика
ласково ободряла трусливо лепившегося около забора
поповича, который поднялся скоро на плетень и долго стоял в
недоумении на нем, будто длинное, страшное привидение,
измеривая оком, куда бы лучше спрыгнуть, и наконец с
шумом обрушился в бурьян.

— Вот беда! Не ушиблись ли вы, не сломили ли еще, Боже
оборони, шеи? — лепетала заботливая Хивря.

— Тс! ничего, ничего, любезнейшая Хавронья Никифоровна!
— болезненно и шепотно произнес попович, подымаясь на
ноги, — выключая только уязвления со стороны крапивы,
сего змиеподобного злака, по выражению покойного отца
протопопа.

— Пойдемте же теперь в хату; там никого нет. А я думала
было уже, Афанасий Иванович, что к
вам *болячка* или *соняшница* пристала. Нэт, да и нет. Каково же
вы поживаете? Я слыхала, что пан-отцу перепало теперь не
мало всякой всячины!

— Сущая безделица, Хавронья Никифоровна; батюшка всего
получил за весь пост мешков пятнадцать ярового, проса
мешка четыре, кнышей с сотню, а кур, если сосчитать, то не
будет и пятидесяти штук, яйца же большею частию
протухлые. Но воистину сладостные приношения, сказать
примерно, единственно от вас предстоит получить, Хавронья
Никифоровна! — продолжал попович, умильно поглядывая на
нее и подсовываясь поближе.

— Вот вам и приношение, Афанасий Иванович! —
проговорила она, ставя на стол миски и жеманно застегивая
свою, будто ненарочно расстегнувшуюся, кофту, — вареники,
галушечки пшеничные, пампушечки, товченички!

— Бьюсь об заклад, если это сделано не хитрейшими руками

из всего Евина рода! — сказал попович, принимаясь за товченички и подвигая другою рукою вареники. — Однако ж, Хавронья Никифоровна, сердце мое жаждет от вас кушанья послаще всех пампушечек и галушечек.

— Вот я уже и не знаю, какого вам еще кушанья хочется, Афанасий Иванович! — отвечала дородная красавица, притворяясь непонимающею.

— Разумеется, любви вашей, несравненная Хавронья Никифоровна! — шепотом произнес попович, держа в одной руке вареник, а другою обнимая широкий стан ее.

— Бог знает, что вы выдумаете, Афанасий Иванович! — сказала Хивря, стыдливо потупив глаза свои. — Чего доброго! вы, пожалуй, затеете еще целоваться!

— Насчет этого я вам скажу хоть бы и про себя, — продолжал попович, — в бытность мою, примерно сказать, еще в бурсе, вот, как теперь помню... — Тут послышался на дворе лай и стук в ворота. Хивря поспешно выбежала и возвратилась вся побледневшая. «Ну, Афанасий Иванович! мы попались с вами; народу стучится куча, и мне почудился кумов голос...». — Вареник остановился в горле поповича... Глаза его выпялились, как будто какой-нибудь выходец с того света только что сделал ему перед сим визит свой. — «Полезайте сюда!» — кричала испуганная Хивря, указывая на положенные под самым потолком на двух перекладинах доски, на которых была навалена разная домашняя рухлядь. Опасность придала духу нашему герою. Опамятовавшись немного, вскочил он на лежанку и полез оттуда осторожно на доски. А Хивря побежала без памяти к воротам, потому что стук повторялся в них с бо́льшею силою и нетерпением.

VII

Да тут чудасія, мосьпане!

Из малорос. комедии.

На ярмарке случилось странное происшествие: все наполнилось слухом, что где-то между товаром показалась *красная свитка*. Старухе, продававшей бублики, почудился сатана, в образине свиньи, который беспрестанно наклонялся над возами, как будто искал чего. Это быстро разнеслось по всем углам уже утихнувшего табора; и все считали преступлением не верить, несмотря на то, что продавица бубликов, которой подвижная лавка была рядом с яткою шинкаря, раскланивалась весь день без надобности и писала ногами совершенное подобие своего лакомого товара. К этому присоединились еще увеличенные вести о чуде, виденном волостным писарем в развалившемся сарае, так что к ночи все теснее жались друг к другу; спокойствие разрушилось, и страх мешал всякому сомкнуть глаза свои; а те, которые были не совсем храброго десятка и запаслись ночлегами в избах, убрались домой. К числу последних принадлежал и Черевик с кумом и дочкою, которые вместе с напросившимися к ним в хату гостьми произвели сильный стук, так перепугавший нашу Хиврю. Кума уже немного поразобрало. Это можно было видеть из того, что он два раза проехал с своим возом по двору, покамест нашел хату. Гости тоже были в веселом расположении духа и без церемонии вошли прежде самого хозяина. Супруга нашего Черевика сидела, как на иголках, когда принялись они шарить по всем углам хаты. «Что, кума! — вскричал вошедший кум, — тебя все еще трясет лихорадка?» — «Да, нездоровится», — отвечала Хивря, беспокойно поглядывая на накладенные под потолком доски. «А ну, жена, достань-ка там в возу баклажку! — говорил кум приехавшей с ним жене, — мы черпнем ее с добрыми людьми, а то проклятые бабы понапугали нас так, что и сказать стыдно. Ведь мы, ей-богу, братцы, по пустякам проехали сюда! — продолжал он, прихлебывая из глиняной кружки. — Я тут же ставлю новую шапку, если бабам не вздумалось посмеяться над нами. Да хоть бы и в самом деле сатана: что сатана? Плюйте ему на голову! Хоть бы сию же минуту вздумалось ему стать, вот здесь, например, передо мною: будь я собачий сын, если не поднес бы ему дулю под самый нос!» — «Отчего же ты вдруг побледнел весь?» — закричал один из гостей, превышавший всех головою и старавшийся всегда выказывать себя храбрецом. «Я... Господь с вами! приснилось!» Гости усмехнулись. Довольная улыбка показалась на лице речистого храбреца. «Куда теперь ему побледнеть! — подхватил другой, — щеки у него расцвели, как мак; теперь он не цыбуля, а буряк — или лучше, как та *красная свитка*, которая так напугала людей». Баклажка прокатилась по столу и сделала гостей еще веселее прежнего. Тут Черевик наш, которого давно мучила *красная свитка* и не давала ни на минуту покою любопытному его духу, приступил к куму. «Скажи, будь ласков, кум! вот прошусь, да и не допрошусь истории про эту проклятую *свитку*».

— Э, кум! оно бы не годилось рассказывать на ночь; да разве уже для того, чтобы угодить тебе и добрым людям (при сем обратился он к гостям), которым, я примечаю, столько же, как и тебе, хочется узнать про эту диковину. Ну, быть так. Слушайте ж! — Тут он почесал плеча, утерся полою, положил обе руки на стол и начал:

— Раз, за какую вину, ей-богу, уже и не знаю, только выгнали одного черта из пекла.

— Как же, кум? — прервал Черевик, — как же могло это статься, чтобы черта выгнали из пекла?

— Что ж делать, кум? выгнали, да и выгнали, как собаку мужик выгоняет из хаты. Может быть, на него нашла блажь сделать какое-нибудь доброе дело, ну, и указали двери. Вот, черту бедному так стало скучно, так скучно по пекле, что хоть до петли. Что делать? Давай с горя пьянствовать. Угнездился в том самом сарае, который, ты видел, развалился под горою, и мимо которого ни один добрый человек не пройдет теперь, не оградив наперед себя крестом святым, и стал черт такой гуляка, какого не сыщешь между парубками. С утра до вечера, то и дело, что сидит в шинке!..

Тут опять строгий Черевик прервал нашего рассказчика: «Бог знает, что говоришь ты, кум! Как можно, чтобы черта впустил кто-нибудь в шинок? Ведь у него же есть, слава Богу, и когти на лапах, и рожки на голове».

— Вот то-то и штука, что на нем была шапка и рукавицы. Кто его распознает? Гулял, гулял — наконец пришлось до того, что пропил все, что имел с собою. Шинкарь долго верил, потом и перестал. Пришлось черту заложить красную свитку свою, чуть ли не в треть цены, жиду, шинковавшему тогда на Сорочинской ярмарке; заложил и говорит ему: «Смотри, жид, я приду к тебе за свиткой ровно через год: береги ее!» — и пропал, как будто в воду. Жид рассмотрел хорошенько свитку: сукно такое, что и в Миргороде не достанешь! а красный цвет горит, как огонь, так что не нагляделся бы! Вот жиду показалось скучно дожидаться срока. Почесал себе песики, да и содрал с какого-то приезжего пана мало не пять червонцев. О сроке жид и позабыл было совсем. Как вот раз, под вечерок, приходит какой-то человек: «ну, жид, отдавай свитку мою!» Жид сначала было и не познал, а после как разглядел, так и прикинулся, будто в глаза не видал: «какую свитку? у меня нет никакой свитки! я знать не знаю твоей свитки!» Тот, глядь, и ушел; только к вечеру, когда жид, заперши свою конуру и пересчитавши по сундукам деньги, накинул на себя простыню и начал по-жидовски молиться Богу — слышит шорох… глядь — во всех окнах повыставлялись свиные рыла…

Тут в самом деле послышался какой-то неясный звук, весьма похожий на хрюканье свиньи; все побледнели… Пот выступил на лице рассказчика.

— Что? — произнес в испуге Черевик.

— Ничего!.. — отвечал кум, трясясь всем телом.

— Ась! — отозвался один из гостей.

— Ты сказал…

— Нет!

— Кто ж это хрюкнул?

— Бог знает, чего мы переполошились! Никого нет! — Все боязливо стали осматриваться вокруг и начали шарить по углам. Хивря была ни жива, ни мертва. — Эх вы, бабы! бабы! — произнесла она громко, — вам ли козаковать, и быть мужьями! Вам бы веретено в руки, да посадить за гребень! Один кто-нибудь, может, прости Господи… Под кем-нибудь скамейка заскрыпела, а все и метнулись, как полуумные! — Это привело в стыд наших храбрецов и заставило их ободриться; кум хлебнул из кружки и начал рассказывать далее: «Жид обмер; однако ж свиньи, на ногах, длинных, как ходули, повлезали в окна и мигом оживили его плетеными тройчатками, заставя плясать его повыше вот этого сволока. Жид в ноги, признался во всем… Только свитки нельзя уже было воротить скоро. Пана обокрал на дороге какой-то цыган и продал свитку перекупке; та привезла ее снова на Сорочинскую ярмарку, но с тех пор уже никто ничего не стал покупать у ней. Перекупка дивилась, дивилась и наконец смекнула: верно, виною всему красная свитка. Недаром, надевая ее, чувствовала, что ее все давит что-то. Не думая, не гадая долго, бросила в огонь — не горит бесовская одежда! Э, да это чертов подарок! Перекупка умудрилась и подсунула в воз одному мужику, вывезшему продавать масло. Дурень и обрадовался; только масла никто и спрашивать не хочет. Эх, недобрые руки подкинули свитку! Схватил секиру и изрубил ее в куски; глядь — и лезет один кусок к другому, и снова целая свитка. Перекрестившись, хватил секирою в другой раз, куски разбросал по всему месту и уехал. Только с тех пор каждый год, и как раз во время ярмарки, черт с свиною личиною ходит по всей площади, хрюкает и подбирает куски своей свитки. Теперь, говорят, одного только левого рукава недостает ему. Люди с тех пор открещиваются от того места, и вот уже будет лет с десяток, как не было на нем ярмарки. Да нелегкая дернула теперь заседателя о...». Другая половина слова замерла на устах рассказчика:

Окно брякнуло с шумом; стекла, звеня, вылетели вон, и страшная свиная рожа выставилась, поводя очами, как будто спрашивая: а что вы тут делаете, добрые люди?

VIII

...Пиджав хвист, мов собака,
Мов Каин затрусывсь увесь;
Из носа потекла табака.

Котляревский. Энеида.

Ужас оковал всех, находившихся в хате. Кум с разинутым ртом превратился в камень. Глаза его выпучились, как будто хотели выстрелить; разверстые пальцы остались неподвижными на воздухе. Высокий храбрец, в ничем не победимом страхе, подскочил под потолок и ударился головою об перекладину; доски посунулись, и попович с громом и треском полетел на землю. «Ай! ай! ай!» — отчаянно закричал один, повалившись на лавку в ужасе и болтая на ней руками и ногами. — «Спасайте!» — горланил другой, закрывшись тулупом. Кум, выведенный из своего окаменения вторичным испугом, пополз в судорогах под подол своей супруги. Высокий храбрец полез в печь, несмотря на узкое отверстие, и сам задвинул себя заслонкою. А Черевик, как будто облитый горячим кипятком, схвативши на голову горшок, вместо шапки, бросился к дверям и, как полуумный, бежал по улицам, не видя земли под собою; одна усталость только заставила его уменьшить немного скорость бега. Сердце его колотилось, как мельничная ступа, пот лил градом. В изнеможении готов уже был он упасть на землю, как вдруг послышалось ему, что сзади кто-то гонится за ним... Дух у него занялся... «Черт! черт!» — кричал он без памяти, утрояя силы, и чрез минуту без чувств повалился на землю. «Черт! черт!» — кричало вслед за ним, и он слышал только, как что-то с шумом ринулось на него. Тут память от него улетела, и он, как страшный жилец тесного гроба, остался нем и недвижим посреди дороги.

IX

> Ще спероди, и так, и так;
> А сзади, ей же ей, на чорта!
>
> *Из простонародн. сказки.*

— Слышишь, Влас! — говорил, приподнявшись, один из толпы спавшего на улице народа, — возле нас кто-то помянул черта!

— Мне какое дело? — проворчал, потягиваясь, лежавший возле него цыган, — хоть бы и всех своих родичей помянул.

— Но ведь так закричал, как будто давят его!

— Мало ли чего человек не соврет спросонья!

— Воля твоя, хоть посмотреть нужно; а выруби-ка огня! — Другой цыган, ворча про себя, поднялся на ноги; два раза осветил себя искрами, будто молниями, раздул губами трут и с каганцем в руках, обыкновенною малороссийскою светильнею, состоящею из разбитого черепка, налитого бараньим жиром, — отправился, освещая дорогу. «Стой; здесь лежит что-то: свети сюда!»

Тут пристало к ним еще несколько человек.

— Что лежит, Влас?

— Так, как будто бы два человека: один на верху, другой на низу; который из них черт, уже и не распознаю!

— А кто наверху?

— Баба!

— Ну, вот, это ж-то и есть черт! — Всеобщий хохот разбудил почти всю улицу.

— Баба взлезла на человека; ну, верно, баба эта знает, как ездить! — говорил один из окружавшей толпы.

— Смотрите, братцы! — говорил другой, подымая черепок из горшка, которого одна только уцелевшая половина держалась на голове Черевика, — какую шапку надел на себя этот добрый молодец! — Увеличившийся шум и хохот заставили очнуться наших мертвецов, Солопия и его супругу, которые, полные прошедшего испуга, долго глядели в ужасе неподвижными глазами на смуглые лица цыган. Озаряясь светом, неверно и трепетно горевшим, они казались диким сонмищем гномов, окруженных тяжелым подземным паром, в мраке непробудной ночи.

X

Цур тоби, пек тоби, сатаныньске наваждение!

Из малорос. комедии.

Свежесть утра веяла над пробудившимися Сорочинцами. Клубы дыму со всех труб понеслись навстречу показавшемуся солнцу. Ярмарка зашумела. Овцы заблеяли, лошади заржали; крик гусей и торговок понесся снова по всему табору — и страшные толки про *красную свитку*, наведшие такую робость на народ, в таинственные часы сумерек, исчезли с появлением утра. Зевая и потягиваясь, дремал Черевик у кума, под крытым соломою сараем, вместе с волами, мешками муки и пшеницы, и, кажется, вовсе не имел желания расстаться с своими грезами, как вдруг услышал голос, так же знакомый, как убежище лени — благословенная печь его хаты или шинок дальней родички, находившийся не далее десяти шагов от его порога. «Вставай, вставай!» — дребезжала на ухо нежная супруга, дергая его изо всей силы за руку. Черевик, вместо ответа, надул щеки и начал болтать руками, подражая барабанному бою.

— Сумасшедший! — закричала она, уклоняясь от замашки рук его, которою он чуть было не задел ее по лицу. Черевик поднялся, протер немного глаза и посмотрел вокруг: «Враг меня возьми, если мне, голубко, не представилась твоя рожа барабаном, на котором меня заставили выбивать зорю, словно москаля, те самые свиные рожи, от которых, как говорит кум...» — «Полно, полно тебе чепуху молоть! Ступай, веди скорей кобылу на продажу. Смех, право, людям: приехали на ярмарку и хоть бы горсть пеньки продали...»

— Как же, жинка, — подхватил Солопий, — с нас ведь теперь смеяться будут.

— Ступай! ступай! с тебя и без того смеются!

— Ты видишь, что я еще не умывался, — продолжал Черевик, зевая и почесывая спину и стараясь между прочим выиграть время для своей лени.

— Вот некстати пришла блажь быть чистоплотным! Когда это за тобою водилось? Вот рушник, оботри свою маску... — Тут схватила она что-то свернутое в комок — и с ужасом отбросила от себя: это был *красный обшлаг свитки*!

— Ступай, делай свое дело, — повторила она, собравшись с духом, своему супругу, видя, что у него страх отнял ноги и зубы колотились один об другой.

«Будет продажа теперь! — ворчал он сам себе, отвязывая кобылу и ведя ее на площадь. — Недаром, когда я сбирался на эту проклятую ярмарку, на душе было так тяжело, как будто кто взвалил на тебя дохлую корову, и волы два раза сами поворачивали домой. Да чуть ли еще, как вспомнил я теперь, не в понедельник мы выехали. Ну, вот и зло все!.. Неугомонен и черт проклятой: носил бы уже свитку без одного рукава; так нет, нужно же добрым людям не давать покою. Будь, примерно, я черт, — чего оборони Боже: стал ли бы я таскаться ночью за проклятыми лоскутьями?»

Тут философствование нашего Черевика прервано было толстым и резким голосом. Пред ним стоял высокий цыган: «Что продаешь, добрый человек?» Продавец помолчал, посмотрел на него с ног до головы и сказал с спокойным видом, не останавливаясь и не выпуская из рук узды:

— Сам видишь, что продаю!

— Ремешки? — спросил цыган, поглядывая на находившуюся в руках его узду.

— Да, ремешки, если только кобыла похожа на ремешки.

— Однако ж, черт возьми, земляк, ты, видно, ее соломою кормил!

— Соломою? — Тут Черевик хотел было потянуть узду, чтобы провести свою кобылу и обличить во лжи бесстыдного поносителя, но рука его с необыкновенною легкостью ударилась в подбородок. Глянул — в ней перерезанная узда и к узде привязанный — о ужас! волосы его поднялись горою! — кусок *красного рукава свитки!..* Плюнув, крестясь и болтая руками, побежал он от неожиданного подарка и, быстрее молодого парубка, пропал в толпе.

XI

За мое ж жито, та мене и побыто.

Пословица.

— Лови! лови его! — кричало несколько хлопцев, в тесном конце улицы, и Черевик почувствовал себя вдруг схваченным дюжими руками.

— Вязать его! это тот самый, который украл у доброго человека кобылу.

— Господь с вами! за что вы меня вяжете?

— Он же и спрашивает! А за что ты украл кобылу у приезжего мужика, Черевика?

— С ума спятили вы, хлопцы! Где видано, чтобы человек сам у себя крал что-нибудь?

— Старые штуки! старые штуки! Зачем бежал ты во весь дух, как будто бы сам сатана за тобою по пятам гнался?

— Поневоле побежишь, когда сатанинская одежда...

— Э, голубчик! обманывай других этим; будет еще тебе от заседателя за то, чтобы не пугал чертовщиною людей.

— Лови! лови его! — послышался крик на другом конце улицы, — вот он, вот беглец! — и глазам нашего Черевика представился кум, в самом жалком положении, с заложенными назад руками, ведомый несколькими хлопцами. «Чудеса завелись! — говорил один из них, — послушали бы вы, что рассказывает этот мошенник, которому стоит только заглянуть в лицо, чтобы увидеть вора, когда стали спрашивать, от чего бежал он, как полуумный. Полез, говорит, в карман понюхать табаку и, вместо тавлинки, вытащил кусок чертовой *свитки*, от которой вспыхнул красный огонь, а он давай Бог ноги!»

— Эге, ге! да это из одного гнезда обе птицы! Вязать их обоих вместе!

XII

«Чым, люди добри, так оце я провинывся?
За що глузуете?» — сказав наш неборак,
«За що знущаетесь вы надо мною так?
За що, за що?» — сказав, тай попустив патіоки,
Патіоки гирких слез, узявшися за боки.

Артемовский-Гулак. Пан та собака.

— Может, и в самом деле, кум, ты подцепил что-нибудь? — спросил Черевик, лежа связанный вместе с кумом, под соломенною яткой.

— И ты туда же, кум! Чтобы мне отсохнули руки и ноги, если что-нибудь когда-либо крал, выключая разве вареники с сметаною у матери, да и то еще, когда мне было лет десять отроду.

— За что же это, кум, на нас напасть такая? Тебе еще ничего; тебя винят по крайней мере за то, что у другого украл; за что же мне, несчастливцу, недобрый поклеп такой: будто у самого себя стянул кобылу. Видно, нам, кум, на роду уже написано не иметь счастья!

«Горе нам, сиротам бедным!» Тут оба кума принялись

всхлипывать навзрыд. «Что с тобою, Солопий? — сказал вошедший в это время Грицько. — Кто это связал тебя?»

— А! Голопупенко, Голопупенко! — закричал, обрадовавшись, Солопий. — Вот, это тот самый, кум, об котором я говорил тебе. Эх, хват! вот, Бог убей меня на этом месте, если не высуслил при мне кухоль мало не с твою голову, и хоть бы раз поморщился.

— Что ж ты, кум, так не уважил такого славного парубка?

— Вот, как видишь, — продолжал Черевик, оборотясь к Грицьку, — наказал Бог, видно, за то, что провинился перед тобою. Прости, добрый человек! Ей-богу, рад бы был сделать все для тебя... Но что прикажешь? В старухе дьявол сидит!

— Я не злопамятен, Солопий. Если хочешь, я освобожу тебя! — Тут он мигнул хлопцам, и те же самые, которые сторожили его, кинулись развязывать. — За то и ты делай как нужно: свадьбу! — да и попируем так, чтобы целый год болели ноги от гопака.

— *Добре! от добре!* — сказал Солопий, хлопнув руками. — Да мне так теперь сделалось весело, как будто мою старуху москали увезли. Да что думать: годится, или не годится так — сегодня свадьбу, да и концы в воду!

— Смотри ж, Солопий: через час я буду к тебе; а теперь ступай домой: там ожидают тебя покупщики твоей кобылы и пшеницы!

— Как! разве кобыла нашлась?

— Нашлась!

Черевик от радости стал неподвижен, глядя вслед уходившему Грицьку.

— Что, Грицько, худо мы сделали свое дело? — сказал высокий цыган спешившему парубку. — Волы ведь мои теперь?

— Твои! твои!

XII

Не бийся, матинко, не бийся,
В червоные чобитки обуйся,
Топчи вороги
Пид ноги;
Щоб твои подкивки
Брязчали!
Щоб твои вороги

Свадебная песня.

Подперши локтем хорошенький подбородок свой, задумалась Параска, одна, сидя в хате. Много грез обвивалось около русой головы. Иногда вдруг легкая усмешка трогала ее алые губки, и какое-то радостное чувство подымало темные ее брови; то снова облако задумчивости опускало их на карие, светлые очи. «Ну, что, если не сбудется то, что говорил он? — шептала она с каким-то выражением сомнения. — Ну, что, если меня не выдадут? если… Нет, нет; этого не будет! Мачеха делает все, что ей ни вздумается; разве и я не могу делать того, что мне вздумается? Упрямства-то и у меня достанет. Какой же он хороший! как чудно горят его черные очи! как любо говорит он: Парасю, голубко! как пристала к нему белая свитка! еще бы пояс поярче!.. пускай, уже правда, я ему вытку, как перейдем жить в новую хату. Не подумаю без радости, — продолжала она, вынимая из пазухи маленькое зеркало, обклеенное красною бумагою, купленное ею на ярмарке, и глядясь в него с тайным удовольствием, — как я встречусь тогда где-нибудь с нею — я ей ни за что не поклонюсь, хоть она себе тресни. Нет, мачеха, полно колотить тебе свою падчерицу! Скорее песок взойдет на камне и дуб погнется в воду, как верба, нежели я нагнусь перед тобою! Да я и позабыла… дай примерять очипок, хоть мачехин, как-то он мне придется!» Тут встала она, держа в руках зеркальце, и, наклонясь к нему головою, трепетно шла по хате, как будто бы опасаясь упасть, видя под собою, вместо полу, потолок с накладенными под ним досками, с которых низринулся недавно попович, и полки, уставленные горшками. «Что я, в самом деле, будто дитя, — вскричала она смеясь, — боюсь ступить ногою». И начала притопывать ногами все чем далее, смелее; наконец левая рука ее опустилась и уперлась в бок, и она пошла танцевать, побрякивая подковами, держа перед собою зеркало и напевая любимую свою песню:

Зелененький барвиночку,
Стелися низенько,
А ты, мылый, чернобрывый,
Присунься блызенько!

Зелененький барвиночку,
Стелися ще нызче!

> А ты, мылый, чернобрывый,
> Присунься ще ближче!

Черевик заглянул в это время в дверь и увидя дочь свою танцующею перед зеркалом, остановился. Долго глядел он, смеясь невиданному капризу девушки, которая, задумавшись, не примечала, казалось, ничего; но когда же услышал знакомые звуки песни, — жилки в нем зашевелились; гордо подбоченившись, выступил он вперед и пустился в присядку, позабыв про все дела свои. Громкий хохот кума заставил обоих вздрогнуть. «Вот хорошо, батька с дочкой затеяли здесь сами свадьбу! Ступайте же скорее: жених пришел!» При последнем слове Параска вспыхнула ярче алой ленты, повязывавшей ее голову, а беспечный отец ее вспомнил, зачем пришел он. «Ну, дочка! пойдем скорее! Хивря с радости, что я продал кобылу, побежала, — говорил он, боязливо оглядываясь по сторонам, — побежала закупать себе плахт и дерюг всяких, так нужно до приходу ее все кончить!» Не успела переступить она за порог хаты, как почувствовала себя на руках парубка в белой свитке, который с кучею народа выжидал ее на улице. «Боже, благослови! — сказал Черевик, складывая им руки. — Пусть их живут, как венки вьют!» Тут послышался шум в народе: «Я скорее тресну, чем допущу до этого!» — кричала сожительница Солопия, которую однако ж с хохотом отталкивала толпа народа. «Не бесись, не бесись, жинка! — говорил хладнокровно Черевик, видя, что пара дюжих цыган овладела ее руками, — что сделано, то сделано; я переменять не люблю!» — «Нет! нет! этого-то не будет!» — кричала Хивря, но никто не слушал ее; несколько пар обступило новую пару и составили около нее непроницаемую, танцующую стену.

Странное неизъяснимое чувство овладело бы зрителем, при виде, как от одного удара смычком музыканта в сермяжной свитке, с длинными закрученными усами, все обратилось, волею и неволею, к единству и перешло в согласие. Люди, на угрюмых лицах которых, кажется, век не проскальзывала улыбка, притопывали ногами и вздрагивали плечами. Все неслось. Все танцевало. Но еще страннее, еще неразгаданнее чувство пробудилось бы в глубине души при взгляде на старушек, на ветхих лицах которых веяло равнодушие могилы, толкавшихся между новым, смеющимся, живым человеком. Беспечные! даже без детской радости, без искры сочувствия, которых один хмель только, как механик своего безжизненного автомата, заставляет делать что-то подобное человеческому, они тихо покачивали охмелевшими головами, подтанцывая за веселящимся народом, не обращая даже глаз на молодую чету.

Гром, хохот, песни слышались тише и тише. Смычок умирал, слабея и теряя неясные звуки в пустоте воздуха. Еще слышалось где-то топанье, что-то похожее на ропот отдаленного моря, и скоро все стало пусто и глухо.

Не так ли и радость, прекрасная и непостоянная гостья, улетает от нас, и напрасно одинокий звук думает выразить веселье? В собственном эхе слышит уже он грусть и пустыню и дико внемлет ему. Не так ли резвые други бурной и вольной юности, по одиночке, один за другим, теряются по свету и оставляют наконец одного старинного брата их? Скучно оставленному! И тяжело и грустно становится сердцу, и нечем помочь ему.

Вечер накануне Ивана Купала

За Фомою Григорьевичем водилась особенного рода странность: он до смерти не любил пересказывать одно и то же. Бывало, иногда если упросишь его рассказать что сызнова, то смотри, что-нибудь да вкинет новое, или переиначит так, что узнать нельзя. Раз, один из тех господ — нам простым людям мудрено и назвать их — писаки они, не писаки; а вот то самое, что барышники на наших ярмарках. Нахватают, напросят, накрадут всякой всячины, да и выпускают книжечки, не толще букваря, каждый месяц или неделю. Один из этих господ и выманил у Фомы Григорьевича эту самую историю, а он вовсе и позабыл о ней. Только приезжает из Полтавы тот самый панич в гороховом кафтане, про которого говорил я и которого одну повесть вы, думаю, уже прочли; привозит с собою небольшую книжечку и, развернувши посередине, показывает нам. Фома Григорьевич готов уже был оседлать нос свой очками, но, вспомнив, что он забыл их подмотать нитками и облепить воском, передал мне. Я, так как грамоту кое-как разумею и не ношу очков, принялся читать. Не успел перевернуть двух страниц, как он вдруг остановил меня за руку. «Постойте! наперед скажите мне, что это вы читаете?» Признаюсь, я немного пришел в тупик от такого вопроса. «Как что читаю, Фома Григорьевич? вашу быль, ваши собственные слова». — «Кто вам сказал, что это мои слова?» — «Да чего лучше, тут и напечатано: рассказанная таким-то дьячком». — «Плюйте ж на голову тому, кто это напечатал! *бреше, сучий москаль*. Так ли я говорил? *Що-то вже, як у кого черт ма клепки в голови!* Слушайте, я вам расскажу ее сейчас». Мы придвинулись к столу, и он начал:

ВЕЧЕР НАКАНУНЕ ИВАНА КУПАЛА
Быль, *рассказанная дьячком ***ской церкви*

Дед мой (царство ему небесное! чтоб ему на том свете елись одни только буханци пшеничные, да маковники в меду) умел чудно рассказывать. Бывало, поведет речь — целый день не подвинулся бы с места, и все бы слушал. Уж не чета какому-нибудь нынешнему балагуру, который как начнет *москаля везть,*[*] да еще и языком таким, будто ему три дня есть не давали, то хоть берись за шапку, да из хаты. Как теперь помню — покойная старуха, мать моя, была еще жива, — как в долгий зимний вечер, когда на дворе трещал мороз и замуровывал наглухо узинькое стекло нашей хаты, сидела она перед гребнем, выводя рукою длинную нитку, колыша ногою люльку и напевая песню, которая как будто теперь слышится мне. Каганец, дрожа и вспыхивая, как бы пугаясь чего, светил нам в хате. Веретено жужжало; а мы все, дети, собравшись в кучку, слушали деда, не слезавшего от старости, более пяти лет, с своей печки. Но ни дивные речи про давнюю старину, про наезды запорожцев, про ляхов, про молодецкие дела Подковы, Полтора-Кожуха и Сагайдачного не занимали нас так, как рассказы про какое-нибудь старинное чудное дело, от которых всегда дрожь проходила по телу и волосы ерошились на голове. Иной раз страх, бывало, такой заберет от них, что все с вечера показывается Бог знает каким чудищем. Случится, ночью выйдешь за чем-нибудь из хаты, вот так и думаешь, что на постели твоей уклался спать выходец с того света. И чтобы мне не довелось рассказывать этого в другой раз, если не принимал часто издали собственную положенную в головах свитку за свернувшегося дьявола. Но главное в рассказах деда было то, что в жизнь

---

[*] т. е. лгать.

свою он никогда не лгал; и что, бывало, ни скажет, то именно так и было. Одну из его чудных историй перескажу теперь вам. Знаю, что много наберется таких умников, пописывающих по судам и читающих даже гражданскую грамоту, которые, если дать им в руки простой часослов, не разобрали бы ни аза в нем, а показывать на позор свои зубы — есть уменье. Им все, что ни расскажешь, в смех. Эдакое неверье разошлось по свету! Да чего, — вот, не люби Бог меня и Пречистая Дева! вы, может, даже не поверите: раз, как-то заикнулся про ведьм — что ж? нашелся сорви-голова, ведьмам не верит! Да, слава Богу, вот я, сколько живу уже на свете, видел таких иноверцев, которым *провозить попа в решете** было легче, нежели нашему брату понюхать табаку; а и те открещивались от ведьм. Но приснись им, не хочется только выговорить, что такое, нечего и толковать об них.

Лет — куды! более чем за сто, говорил покойник дед мой, нашего села и не узнал бы никто: хутор, самый бедный хутор! Избенок десять, не обмазанных, не укрытых, торчало то сям, то там, посереди поля. Ни плетня, ни сарая порядочного, где бы поставить скотину или воз. Это ж еще богачи так жили; а посмотрели бы на нашу братью, на голь: вырытая в земле яма — вот вам и хата! Только по дыму и можно было узнать, что живет там человек Божий. Вы спросите, отчего они жили так? Бедность, не бедность; потому что тогда козаковал почти всякой и набирал в чужих землях не мало добра; а больше оттого, что незачем было заводиться порядочною хатою. Какого народу тогда не шаталось по всем местам: крымцы, ляхи, литвинство! Бывало то, что и свои наедут кучами и обдирают своих же. Всего бывало.

В этом-то хуторе показывался часто человек, или лучше дьявол в человеческом образе. Откуда он, зачем приходил, никто не знал. Гуляет, пьянствует и вдруг пропадет, как в воду, и слуху нет. Там, глядь — снова будто с неба упал, рыскает по улицам села, которого теперь и следу нет и которое было, может, не дальше ста шагов от Диканьки. Понаберет встречных козаков: хохот, песни, деньги сыплются, водка как вода... Пристанет, бывало, к красным девушкам: надарит лент, серег, монист — девать некуда! Правда, что красные девушки немного призадумывались, принимая подарки: Бог знает, может, в самом деле перешли они через

---

* т. е. солгать на исповеди.

нечистые руки. Родная тетка моего деда, содержавшая в то время шинок по нынешней Опошнянской дороге, в котором часто разгульничал Басаврюк, так называли этого бесовского человека, именно говорила, что ни за какие благополучия в свете не согласилась бы принять от него подарков. Опять, как же и не взять: всякого проберет страх, когда нахмурит он, бывало, свои щетинистые брови и пустит исподлобья такой взгляд, что, кажется, унес бы ноги Бог знает куда; а возьмешь — так на другую же ночь и тащится в гости какой-нибудь приятель из болота, с рогами на голове, и давай душить за шею, когда на шее монисто, кусать за палец, когда на нем перстень, или тянуть за косу, когда вплетена в нее лента. Бог с ними тогда, с этими подарками! Но вот беда — и отвязаться нельзя: бросишь в воду — плывет чертовский перстень или монисто поверх воды, и к тебе же в руки.

В селе была церковь, чуть ли еще, как вспомню, не святого Пантелея. Жил тогда при ней иерей, блаженной памяти отец Афанасий. Заметив, что Басаврюк и на Светлое Воскресение не бывал в церкви, задумал было пожурить его — наложить церковное покаяние. Куды! насилу ноги унес. «Слушай, *паноче!* — загремел он ему в ответ. — Знай лучше свое дело, чем мешаться в чужие, если не хочешь, чтобы козлиное горло твое было залеплено горячею кутеей!» Что делать с окаянным? Отец Афанасий объявил только, что всякого, кто зазнается с Басаврюком, станет считать за католика, врага Христовой церкви и всего человеческого рода.

В том селе был у одного козака, прозвищем Коржа, работник, которого люди звали Петром Безродным; может, оттого, что никто не помнил ни отца его, ни матери. Староста церкви говорил, правда, что они на другой же год померли от чумы; но тетка моего деда знать этого не хотела и всеми силами старалась наделить его родней, хотя бедному Петру было в ней столько нужды, сколько нам в прошлогоднем снеге. Она говорила, что отец его и теперь на Запорожье; был в плену у турок, натерпелся мук, Бог знает каких, и каким-то чудом, переодевшись евнухом, дал тягу. Чернобровым дивчатам и молодицам мало было нужды до родни его. Они говорили только, что если бы одеть его в новый жупан, затянуть красным поясом, надеть на голову шапку из черных смушек с щегольским синим верхом, привесить к боку турецкую саблю, дать в одну руку малахай, в другую люльку в красивой оправе, то заткнул бы он за пояс всех парубков тогдашних. Но то беда, что у бедного Петруся всего на всего была одна серая свитка, в которой было больше дыр, чем у иного жида в кармане злотых. И это бы еще не большая беда, а вот беда: у старого Коржа была дочка красавица, какую, я думаю, вряд ли доставалось вам видывать. Тетка покойного деда рассказывала, — а женщине, сами знаете, легче поцеловаться с чертом, не во гнев будь сказано, нежели назвать кого красавицею, — что полненькие щеки козачки были свежи и ярки, как мак самого тонкого розового цвета, когда, умывшись божьею росою, горит он, распрямляет листики и охорашивается перед только что поднявшимся солнышком; что брови словно черные шнурочки, какие покупают теперь для крестов и дукатов девушки наши у проходящих по селам с коробками москалей, ровно нагнувшись, как будто гляделись в ясные очи; что ротик, на который глядя облизывалась тогдашняя молодежь, кажись, на то и создан был, чтобы выводить соловьиные песни; что волосы ее, черные, как крылья ворона, и мягкие, как молодой лен (тогда еще девушки наши не заплетали их в дрибушки, перевивая красивыми, ярких цветов, синдячками), падали курчавыми кудрями на шитый золотом кунтуш. Эх, не доведи Господь возглашать мне больше на клиросе алилуя, если бы, вот тут же, не расцеловал ее, несмотря на то, что седь пробирается по всему старому лесу, покрывающему мою макушу, и под боком моя старуха, как бельмо в глазу. Ну, если где парубок и девка живут близко один от другого... сами знаете, что выходит. Бывало, ни свет, ни заря, подковы красных сапогов и приметны на том месте, где раздобаривала Пидорка с своим Петрусем. Но все бы Коржу и в ум не пришло что-нибудь недоброе, да раз — ну, это уже и видно, что никто другой, как лукавый дернул — вздумалось Петрусю, не обсмотревшись хорошенько в сенях, влепить поцелуй, как говорят, от всей души, в розовые губки козачки, и тот же самый лукавый, чтоб ему, собачьему сыну, приснился крест святой! настроил сдуру старого хрена отворить дверь хаты. Одеревянел Корж, разинув рот и ухватясь рукою за двери. Проклятый поцелуй, казалось, оглушил его совершенно. Ему почудился он громче, чем удар макогона об стену, которым обыкновенно в наше время мужик прогоняет кутю, за неимением фузеи и пороха.

Очнувшись, снял он со стены дедовскую нагайку и уже хотел было покропить ею спину бедного Петра, как, откуда ни возьмись, шестилетний брат Пидоркин, Ивась, прибежал и в испуге схватил ручонками его за ноги, закричав: «тятя, тятя! не бей Петруся!» Что прикажешь делать? у отца сердце не каменное; повесивши нагайку на стену, вывел он его потихоньку из хаты: «Если ты мне когда-нибудь покажешься в хате, или хоть только под окнами, то слушай, Петро: ей-богу, пропадут черные усы, да и оселедец твой, вот уже он два раза обматывается около уха, не будь я Терентий Корж, если не распрощается с твоею макушей!» Сказавши это, дал он ему легонькою рукою стусана в затылок, так что Петрусь, не взвидя земли, полетел стремглав. Вот тебе и доцеловались! Взяла кручина наших голубков; а тут и слух по селу, что к Коржу повадился ходить какой-то лях, обшитый золотом, с усами, с саблею, с шпорами, с карманами, бренчавшими, как звонок от мешочка, с которым понамарь наш, Тарас, отправляется каждый день по церкве. Ну, известно, зачем ходят к отцу, когда у него водится чернобровая дочка. Вот, один раз, Пидорка схватила, заливаясь слезами, на руки Ивася своего: «Ивасю мой милой, Ивасю мой любой! беги к Петрусю, мое золотое дитя, как стрела из лука; расскажи ему все: любила б его карие очи, целовала бы его белое личико, да не велит судьба моя. Не один рушник вымочила горючими слезами. Тошно мне. Тяжело на сердце. И родной отец — враг мне: неволит идти за нелюбого ляха. Скажи ему, что и свадьбу готовят, только не будет музыки на нашей свадьбе; будут дьяки петь, вместо кобз и сопилок. Не пойду я танцевать с женихом своим; понесут меня. Темная, темная моя будет хата: из кленового дерева, и, вместо трубы, крест будет стоять на крыше!»

Как будто окаменев, не сдвинувшись с места, слушал Петро, когда невинное дитя лепетало ему Пидоркины речи. «А я думал, несчастный, идти в Крым и Туречину, навоевать золота и с добром приехать к тебе, моя красавица. Да не быть тому. Недобрый глаз поглядел на нас. Будет же, моя дорогая рыбка! будет и у меня свадьба: только и дьяков не будет на той свадьбе; ворон черный прокрячет, вместо попа, надо мною; гладкое поле будет моя хата; сизая туча — моя крыша; орел выклюет мои карие очи; вымоют дожди козацкие косточки, и вихорь высушит их. Но что я? на кого? кому жаловаться? Так уже, видно, Бог велел — пропадать, так пропадать!» — да прямехонько и побрел в шинок.

Тетка покойного деда немного изумилась, увидевши Петруся в шинке, да еще в такую пору, когда добрый человек идет к заутрене, и выпучила на него глаза, как будто спросонья, когда потребовал он кухоль сивухи, мало не с полведра. Только напрасно думал бедняжка залить свое горе. Водка щипала его за язык, словно крапива, и казалась ему горше полыни. Кинул от себя кухоль на землю. «Полно горевать тебе, козак!» — загремело что-то басом над ним. Оглянулся: Басаврюк! у! какая образина! Волосы — щетина, очи — как у вола! «Знаю, чего недостает тебе: вот чего!» Тут брякнул он с бесовскою усмешкою кожаным, висевшим у него возле пояса, кошельком. Вздрогнул Петро. «Ге, ге, ге! да как горит! — заревел он, пересыпая на руку червонцы, — ге, ге, ге! да как звенит! А ведь и дела только одного потребую за целую гору таких цяцек». — «Дьявол! — закричал Петро. — Давай его! на все готов!» Хлопнули по рукам. «Смотри, Петро, ты поспел как раз в пору: завтра Ивана Купала. Одну только эту ночь в году и цветет папоротник. Не прозевай! Я тебя буду ждать, о полночи, в Медвежьем овраге».

Я думаю, куры так не дожидаются той поры, когда баба вынесет им хлебных зерен, как дожидался Петрусь вечера. То и дела, что смотрел, не становится ли тень от дерева длиннее, не румянится ли понизившееся солнышко, и что далее, тем нетерпеливей. Экая долгота! видно, день Божий потерял где-нибудь конец свой. Вот уже и солнца нет. Небо только краснеет на одной стороне. И оно уже тускнет. В поле становится холодней. Примеркает, примеркает и — смерклось. Насилу! С сердцем, только что не хотевшим выскочить из груди, собрался он в дорогу и бережно спустился густым лесом в глубокий яр, называемый Медвежьим оврагом. Басаврюк уже поджидал там. Темно, хоть в глаза выстрели. Рука об руку пробирались они по топким болотам, цепляясь за густо разросшийся терновник и спотыкаясь почти на каждом шагу. Вот и ровное место. Огляделся Петро: никогда еще не случалось ему заходить сюда. Тут остановился и Басаврюк. «Видишь ли ты, стоят перед тобою три пригорка. Много будет на них цветов разных; но сохрани тебя нездешняя сила, вырвать хоть один. Только же зацветет папоротник, хватай его и не оглядывайся, что бы тебе позади ни чудилось». Петро хотел было спросить... глядь — и нет уже его. Подошел к трем пригоркам; где же цветы? Ничего не видать. Дикой бурьян чернел кругом и глушил все своею густотою. Но вот блеснула на небе зарница, и перед ним показалась целая гряда цветов, все чудных, все невиданных; тут же и простые листья папоротника. Поусумнился Петро и раздумно стал перед ними, подпершись обеими руками в боки. Что тут за невидальщина? десять раз на день, случается, видишь это зелье; какое ж тут диво? Не вздумала ли дьявольская рожа посмеяться? Глядь, краснеет маленькая цветочная почка и, как будто живая, движется. В самом деле чудно! Движется и становится все больше, больше, и краснеет, как горячий уголь. Вспыхнула звездочка, что-то тихо затрещало, и цветок развернулся перед его очами, словно пламя, осветив и другие около себя. «Теперь пора!» — подумал Петро и протянул руку. Смотрит, тянутся из-за него сотни мохнатых рук также к цветку, а позади его что-то перебегает с места на место. Зажмурив глаза, дернул он за стебелек, и цветок остался в его руках. Все утихло. На пне показался сидящим Басаврюк, весь синий, как мертвец. Хоть бы пошевелился одним пальцем. Очи недвижно уставлены на что-то, видимое ему одному только; рот в половину разинут, и ни ответа. Вокруг не шелохнет. Ух, страшно!.. Но вот послышался свист, от которого захолонуло у Петра внутри, и почудилось ему, будто трава зашумела, цветы начали между собою разговаривать голоском тоненьким, будто серебряные колокольчики; деревья загремели сыпучею бранью... Лицо Басаврюка вдруг ожило; очи сверкнули. «Насилу воротилась, яга! — проворчал он сквозь зубы. — Гляди, Петро, станет перед тобою сейчас красавица: делай все, что ни прикажет, не то пропал навеки!» Тут разделил он суковатою палкою куст терновника, и перед ними показалась избушка, как говорится, на курьих ножках. Басаврюк ударил кулаком, и стена зашаталась. Большая черная собака выбежала навстречу и с визгом, оборотившись в кошку, кинулась в глаза им. «Не бесись, не бесись, старая чертовка!» — проговорил Басаврюк, приправив таким словцом, что добрый человек и уши бы заткнул. Глядь, вместо кошки, старуха с лицом сморщившимся, как печеное яблоко, вся согнутая в дугу; нос с подбородком словно щипцы, которыми щелкают орехи. «Слазная красавица!» — подумал

Петро, и мурашки пошли по спине его. Ведьма вырвала у него цветок из рук, наклонилась и что-то долго шептала над ним, вспрыскивая какою-то водою. Искры посыпались у ней изо рта; пена показалась на губах. «Бросай!» — сказала она, отдавая цветок ему. Петро подбросил, и, что за чудо? цветок не упал прямо, но долго казался огненным шариком посреди мрака и, словно лодка, плавал по воздуху; наконец, потихоньку начал спускаться ниже и упал так далеко, что едва приметна была звездочка, не больше макового зерна. «Здесь!» — глухо прохрипела старуха; а Басаврюк, подавая ему заступ, примолвил: «Копай здесь, Петро. Тут увидишь ты столько золота, сколько ни тебе, ни Коржу не снилось». — Петро, поплевав в руки, схватил заступ, надавил ногою и выворотил землю, в другой, в третий, еще раз... что-то твердое!.. Заступ звенит и нейдет далее. Тут глаза его ясно начали различать небольшой, окованный железом, сундук. Уже хотел он было достать его рукою, но сундук стал уходить в землю, и все, чем далее, глубже, глубже; а позади его слышался хохот, более схожий с змеиным шипеньем. «Нет, не видать тебе золота, покаместь не достанешь крови человеческой!» — сказала ведьма и подвела к нему дитя, лет шести, накрытое белою простынею, показывая знаком, чтобы он отсек ему голову. Остолбенел Петро. Малость, отрезать ни за что, ни про что человеку голову, да еще и безвинному ребенку! В сердцах, сдернул он простыню, накрывавшую его голову, и что же? Перед ним стоял Ивась. И ручонки сложило бедное дитя накрест; и головку повесило... Как бешеный, подскочил с ножом к ведьме Петро и уже занес было руку... «А что ты обещал за девушку?..» — грянул Басаврюк, и словно пулю посадил ему в спину. Ведьма топнула ногою: синее пламя выхватилось из земли; середина ее вся осветилась и стала как будто из хрусталя вылита; и все, что ни было под землею, сделалось видимо, как на ладони. Червонцы, дорогие камни, в сундуках, в котлах, грудами были навалены под тем самым местом, где они стояли. Глаза его загорелись... ум помутился... Как безумный, ухватился он за нож, и безвинная кровь брызнула ему в очи... Дьявольский хохот загремел со всех сторон. Безобразные чудища стаями скакали перед ним. Ведьма, вцепившись руками за обезглавленный труп, как волк, пила из него кровь... Все пошло кругом в голове его! Собравши все силы, бросился бежать он. Все покрылось перед ним красным цветом. Деревья все в крови, казалось, горели и стонали. Небо, раскаливших, дрожало… Огненные пятна, что молнии, мерещились ему в глаза. Выбившись из сил, вбежал он в свою лачужку и, как сноп, повалился на землю. Мертвый сон охватил его.

Два дни и две ночи спал Петро без просыпа. Очнувшись на третий день, долго осматривал он углы своей хаты; но напрасно старался что-нибудь припомнить: память его была как карман старого скряги, из которого полушки не выманишь. Потянувшись немного, услышал он, что в ногах брякнуло. Смотрит: два мешка с золотом. Тут только, будто сквозь сон, вспомнил он, что искал какого-то клада, что было ему одному страшно в лесу… Но за какую цену, как достался он, этого никаким образом не мог понять.

Увидел Корж мешки и — разнежился: «Сякой, такой Петрусь, немазаный! да я ли не любил его? да не был ли у меня он, как сын родной?» — и понес хрыч небывальщину, так что того до слез разобрало. Дивно только показалось Пидорке, когда стала рассказывать, как проходившие мимо цыгане украли Ивася. Он не мог даже вспомнить лица его, так обморочила проклятая бесовщина! Мешкать было незачем. Поляку дали под нос дулю, да и заварили свадьбу: напекли шишек, нашили рушников и хусток, выкатили бочку горелки, посадили за стол молодых, разрезали коровай; брякнули в бандуры, цымбалы, сопилки, кобзы — и пошла потеха…

В старину свадьба водилась не в сравненье с нашей. Тетка моего деда, бывало, расскажет — люли только! Как девчата, в нарядном головном уборе из желтых, синих и розовых стричек, на верх которых навязывался золотой галун, в тонких рубашках, вышитых по всему шву красным шелком и унизанных мелкими серебряными цветочками, в сафьянных сапогах на высоких железных подковах, плавно, словно павы, и с шумом, что вихорь, скакали в горлице. Как молодицы, с корабликом на голове, которого верх сделан был весь из сутозолотой парчи, с небольшим вырезом на затылке, из которого выглядывал золотой очипок, с двумя выдавшимися, один наперед, другой назад, рожками, самого мелкого черного смушка; в синих, из лучшего полутабенеку, с красными клапанами кунтушах, важно подбоченившись, выступали по одиночке и мерно выбивали гопака. Как парубки, в высоких козацких шапках, в тонких суконных свитках, затянутых шитыми серебром поясами, с люльками в зубах, рассыпались перед ними мелким бесом и подпускали турусы. Сам Корж не утерпел, глядя на молодых, чтобы не тряхнуть стариною. С бандурою в руках, потягивая люльку и вместе припевая, с чаркою на голове, пустился старичина, при громком крике гуляк, вприсядку. Чего не выдумают навеселе? Начнут, бывало, наряжаться в хари — Боже ты мой, на человека не похожи! Уж не чета нынешним переодеваниям, что бывают на свадьбах наших. Что теперь? только что корчат цыганок да москалей. Нет, вот, бывало, один оденется жидом, а другой чертом, начнут сперва целоваться, а после ухватятся за чубы... Бог с вами! смех нападет такой, что за живот хватаешься. Поодену́тся в турецкие и татарские платья: все горит на них, как жар... А как начнут дуреть, да строить штуки... ну, тогда хоть святых выноси. С теткой покойного деда, которая сама была на этой свадьбе, случилась забавная история: была она одета тогда в татарское широкое платье и с чаркою в руках угощала собрание. Вот, одного дернул лукавый окатить ее сзади водкою; другой, тоже, видно, не промах, высек в ту же минуту огня, да и поджег... пламя вспыхнуло: бедная тетка, перепугавшись, давай сбрасывать с себя, при всех, платье... Шум, хохот, ералаш поднялся, как на ярмарке. Словом, старики не запомнили никогда еще такой веселой свадьбы.

Начали жить Пидорка да Петрусь, словно пан с панею. Всего вдоволь, все блестит... Однако же добрые люди качали слегка головами, глядя на житье их. От черта не будет добра, поговаривали все в один голос. Откуда, как не от искусителя люда православного, пришло к нему богатство? Где ему было взять такую кучу золота? Отчего, вдруг, в самый тот день, когда разбогател он, Басаврюк пропал, как в воду? — Говорите же, что люди выдумывают! Ведь в самом деле, не прошло месяца, Петруся никто узнать не мог. Отчего, что с ним сделалось, Бог знает. Сидит на одном месте, и хоть бы слово с кем. Все думает и как будто бы хочет что-то припомнить. Когда Пидорке удастся заставить его о чем-нибудь заговорить, как будто и забудется, и поведет речь, и развеселится даже; но ненароком, посмотрит на мешки — «постой, постой, позабыл!» — кричит, и снова задумается, и снова силится про что-то вспомнить. Иной раз, когда долго сидит на одном месте, чудится ему, что вот-вот все сызнова приходит на ум... и опять все ушло. Кажется, сидит в шинке; несут ему водку; жжет его водка; противна ему водка. Кто-то подходит, бьет по плечу его... но далее, все как будто туманом укрывается перед ним. Пот валится градом по лицу его, и он в изнеможении садится на свое место.

Чего ни делала Пидорка: и совещалась с знахорами, и переполох выливали, и соняшницу заваривали,* ничто не помогало. Так прошло и лето. Много козаков обкосилось и обжалось, много козаков, поразгульнее других, и в поход потянулось. Стаи уток еще толпились на болотах наших; но крапивянок уже и в помине не было. В степях закраснело. Скирды хлеба то сям, то там, словно козацкие шапки, пестрели по полю. Попадались по дороге и возы, наваленные хворостом и дровами. Земля сделалась крепче и местами стала прохватываться морозом. Уже и снег начал сеяться с неба, и ветви дерев убрались инеем, будто заячьим мехом. Вот уже в ясный морозный день красногрудый снегирь, словно щеголеватый польский шляхтич, прогуливался по снеговым кучам, вытаскивая зерно, и дети огромными киями гоняли по льду деревянные кубари, между тем как отцы их спокойно вылеживались на печке, выходя по временам, с зажженною люлькою в зубах, ругнуть добрым порядком православный морозец или проветриться и промолотить в сенях залежалый хлеб. Наконец, снега стали таять и *щука хвостом лед расколотила*; а Петро все так же, и чем далее, тем еще суровее. Как будто прикованный, сидит посереди хаты, поставив себе в ноги мешки с золотом. Одичал, оброс волосами, стал страшен, и все думает об одном, все силится припомнить что-то, и сердится, и злится, что не может вспомнить. Часто дико подымается с своего места, поводит руками, вперяет во что-то глаза свои, как будто хочет уловить его; губы шевелятся, будто хотят произнесть какое-то давно забытое слово — и неподвижно останавливаются...

---

* Выливают переполох у нас в случае испуга, когда хотят узнать, отчего приключился он; бросают расплавленное олово или воск в воду, и чье примут они подобие, то самое перепугало больного; после чего и весь испуг проходит. Заваривают соняшницу от дурноты и боли в животе. Для этого зажигают кусок пеньки, бросают в кружку и опрокидывают ее вверх дном в миску, наполненную водою и поставленную на животе больного; потом, после зашептываний, дают ему выпить ложку этой самой воды.

Бешенство овладевает им: как полуумный, грызет и кусает себе руки и в досаде рвет клоками волоса, покамест, утихнув, не упадет, будто в забытьи, и после снова принимается припоминать, и снова бешенство, и снова мука... Что это за напасть Божия? Жизнь не в жизнь стала Пидорке. Страшно ей было оставаться сперва одной в хате; да после свыклась бедняжка с своим горем. Но прежней Пидорки уже узнать нельзя было. Ни румянца, ни усмешки; изныла, исчахла, выплакались ясные очи. Раз, кто-то уже, видно, сжалился над ней, посоветовал идти к колдунье, жившей в Медвежьем овpагу, про которую ходила слава, что умеет лечить все на свете болезни. Решилась попробовать последнее средство; слово за слово, уговорила старуху идти с собою. Это было ввечеру, как раз накануне Купала. Петро в беспамятстве лежал на лавке и не примечал вовсе новой гостьи. Как вот, мало-помалу, стал приподниматься и всматриваться. Вдруг весь задрожал, как на плахе; волосы поднялись горою... и он засмеялся таким хохотом, что страх врезался в сердце Пидорки. «Вспомнил, вспомнил!» — закричал он в страшном весельи и, размахнувши топор, пустил им со всей силы в старуху. Топор на два вершка вбежал в дубовую дверь. Старуха пропала, и дитя лет семи, в белой рубашке, с накрытою головою, стало посереди хаты... Простыня слетела. «Ивась!» — закричала Пидорка и бросилась к нему; но привидение, все с ног до головы, покрылось кровью и осветило всю хату красным светом... В испуге выбежала она в сени; но, опомнившись немного, хотела было помочь ему; напрасно! дверь захлопнулась за нею так крепко, что не под силу было отпереть. Сбежались люди; принялись стучать; высадили дверь: хоть бы душа одна. Вся хата полна дыма, и посередине только, где стоял Петрусь, куча пеплу, от которого местами подымался еще пар. Кинулись к мешкам: одни битые черепки лежали вместо червонцев. Выпуча глаза и разинув рты, не смея пошевельнуть усом, стояли козаки, будто вкопанные в землю. Такой страх навело на них это диво.

Что было далее, не вспомню. Пидорка дала обет идти на богомолье; собрала оставшееся после отца имущество, и через несколько дней ее точно уже не было на селе. Куда ушла она, никто не мог сказать. Услужливые старухи отправили ее было уже туда, куда и Петро потащился; да один раз приехавший из Киева козак рассказал, что видел в Лавре монахиню, всю высохшую, как скелет, и беспрестанно молящуюся, в которой земляки, по всем приметам, узнали Пидорку; что будто еще никто не слышал от нее ни одного слова; что пришла она пешком и принесла оклад к иконе Божьей Матери, исцвеченный такими яркими камнями, что все зажмуривались, на него глядя.

Позвольте, этим еще не все кончилось. В тот самый день, когда лукавый припрятал к себе Петруся, показался снова Басаврюк; только все бегом от него. Узнали, что это за птица: никто другой, как сатана, принявший человеческий образ для того, чтобы отрывать клады; а как клады не даются нечистым рукам, так вот он и приманивает к себе молодцов. Того же году, все побросали землянки свои и перебрались в село; но и там однако ж не было покою от проклятого Басаврюка. Тетка покойного деда говорила, что именно злился он более всего на нее за то, что оставила прежний шинок по Опошнянской дороге, и всеми силами старался выместить все на ней. Раз старшины села собрались в шинок и, как говорится, беседовали по чинам за столом, посередине которого поставлен был, грех сказать чтобы малый, жареный баран. Калякали о сем и о том, было и про диковинки разные, и про чуда. Вот и померещилось, еще бы ничего, если бы одному, а то именно всем, что баран поднял голову, блудящие глаза его ожили и засветились, и вмиг появившиеся черные щетинистые усы значительно заморгали на присутствующих. Все тотчас узнали на бараньей голове рожу Басаврюка; тетка деда моего даже думала уже, что вот-вот попросит водки... Честные старшины за шапки, да скорей восвояси. В другой раз сам церковный староста, любивший по временам раздобаривать глаз на глаз с дедовскою чаркою, не успел еще раза два достать дна, как видит, что чарка кланяется ему в пояс. Черт с тобою! давай креститься!.. А тут с половиною его тоже диво: только что начала она замешивать тесто в огромной диже, вдруг дижа выпрыгнула: «Стой, стой!» — куды! подбоченившись важно, пустилась вприсядку по всей хате... Смейтесь; однако ж не до смеха было нашим дедам. И даром, что отец Афанасий ходил по всему селу с святою водою и гонял черта кропилом по всем улицам, а все еще тетка покойного деда долго жаловалась, что кто-то, как только вечер, стучит в крышу и царапается по стене.

Да чего! Вот теперь на этом самом месте, где стоит село наше, кажись, все спокойно; а ведь еще не так давно, еще покойный отец мой и я запомню, как мимо развалившегося шинка, который нечистое племя долго после того поправляло на свой счет, доброму человеку пройти нельзя было. Из закоптевшей трубы столбом валился дым и, поднявшись высоко, так, что посмотреть — шапка валилась, рассыпался горячими угольями по всей степи, и черт, нечего бы и вспоминать его, собачьего сына, так всхлипывал жалобно в своей конуре, что испуганные гайвороны стаями подымались из ближнего дубового леса и с диким криком метались по небу.

Майская ночь, или Утопленница

Враг его батька знае! начнуть що небудь робыть люды хрещены, то мурдуютця, мурдуютця, мов хорты за зайцем, а все щось не до шмыгу; тильки ж куды чорт уплетецця, то верть хвостыком — так де воно й возметцця ниначе з неба.

I

Звонкая песня лилась рекою по улицам села***. Было то время, когда, утомленные дневными трудами и заботами, парубки и девушки шумно собирались в кружок, в блеске чистого вечера, выливать свое веселье в звуки, всегда неразлучные с уньем. И вечер, вечно задумавшийся, мечтательно обнимал синее небо, преобращая все в неопределенность и даль. Уже и сумерки; а песни все не утихали. С бандурою в руках пробирался ускользнувший от песельников молодой козак Левко, сын сельского головы. На козаке решетиловская шапка. Козак идет по улице, бренчит рукою по струнам и подтанцывает. Вот он тихо остановился перед дверью хаты, уставленной невысокими вишневыми деревьями. Чья же это хата? Чья это дверь? Немного помолчавши, заиграл он и запел:
Сонце нызенько, вечер блызенько,
Выйды до мене, мое серденько!
«Нет, видно, крепко заснула моя яснеокая красавица! — сказал козак, окончивши песню и приближась к окну. — Галю, Галю! ты спишь, или не хочешь ко мне выйти? Ты боишься, верно, чтобы нас кто не увидел, или не хочешь, может быть, показать белое личико на холод! Не бойся: никого нет. Вечер

тепел. Но если бы и показался кто, я прикрою тебя свиткою, обмотаю своим поясом, закрою руками тебя — и никто нас не увидит. Но если бы и повеяло холодом, я прижму тебя поближе к сердцу, отогрею поцелуями, надену шапку свою на твои беленькие ножки. Сердце мое, рыбка моя, ожерелье! выгляни на миг. Просунь сквозь окошечко хоть белую ручку свою... Нет, ты не спишь, гордая дизчина! — проговорил он громче и таким голосом, каким выражает себя устыдившийся мгновенного унижения. — Тебе любо издеваться надо мною; прощай!» Тут он отворотился, насунул набекрень свою шапку и гордо отошел от окошка, тихо перебирая струны бандуры. Деревянная ручка у двери в это время завертелась: дверь распахнулась со скрипом, и девушка на поре семнадцатой весны, обвитая сумерками, робко оглядываясь и не выпуская деревянной ручки, переступила через порог. В полуясном мраке горели приветно, будто звездочки, ясные очи; блистало красное коралловое монисто, и от орлиных очей парубка не могла укрыться даже краска, стыдливо вспыхнувшая на щеках ее. «Какой же ты нетерпеливой, — говорила она ему вполголоса. — Уже и рассердился! Зачем выбрал ты такое время: толпа народу шатается то и дело по улицам... Я вся дрожу...»

— О, не дрожи, моя красная калиночка! Прижмись ко мне покрепче! — говорил парубок, обнимая ее, отбросив бандуру, висевшую на длинном ремне у него на шее, и садясь вместе с нею у дверей хаты. — Ты знаешь, что мне и часу не видать тебя горько.

— Знаешь ли, что я думаю, — прервала девушка, задумчиво потопив в него свои очи. — Мне все что-то будто на ухо шепчет, что вперед нам не видаться так часто. Недобрые у вас люди: девушки все глядят так завистливо, а парубки... Я примечаю даже, что мать моя с недавней поры стала суровее приглядывать за мною. Признаюсь, мне веселее у чужих было.

— Какое-то движение тоски выразилось на лице ее при последних словах.

— Два месяца только в стороне родной и уже соскучилась! Может, и я надоел тебе?

— О, ты мне не надоел, — молвила она, усмехнувшись. — Я тебя люблю, чернобровый козак! За то люблю, что у тебя карие очи, и как поглядишь ты ими — у меня как будто на душе усмехается: и весело, и хорошо ей; что приветливо моргаешь ты черным усом своим; что ты идешь по улице, поешь и играешь на бандуре, и любо слушать тебя.

— О, моя Галя! — вскрикнул парубок, целуя и прижимая ее сильнее к груди своей.

— Постой! полно, Левко! Скажи наперед, говорил ли ты с отцом своим?

— Что? — сказал он, будто проснувшись. — Да, что я хочу жениться, а ты выйти за меня замуж — говорил. — Но как-то унывно зазвучало в устах его это слово: говорил.

— Что же?

— Что станешь делать с ним? Притворился старый хрен, по своему обыкновению, глухим: ничего не слышит и еще бранит, что шатаюсь Бог знает где и весничаю с хлопцами по улицам. Но не тужи, моя Галю! Вот тебе слово козацкое, что уломаю его.

— Да тебе только стоит, Левко, слово сказать — и все будет по-твоему. Я знаю это по себе: иной раз не послушала бы тебя, а скажешь слово — и невольно делаю, что тебе хочется. Посмотри, посмотри! — продолжала она, положив голову на плечо ему и подняв глаза вверх, где необъятно синело теплое украинское небо, завешенное снизу кудрявыми ветвями стоявших перед ними вишен. — Посмотри: вон-вон далеко мелькнули звездочки: одна, другая, третья, четвертая, пятая... Не правда ли, ведь это ангелы Божии поотворяли окошечки своих светлых домиков на небе и глядят на нас? Да, Левко? Ведь это они глядят на нашу землю? Что, если бы у людей были крылья, как у птиц, — туда бы полететь, высоко, высоко... Ух, страшно! Ни один дуб у нас не достанет до неба. А говорят, однако же, есть где-то, в какой-то далекой земле, такое дерево, которое шумит вершиною в самом небе, и Бог сходит по нем на землю ночью перед светлым праздником.

— Нет, Галю; у Бога есть длинная лестница от неба до самой земли. Ее становят перед светлым воскресением святые архангелы; и как только Бог ступит на первую ступень, все нечистые духи полетят стремглав и кучами попадают в пекло, и оттого на Христов праздник ни одного злого духа не бывает на земле.

— Как тихо колышется вода, будто дитя в люльке! — продолжала Ганна, указывая на пруд, угрюмо обставленный темным кленовым лесом и оплакиваемый вербами, потопившими в нем жалобные свои ветви. Как бессильный старец, держал он в холодных объятиях своих далекое, темное небо, обсыпая ледяными поцелуями огненные звезды, которые тускло реяли среди теплого ночного воздуха, как бы предчувствуя скорое появление блистательного царя ночи. Возле леса, на горе, дремал с закрытыми ставнями старый деревянный дом; мох и дикая трава покрывали его крышу; кудрявые яблони разрослись перед его окнами; лес, обнимая своею тенью, бросал на него дикую мрачность; ореховая роща стлалась у подножия его и скатывалась к пруду.

— Я помню, будто сквозь сон, — сказала Ганна, не спуская глаз с него, — давно, давно, когда я еще была маленькою и жила у матери, что-то страшное рассказывали про дом этот. Левко, ты, верно, знаешь, расскажи!..

— Бог с ним, моя красавица! Мало ли чего не расскажут бабы и народ глупой. Ты себя только потревожишь, станешь бояться и не заснется тебе покойно.

— Расскажи, расскажи, милой, чернобровой парубок! — говорила она, прижимаясь лицом своим к щеке его и обнимая его. — Нет! ты, видно, не любишь меня, у тебя есть другая девушка. Я не буду бояться; я буду спокойно спать ночь. Теперь-то не засну, если не расскажешь. Я стану мучиться, да думать... Расскажи, Левко!..

— Видно, правду говорят люди, что у девушек сидит черт, подстрекающий их любопытство. Ну, слушай. Давно, мое серденько, жил в этом доме сотник. У сотника была дочка, ясная панночка, белая как снег, как твое личико. Сотникова жена давно уже умерла; задумал сотник жениться на другой. «Будешь ли ты меня нежить по-старому, батьку, когда возьмешь другую жену?» — «Буду, моя дочка; еще крепче прежнего стану прижимать тебя к сердцу! Буду, моя дочка; еще ярче стану дарить серьги и монисты!» — Привез сотник молодую жену в новый дом свой. Хороша была молодая жена. Румяна и бела собою была молодая жена; только так страшно взглянула на свою падчерицу, что та вскрикнула, ее увидевши, и хоть бы слово во весь день сказала суровая мачеха. Настала ночь: ушел сотник с молодою женой в свою опочивальню; заперлась и белая панночка в своей светлице. Горько сделалось ей; стала плакать. Глядит, страшная черная кошка крадется к ней; шерсть на ней горит, и железные когти стучат по полу. В испуге вскочила она на лавку: кошка за нею. Перепрыгнула на лежанку: кошка и туда, и вдруг бросилась к ней на шею и душит ее. С криком оторвавши от себя, кинула на пол; опять крадется страшная кошка. Тоска ее взяла. На стене висела отцовская сабля. Схватила ее и бряк по полу — лапа с железными когтями отскочила, и кошка с визгом пропала в темном углу. Целый день не выходила из светлицы своей молодая жена; на третий день вышла с перевязанною рукой. Угадала бедная панночка, что мачеха ее ведьма и что она ей перерубила руку. На четвертый день приказал сотник своей дочке носить воду, мести хату, как простой мужичке, и не показываться в панские покои. Тяжело было бедняжке; да нечего делать: стала выполнять отцовскую волю. На пятый день выгнал сотник свою дочку босую из дому и куска хлеба не дал на дорогу. Тогда только зарыдала панночка, закрывши руками белое лицо свое: «Погубил ты, батьку, родную дочку свою! Погубила ведьма грешную душу твою! Прости тебя Бог; а мне, несчастной, зидно, не велит Он жить на белом свете!..» И вон, видишь ли ты... — Тут оборотился Левко к Ганне, указывая пальцем на дом. — Гляди сюда: вон, подалее от дома, самый высокий берег! С этого берега кинулась панночка в воду, и с той поры не стало ее на свете...

— А ведьма? — боязливо прервала Ганна, устремив на него прослезившиеся очи.

— Ведьма? Старухи выдумали, что с той поры все утопленницы выходили, в лунную ночь, в панский сад греться на месяце; и сотникова дочка сделалась над ними главною. В одну ночь увидела она мачеху свою возле пруда, напала на нее и с криком утащила в воду. Но ведьма и тут нашлась: оборотилась под водою в одну из утопленниц и через то ушла от плети из зеленого тростника, которою хотели ее бить утопленницы. Верь бабам! Рассказывают еще, что панночка собирает всякую ночь утопленниц и заглядывает поодиночке каждой в лицо, стараясь узнать, которая из них ведьма; но до сих пор не узнала. И если попадется из людей кто, тотчас заставляет его угадывать, не то грозит утопить в воде. Вот, моя Галю, как рассказывают старые люди!.. Теперешний пан хочет строить на том месте винницу и прислал нарочно для того сюда винокура... Но я слышу говор. Это наши возвращаются с песен. Прощай, Галю! Спи спокойно; да не думай об этих бабьих выдумках! — Сказавши это, он обнял ее крепче, поцеловал и ушел.

— Прощай, Левко! — говорила Ганна, задумчиво вперив очи

на темный лес.

Огромный огненный месяц величественно стал в это время вырезываться из земли. Еще половина его была под землею; а уже весь мир исполнился какого-то торжественного света. Пруд тронулся искрами. Тень от деревьев ясно стала отделяться на темной зелени. «Прощай, Ганна!» — раздались позади ее слова, сопровождаемые поцелуем. «Ты воротился!» — сказала она, оглянувшись; но, увидев перед собою незнакомого парубка, отвернулась в сторону. «Прощай, Ганна!» — раздалось снова, и снова поцеловал ее кто-то в щеку. «Вот принесла нелегкая и другого!» — проговорила она с сердцем. «Прощай, милая Ганна!» — «Еще и третий!» — «Прощай! прощай! прощай, Ганна!» — и поцелуи засыпали ее со всех сторон. «Да тут их целая ватага!» — кричала Ганна, вырываясь из толпы парубков, наперерыв спешивших обнимать ее. — «Как им не надоест беспрестанно целоваться! Скоро, ей-богу, нельзя будет показаться на улице!» Вслед за сими словами дверь захлопнулась, и только слышно было, как с визгом задвинулся железный засов.

II

Знаете ли вы украинскую ночь? О, вы не знаете украинской ночи! Всмотритесь в нее. С середины неба глядит месяц. Необъятный небесный свод раздался, раздвинулся еще необъятнее. Горит и дышит он. Земля вся в серебряном свете; и чудный воздух и прохладно-душен, и полон неги, и движет океан благоуханий. Божественная ночь! Очаровательная ночь! Недвижно, вдохновенно стали леса, полные мрака, и кинули огромную тень от себя. Тихи и покойны эти пруды; холод и мрак вод их угрюмо заключен в темно-зеленые стены садов. Девственные чащи черемух и черешень пугливо протянули свои корни в ключевой холод и изредка лепечут листьями, будто сердясь и негодуя, когда прекрасный ветреник — ночной ветер, подкравшись мгновенно, целует их. Весь ландшафт спит. А вверху все дышит; все дивно, все торжественно. А на душе и необъятно, и чудно, и толпы серебряных видений стройно возникают в ее глубине. Божественная ночь! Очаровательная ночь! И вдруг все ожило: и леса, и пруды, и степи. Сыплется величественный гром украинского соловья, и чудится, что и месяц заслушался его посреди неба... Как очарованное, дремлет на возвышении село. Еще белее, еще лучше блестят при месяце толпы хат; еще ослепительнее вырезываются из мрака низкие их стены. Песни умолкли. Все тихо. Благочестивые люди уже спят. Где-где только светятся узенькие окна. Перед порогами иных только хат запоздалая семья совершает свой поздний ужин.

— Да, гопак не так танцуется! То-то я гляжу, не клеится все. Что ж это рассказывает кум?.. А, ну: гоп трала! гоп трала! гоп, гоп, гоп! — Так разговаривал сам с собою подгулявший мужик средних лет, танцуя по улице. — Ей-богу, не так танцуется гопак! Что мне лгать! ей-богу не так! А, ну: гоп трала! гоп трала! гоп, гоп, гоп!

— Вот, одурел человек! добро бы еще хлопец какой, а то старый кабан, детям на смех, танцует ночью по улице! — вскричала проходящая пожилая женщина, неся в руке солому. — Ступай в хату свою! Пора спать давно!

— Я пойду! — сказал, остановившись, мужик. — Я пойду. Я не посмотрю на какого-нибудь голову. Что он думает, *дидько б утыся его батькови*, что он голова, что он обливает людей на морозе холодною водою, так и нос поднял! Ну, голова, голова. Я сам себе голова. Вот, убей меня Бог! Бог меня убей, я сам себе голова. Вот что, а не то что... — продолжал он, подходя к первой попавшейся хате, и остановился перед окошком, скользя пальцами по стеклу и стараясь найти деревянную ручку. — Баба, отворяй! Баба, живей, говорят тебе, отворяй! Козаку спать пора!

— Куда ты, Каленик? Ты в чужую хату попал! — закричали, смеясь, позади его девушки, ворочавшиеся с веселых песней.

— Показать тебе твою хату?

— Покажите, любезные молодушки!

— Молодушки? слышите ли, — подхватила одна, — какой учтивый Каленик! За это ему нужно показать хату... но нет, наперед потанцуй!

— Потанцевать?.. эх вы, замысловатые девушки! — протяжно произнес Каленик, смеясь и грозя пальцем и оступаясь, потому что ноги его не могли держаться на одном месте. — А дадите перецеловать себя? Всех перецелую, всех!.. — и косвенными шагами пустился бежать за ними. Девушки подняли крик, перемешались; но после, ободрившись, перебежали на другую сторону, увидя, что Каленик не слишком был скор на ноги.

— Вон твоя хата! — закричали они ему, уходя и показывая на

избу, гораздо поболее прочих, принадлежавшую сельскому голове. Каленик послушно побрел в ту сторону, принимаясь снова бранить голову.

Но кто же этот голова, возбудивший такие невыгодные о себе толки и речи? О, этот голова важное лицо на селе. Покамест Каленик достигнет конца пути своего, мы, без сомнения, успеем кое-что сказать о нем. Все село, завидевши его, берется за шапки; а девушки, самые молоденькие, отдают *добридень*. Кто бы из парубков не захотел быть головою! Голове открыт свободный вход во все тавлинки; и дюжий мужик почтительно стоит, снявши шапку, во все продолжение, когда голова запускает свои толстые и грубые пальцы в его лубошную табакерку. В мирской сходке, или громаде, несмотря на то, что власть его ограничена несколькими голосами, голова всегда берет верх и почти по своей воле высылает, кого ему угодно, ровнять и гладить дорогу, или копать рвы. Голова угрюм, суров с виду и не любит много говорить. Давно еще, очень давно, когда блаженной памяти великая царица Екатерина ездила в Крым, был выбран он в провожатые; целые два дни находился он в этой должности и даже удостоился сидеть на козлах с царицыным кучером. И с той самом поры еще голова выучился раздумно и важно потуплять голову, гладить длинные, закрутившиеся вниз усы и кидать соколиный взгляд исподлобья. И с той поры голова, об чем бы ни заговорили с ним, всегда умеет поворотить речь на то, как он вез царицу и сидел на козлах царской кареты. Голова любит иногда прикинуться глухим, особливо если услышит то, чего не хотелось бы ему слышать. Голова терпеть не может щегольства: носит всегда свитку черного домашнего сукна, перепоясывается шерстяным цветным поясом, и никто никогда не видал его в другом костюме, выключая разве только времени проезда царицы в Крым, когда на нем был синий козацкий жупан. Но это время вряд ли кто мог запомнить из целого села; а жупан держит он в сундуке под замком. Голова вдов; но у него живет в доме свояченица, которая варит обедать и ужинать, моет лавки, белит хату, прядет ему на рубашки и заведывает всем домом. На селе поговаривают, будто она совсем ему не родственница; но мы уже видели, что у головы много недоброжелателей, которые рады распускать всякую клевету. Впрочем, может быть, к этому подало повод и то, что свояченице всегда не нравилось, если голова заходил в поле, усеянное жницами, или к козаку, у которого была молодая дочка. Голова крив; но зато одинокий глаз его злодей и далеко может увидеть хорошенькую поселянку. Не прежде, однако ж, он наведет его на смазливое личико, пока не обсмотрится хорошенько, не глядит ли откуда свояченица. Но мы почти все уже рассказали, что нужно, о голове; а пьяный Каленик не добрался еще и до половины дороги и долго еще угощал голову всеми отборными словами, какие могли только вспасть на лениво и несвязно поворачивавшийся язык его.

III

«Нет, хлопцы, нет, не хочу! Что за разгулье такое! Как вам не надоест повесничать? И без того уже прослыли мы, Бог знает, какими буянами. Ложитесь лучше спать!» Так говорил Левко разгульным товарищам своим, подговаривавшим его на новые проказы. «Прощайте, братцы! покойная вам ночь!» и быстрыми шагами шел от них по улице. «Спит ли моя ясноокая Ганна?» — думал он, подходя к знакомой нам хате с вишневыми деревьями. Среди тишины послышался тихий говор. Левко остановился. Между деревьями забелела рубашка... «Что это значит?» — подумал он и, подкравшись поближе, спрятался за дерево. При свете месяца блистало лицо стоявшей перед ним девушки... Это Ганна! Но кто же этот высокий человек, стоявший к нему спиною? Напрасно обсматривал он: тень покрывала его с ног до головы. Спереди только он был освещен немного; но малейший шаг вперед Левка уже подвергал его неприятности — быть открытым. Тихо прислонившись к дереву, решился он остаться на месте. Девушка ясно выговорила его имя. «Левко? Левко еще молокосос! — говорил хрипло и вполголоса высокий человек. — Если я встречу его когда-нибудь у тебя, я его выдеру за чуб...» — «Хотелось бы мне знать, какая это шельма похваляется выдрать меня за чуб!» — тихо проговорил Левко и протянул шею, стараясь не проронить ни одного слова. Но незнакомец продолжал так тихо, что нельзя было ничего расслушать. «Как тебе не стыдно! — сказала Ганна по окончании его речи. — Ты лжешь; ты обманываешь меня; ты меня не любишь; я никогда не поверю, чтобы ты меня любил!» — «Знаю, — продолжал высокий человек, — Левко много наговорил тебе пустяков и вскружил твою голову». (Тут показалось парубку, что голос незнакомца не совсем незнаком, и как будто он когда-то его слышал.) «Но я дам себя знать Левку! — продолжал все так же незнакомец, — он думает, что я не вижу всех его шашней. Попробует он, собачий сын, каковы у меня кулаки». При сем слове Левко не мог уже более удержать своего гнева. Подошедши на три шага к нему, замахнулся он со всей силы, чтобы дать треуха, от которого незнакомец, несмотря на свою видимую крепость, не устоял бы, может быть, на месте; но в это время свет пал на лицо его, и Левко остолбенел, увидевши, что перед ним стоял отец его. Невольное покачивание головою и легкий сквозь зубы свист одни только выразили его изумление. В стороне послышался шорох; Ганна поспешно влетела в хату, захлопнув за собою дверь.

«Прощай, Ганна!» — закричал в это время один из парубков, подкравшись и обнявши голову; и с ужасом отскочил назад, встретивши жесткие усы. «Прощай, красавица!» — вскричал другой; но на сей раз полетел стремглав от тяжелого толчка головы. «Прощай, прощай, Ганна!» — закричало несколько парубков, повиснув ему на шею. «Провалитесь, проклятые сорванцы! — кричал голова, отбиваясь и притопывая на них ногами. — Что я вам за Ганна! Убирайтесь вслед за отцами на виселицу, чертовы дети! Поприставали, как мухи к меду! Дам я вам Ганны!..»

— Голова! Голова! это голоза! — закричали хлопцы и разбежались во все стороны.

— Ай да батько! — говорил Левко, очнувшись от своего изумления и глядя вслед уходившему с ругательствами голове. — Вот какие за тобою водятся проказы! славно! А я дивлюсь да передумываю, что б это значило, что он все притворяется глухим, когда станешь говорить о деле. Постой же, старый хрен, ты у меня будешь знать, как шататься под окнами молодых девушек, будешь знать, как отбивать чужих невест! Гей, хлопцы! сюда! сюда! — кричал он, махая рукою к парубкам, которые снова собирались в кучу, — ступайте сюда! Я увещевал вас идти спать; но теперь раздумал и готов, хоть целую ночь, сам гулять с вами.

— Вот это дело! — сказал плечистый и дородный парубок, считавшийся первым гулякой и повесой на селе. — Мне все кажется тошно, когда не удается погулять порядком и настроить штук. Всé как будто недостает чего-то. Как будто потерял шапку или люльку; словом, не козак да и только.

— Согласны ли вы побесить хорошенько сегодня голову?

— Голову!

— Да, голову. Что он в самом деле задумал! Он управляется у нас, как будто гетьман какой. Мало того, что помыкает, как своими холопьями, еще и подъезжает к девчатам нашим. Ведь, я думаю, на всем селе нет смазливой девки, за которою бы не волочился голова.

— Это так, это так, — закричали в один голос все хлопцы.

— Что ж мы, ребята, за холопья? Разве мы не такого роду, как и он? Мы, слава Богу, вольные козаки! Покажем ему, хлопцы, что мы вольные козаки!

— Покажем! — закричали парубки. — Да если голову, то и писаря не минуть!

— Не минем и писаря! А у меня, как нарочно, сложилась в уме славная песня про голову. Пойдемте, я вас ее выучу, — продолжал Левко, ударив рукою по струнам бандуры. — Да слушайте: попереодевайтесь, кто во что ни попало!

— Гуляй, козацкая голова! — говорил дюжий повеса, ударив ногою в ногу и хлопнув руками. — Что за роскошь! Что за воля! Как начнешь беситься — чудится, будто поминаешь давние годы. Любо, вольно на сердце; а душа как будто в раю. Гей, хлопцы! Гей, гуляй!.. — И толпа шумно понеслась по улицам. И благочестивые старушки, пробужденные криком, подымали окошки и крестились сонными руками, говоря: «ну, теперь гуляют парубки!»

IV

Одна только хата светилась еще в конце улицы. Это жилище головы. Голова уже давно окончил свой ужин и, без сомнения, давно бы уже заснул; но у него был в это время гость, винокур, присланный строить винокурню помещиком, имевшим небольшой участок земли между вольными козаками. Под самым покутом, на почетном месте, сидел гость — низенькой, толстенькой человечек, с маленькими, вечно смеющимися глазками, в которых, кажется, написано было то удовольствие, с каким курил он свою коротенькую люльку, поминутно сплевывая и придавливая пальцем вылезавший из нее, превращенный в золу, табак. Облака дыма быстро разрастались над ним, одевая его в сизый туман. Казалось, будто широкая труба с какой-нибудь винокурни, наскуча сидеть на своей крыше, задумала прогуляться и чинно уселась за столом в хате головы. Под носом торчали у него коротенькие и густые усы; но они так неясно мелькали сквозь табачную атмосферу, что казались мышью, которую винокур поймал и держал во рту своем, подрывая монополию амбарного кота. Голова, как хозяин, сидел в одной только рубашке и полотняных шароварах. Орлиный глаз его, как вечереющее солнце, начинал мало-помалу жмуриться и меркнуть. На конце стола курил люльку один из сельских десятских, составлявших команду головы, сидевший из почтения к хозяину в свитке.

— Скоро же вы думаете, — сказал голова, оборотившись к винокуру и кладя крест на зевнувший рот свой, — поставить вашу винокурню?

— Когда Бог поможет, то сею осенью, может, и закурим. На Покров, бьюсь об заклад, что пан голова будет писать ногами немецкие крендели по дороге. — По произнесении сих слов, глазки винокура пропали; вместо их протянулись лучи до самых ушей; все туловище стало колебаться от смеха, и веселые губы оставили на мгновение дымившуюся люльку.

— Дай Бог, — сказал голова, выразив на лице своем что-то подобное улыбке. — Теперь еще, слава Богу, винниц развелось немного. А вот, в старое время, когда провожал я царицу по переяславской дороге, еще покойный Безбородько...

— Ну, сват, вспомнил время! Тогда от Кременчуга до самых Ромен не насчитывали и двух винниц. А теперь... Слышил ли ты, что повыдумали проклятые немцы? Скоро, говорят, будут курить не дровами, как все честные християне, а каким-то чертовским паром. — Говоря эти слова, винокур в размышлении глядел на стол и на расставленные на нем руки свои. — Как это паром — ей-богу, не знаю!

— Что за дурни, прости Господи, эти немцы! — сказал голова.

— Я бы батогом их, собачьих детей! Слыханное ли дело, чтобы паром можно было кипятить что. Поэтому ложку борщу нельзя поднести ко рту, не изжаривши губ, вместо молодого поросенка...

— И ты, сват, — отозвалась сидевшая на лежанке, поджавши под себя ноги, свояченица, — будешь, все это время, жить у нас без жены!

— А для чего она мне? Другое дело, если бы что доброе было.

— Будто не хороша? — спросил голова, устремив на него глаз свой.

— Куды тебе хороша! Стара́ як бис. Харя вся в морщинах, будто выпорожненный кошелек. — И низенькое строение винокура расшаталось снова от громкого смеха.

В это время что-то стало шарить за дверью; дверь растворилась, и мужик, не снимая шапки, ступил за порог и стал, как будто в раздумьи, посреди хаты, разинувши рот и оглядывая потолок. Это был знакомец наш, Каленик. «Вот, я и домой пришел! — говорил он, садясь на лавку у дверей и не обращая никакого внимания на присутствующих. — Вишь, как растянул, вражий сын сатана, дорогу! Идешь, идешь, и конца нет! Ноги как будто переломал кто-нибудь. Достань-ка там, баба, тулуп, подослать мне. На печь к тебе не приду, ей-богу, не приду: ноги болят! Достань его, там он лежит, близ покута; гляди только, не опрокинь горшка с тертым табаком. Или нет, не тронь, не тронь! Ты, может быть, пьяна сегодня... Пусть, уже я сам достану». Каленик приподнялся немного, но неодолимая сила приковала его к скамейке.

— За это люблю, — сказал голова, — пришел в чужую хату и распоряжается, как дома! Выпроводить его по добру по здорову!..

— Оставь, сват, отдохнуть! — сказал винокур, удерживая его за руку. — Это полезной человек; побольше такого народу — и винница наша славно бы пошла... — Однако ж не добродушие вынудило эти слова. Винокур верил всем приметам, и тотчас прогнать человека, уже севшего на лавку, значило у него накликать беду.

— Что-то, как старость придет!.. — ворчал Каленик, ложась на лавку. — Добро бы, еще сказать, пьян, так нет же, не пьян. Ей-богу, не пьян! Что мне лгать! Я готов объявить это хоть самому голове. Что мне голова? Чтоб он издохнул, собачий сын! Я плюю на него! Чтоб его, одноглазого черта, возом переехало! Что он обливает людей на морозе...

— Эге! влезла свинья в хату, да и лапы сует на стол, — сказал голова, гневно подымаясь с своего места; но в это время увесистый камень, разбивши окно вдребезги, полетел ему под ноги. Голова остановился. — Если бы я знал, — говорил он, подымая камень, — какой это висельник швырнул, я бы выучил его, как кидаться! Экие проказы! — продолжал он, рассматривая его на руке пылающим взглядом. — Чтобы он подавился этим камнем...

— Стой, стой! Боже тебя сохрани, сват! — подхватил, побледневши, винокур. — Боже сохрани тебя, и на том, и на этом свете, поблагословить кого-нибудь такою побранкою!

— Вот нашелся заступник! Пусть он пропадет!..

— И не думай, сват! Ты не знаешь, верно, что случилось с покойною тещею моей?

— С тещей?

— Да, с тещей. Вечером, немного может раньше теперешнего, уселись вечерять: покойная теща, покойный тесть, да наймыт, да наймычка, да детей штук с пятеро. Теща отсыпала немного галушек из большого казана в миску, чтобы не так были горячи. После работ все проголодались и не хотели ждать, пока простынут. Вздевши на длинные деревянные спички галушки, начали есть. Вдруг, откуда ни возьмись человек, какого он роду, Бог его знает, просит и его допустить к трапезе. Как не накормить голодного человека! Дали и ему спичку. Только гость упрятывает галушки, как корова сено. Покамест те съели по одной и опустили спички за другими, дно было гладко, как панский помост. Теща насыпала еще; думает, гость наелся и будет убирать меньше. Ничего не бывало. Еще лучше стал оплетать! и другую выпорожнил! «А чтоб ты подавился этими галушками!» — подумала голодная теща; как вдруг тот поперхнулся и упал. Кинулись к нему — и дух вон. Удавился.

— Так ему, обжоре проклятому, и нужно! — сказал голова.

— Так бы, да не так вышло: с того времени покою не было теще. Чуть только ночь, мертвец и тащится. Сядет верхом на трубу, проклятый, и галушку держит в зубах. Днем все покойно, и слуху нет про него; а только станет примеркать, погляди на крышу, уже и оседлал, собачий сын, трубу...

— И галушка в зубах?

— И галушка в зубах.

— Чудно, сват! Я слыхал что-то похожее еще за покойницу...

— Тут голова остановился. Под окном послышался шум и топанье танцующих. Сперва тихо звукнул и струны бандуры, к ним присоединился голос. Струны загремели сильнее; несколько голосов стали подтягивать, и песня зашумела вихрем:

Хлопцы, слыхали ли вы?
Наши ль головы не крепки!

У кривого головы
В голове расселись крепки.
Набей, бондарь, голову
Ты стальными обручами!
Вспрысни, бондарь, голову
Батогами, батогами!

Голова наш сед и крив,
Стар, как бес; а что за дурень!
Прихотлив и похотлив:
Жмется к девкам... Дурень, дурень!
И тебе лезть к парубкам!
Тебя б нужно в домовину,
По усам, да по шеям!
За чуприну! за чуприну!

«Славная песня, сват! — сказал винокур, наклоня немного набок голову и оборотившись к голове, остолбеневшему от удивления при виде такой дерзости. — Славная! скверно только, что голову поминают не совсем благопристойными словами...» И опять положил руки на стол с каким-то сладким умилением в глазах, приготовляясь слушать еще, потому что под окном гремел хохот и крики: «снова! снова!» Однако ж проницательный глаз увидел бы тотчас, что не изумление удерживало долго голову на одном месте. Так только старый, опытный кот допускает иногда неопытной мыше бегать около своего хвоста; а между тем быстро созидает план, как перерезать ей путь в свою нору. Еще одинокий глаз головы был устремлен на окно, а уже рука, давши знак десятскому, держалась за деревянную ручку двери, и вдруг на улице поднялся крик... Винокур, к числу многих достоинств своих присоединявший и любопытство, быстро набивши табаком свою люльку, выбежал на улицу; но шалуны уже разбежались. «Нет, ты не ускользнешь от меня!» — кричал голова, таща за руку человека в вывороченном шерстью вверх овчинном черном тулупе. Винокур, пользуясь временем, подбежал, чтобы посмотреть в лицо этому нарушителю спокойствия; но с робостию попятился назад, увидевши длинную бороду и страшно размалеванную рожу. «Нет, ты не ускользнешь от меня!» — кричал голова, продолжая тащить своего пленника прямо в сени, который, не оказывая никакого сопротивления, спокойно следовал за ним, как будто в свою хату. «Карпо, отворяй комору! — сказал голова десятскому. — Мы его в темную комору! А там разбудим писаря, соберем десятских, переловим всех этих буянов и сегодня же и резолюцию всем им учиним!» Десятский забренчал небольшим висячим замком в сенях и отворил комору. В это самое время пленник, пользуясь темнотою сеней, вдруг вырвался с необыкновенною силою из рук его. «Куда?» — закричал голова, ухватив еще крепче за ворот. «Пусти, это я!» — слышался тоненький голос. «Не поможет! не поможет, брат! Визжи себе хоть чертом, не только бабою, меня не проведешь!» и толкнул его в темную комору так, что бедный пленник застонал, упавши на пол, и в сопровождении десятского отправился в хату писаря, и вслед за ними, как пароход, задымился винокур.

В размышлении шли они все трое, потупив голову, и вдруг на повороте в темный переулок разом вскрикнули от сильного удара по лбам, и такой же крик отгрянул в ответ им. Голова, прищуривши глаз свой, с изумлением увидел писаря с двумя десятскими.

— А я к тебе иду, пан писарь.
— А я к твоей милости, пан голова.
— Чудеса завелися, пан писарь.
— Чудные дела, пан голова.
— А что?
— Хлопцы бесятся! бесчинствуют целыми кучами по улицам. Твою милость величают такими словами... словом, сказать стыдно; пьяный москаль побоится выбросить их нечестивым своим языком. — (Все это худощавый писарь, в пестрядевых шароварах и жилете цвету винных дрожжей, сопровождал протягиванием шеи вперед и приведением ее тот же час в прежнее состояние.) — Вздремнул было немного, подняли с постели проклятые сорванцы своими страмными песнями и стуком! Хотел было хорошенько приструнить их, да покамест надел шаровары и жилет, все разбежались, куда попало. Самый главный однако же не увернулся от нас. Распевает он теперь в той хате, где держат колодников. Душа горела у меня узнать эту птицу, да рожа замазана сажею, как у черта, который кует гвозди для грешников.

— А как он одет, пан писарь?
— В черном вывороченном тулупе, собачий сын, пан голова.
— А не лжешь ли ты, пан писарь? Что, если этот сорванец

сидит теперь у меня в коморе?

— Нет, пан голова. Ты сам, не во гнев будь сказано, погрешил немного.

— Давайте огня! мы посмотрим его! — Огонь принесли, дверь отперли, и голова ахнул от удивления, увидев перед собою свояченицу.

— Скажи, пожалуйста, — с такими словами она приступила к нему, — ты не свихнулся еще с последнего ума? Была ли в одноглазой башке твоей хоть капля мозгу, когда толкнул ты меня в темную комору; счастье, что не ударилась головою об железный крюк. Разве я не кричала тебе, что это я? Схватил, проклятый медведь, своими железными лапами, да и толкает! Чтоб тебя на том свете толкали черти!.. — Последние слова вынесла она за дверь на улицу, куда отправилась для какие-нибудь своих причин.

— Да, я вижу, что это ты! — сказал голова, очнувшись. — Что скажешь, пан писарь, не шельма этот проклятой сорви-голова?

— Шельма, пан голова.

— Не пора ли нам всех этих повес прошколить хорошенько и заставить их заниматься делом?

— Давно пора, давно пора, пан голова.

— Они, дурни, забрали себе... Кой черт? мне почудился крик свояченицы на улице; они, дурни, забрали себе в голову, что я им ровен. Они думают, что какой-нибудь их брат, простой козак!.. — Небольшой, последовавший за сим кашель и устремление глаза исподлобья вокруг давало догадываться, что голова готовился говорить о чем-то важном. — В тысячу... этих проклятых названий годов, хоть убей, не выговорю; ну, году, комиссару тогдашнему *Ледачему* дан был приказ выбрать из козаков такого, который бы был посмышленее всех. О! — это «о!» голова произнес, поднявши палец вверх, — посмышленее всех! в проводники к царице. Я тогда...

— Что и говорить! это всякой уже знает, пан голова. Все знают, как ты выслужил царскую ласку. Признайся теперь, моя правда вышла; хватил немного на душу греха, сказавши, что поймал этого сорванца в вывороченном тулупе?

— А что до этого дьявола в вывороченном тулупе, то его, в пример другим, заковать в кандалы и наказать примерно. Пусть знают, что значит власть! От кого же и голова поставлен, как не от царя? Потом доберемся и до других хлопцев: я не забыл, как проклятые сорванцы вогнали в огород стадо свиней, переевших мою капусту и огурцы; я не забыл, как чертовы дети отказались вымолотить мое жито; я не забыл... Но провались они, мне нужно непременно узнать, какая это шельма в вывороченном тулупе.

— Это проворная, видно, птица! — сказал винокур, которого щеки, в продолжение всего этого разговора, беспрерывно заряжались дымом, как осадная пушка, и губы, оставив коротенькую люльку, выбросили целый облачный фонтан. — Эдакого человека не худо, на всякий случай, и при виннице держать; а еще лучше повесить на верхушку дуба, вместо паникадила. — Такая острота показалась не совсем глупою винокуру, и он тот же час решился, не дожидаясь одобрения других, наградить себя хриплым смехом.

В это время стали приближаться они к небольшой, почти повалившейся на землю хате; любопытство наших путников увеличилось. Все столпились у дверей. Писарь вынул ключ, загремел им около замка; но этот был от сундука его! Нетерпение увеличилось. Засунув руку, начал он шарить и сыпать побранки, не отыскивая его. «Здесь!» — сказал он наконец, нагнувшись и вынимая его из глубины обширного кармана, которым снабжены были его пестрядевые шаровары. При этом слове сердца наших героев, казалось, слились в одно, и это огромное сердце забилось так сильно, что неровный стук его не был заглушен даже брякнувшим замком. Двери отворились, и... голова стал бледен, как полотно; винокур почувствовал холод, и волосы его, казалось, хотели улететь на небо; ужас изобразился в лице писаря; десятские приросли к земле и не в состоянии были сомкнуть дружно разинутых ртов своих: перед ними стояла свояченица.

Изумленная не менее их, она, однако ж, немного очнулась и сделала движение подойти к ним. «Стой! — закричал диким голосом голова и захлопнул за нею дверь. — Господа! это сатана! — продолжал он. — Огня! живее огня! Не пожалею казенной хаты! Зажигай ее, зажигай, чтобы и костей чертовых не осталось на земле!» Свояченица в ужасе кричала, слыша за дверью грозное определение. «Что вы, братцы! — говорил винокур, — слава Богу, волосы у вас чуть не в снегу, а до сих пор ума не нажили: от простого огня ведьма не загорится! Только огонь из люльки может зажечь оборотня. Постойте, я сейчас все улажу!» Сказавши это, высыпал он горячую золу из трубки в пук соломы и начал раздувать ее. Отчаяние придало в это время духу бедной свояченице, громко стала она умолять и разуверять их.

«Постойте, братцы! Зачем напрасно греха набираться; может быть, это и не сатана, — сказал писарь. — Если оно, то есть то самое, которое сидит там, согласится положить на себя крестное знамение, то это верный знак, что не черт». Предложение одобрено. «Чур меня, сатана! — продолжал писарь, приложась губами к скважинке в дверях, — если не пошевелишься с места, мы отворим дверь».

Дверь отворилась.

— Перекрестись! — сказал голова, оглядываясь назад, как будто выбирая безопасное место, в случае ретирады.

Свояченица перекрестилась.

— Кой черт! Точно, это свояченица!

— Какая нечистая сила затащила тебя, кума, в эту конуру? — И свояченица, всхлипывая, рассказала, как схватили ее хлопцы в охапку на улице и, несмотря на сопротивление, опустили в широкое окно хаты и заколотили ставнем. Писарь взглянул: петли у широкого ставня оторваны, и он приколочен только сверху деревянным брусом.

«Добро ты, одноглазый сатана! — вскричала она, приступив к голове, который попятился немного и все еще продолжал ее мерять своим глазом. — Я знаю твой умысел: ты хотел, ты рад был случаю сжечь меня, чтобы свободнее было волочиться за девчатами, чтобы некому было видеть, как дурачится седой дед. Ты думаешь, я не знаю, о чем говорил ты сего вечера с Ганною? О! я знаю все. Меня трудно провесть и не твоей бестолковой башке. Я долго терплю, но после не погневайся...» Сказавши это, она показала кулак и быстро ушла, оставив в остолбенении голову. «Нет, тут не на шутку сатана вмешался», — думал он, сильно почесывая свою макушу.

— Поймали! — вскрикнули вошедшие в это время десятские.

— Кого поймали? — спросил голова.

— Дьявола в вывороченном тулупе.

— Подавайте его! — закричал голова, схватив за руки приведенного пленника. — Вы с ума сошли: да это пьяный Каленик.

— Что за пропасть! в руках наших был, пан голова! — отвечали десятские. — В переулке окружили проклятые хлопцы, стали танцевать, дергать, высовывать языки, вырывать из рук... черт с вами!.. И как мы попали эту ворону, вместо его, Бог один знает!

— Властью моей и всех мирян дается повеление, — сказал голова, — изловить сей же миг сего разбойника; а оным образом и всех, кого найдете на улице, и привесть на расправу ко мне!..

— Помилуй, пан голова! — закричали некоторые, кланяясь в ноги. — Увидел бы ты, какие хари: убей Бог нас, и родились и крестились — не видали таких мерзких рож. Долго ли до греха, пан голова, перепугают доброго человека так, что после ни одна баба не возьмется вылить переполоху.

— Дам я вам переполоху! Что вы? не хотите слушаться? Вы, верно, держите их руку? Вы бунтовщики? Что это?.. Что это?.. Вы заводите разбои!.. Вы... Я донесу Комиссару! Сей же час! слышите, сей час. Бегите, летите птицею! Чтоб я вас... Чтоб вы мне... — Все разбежались.

V

Не беспокоясь ни о чем, не заботясь о разосланных погонях, виновник всей этой кутерьмы медленно подходил к старому дому и пруду. Не нужно, думаю, сказывать, что это был Левко. Черный тулуп его был расстегнут. Шапку держал он в руке. Пот валился с него градом. Величественно и мрачно чернел кленовый лес, стоявший лицом к месяцу. Неподвижный пруд подул свежестью на усталого пешехода и заставил его отдохнуть на берегу. Все было тихо; в глубокой чаще леса слышались только раскаты соловья. Непреодолимый сон быстро стал смыкать ему зеницы; усталые члены готовы были забыться и онеметь; голова клонилась... «Нет, эдак я засну еще здесь!» — говорил он, подымаясь на ноги и протирая глаза. Оглянулся: ночь казалась перед ним еще блистательнее. Какое-то странное, упоительное сияние примешалось к блеску месяца. Никогда еще не случалось ему видеть подобного. Серебряный туман пал на окрестность. Запах от цветущих яблонь и ночных цветов лился по всей земле. С изумлением глядел он в неподвижные воды пруда: старинный господский дом, опрокинувшись вниз, виден был в нем чист, и в каком-то ясном величии. Вместо мрачных ставней глядели веселые стеклянные окна и двери. Сквозь чистые стекла мелькала позолота. И вот почудилось, будто окно отворилось. Притаивши дух, не дрогнув и не спуская глаз с пруда, он, казалось, переселился в глубину его и видит: наперед белый локоть выставился в окно, потом выглянула приветливая головка с блестящими очами, тихо светившими сквозь темно-русые волны волос, и оперлась на локоть. И видит: она качает слегка головою, она машет, она усмехается... Сердце его разом забилось... Вода задрожала, и окно закрылось снова. Тихо отошел он от пруда и взглянул на дом: мрачные ставни были открыты; стекла сияли при месяце. «Вот как мало нужно полагаться на людские толки, — подумал он про себя. — Дом новехонькой; краски живы, как будто сегодня он выкрашен. Тут живет кто-нибудь», — и молча подошел он ближе, но все было в нем тихо. Сильно и звучно перекликались блистательные песни соловьев, и когда они, казалось, умирали в томлении и неге, слышался шелест и трещание кузнечиков или гудение болотной птицы, ударявшей скользким носом своим в широкое водное зеркало, какую-то сладкую тишину и раздолье ощутил Левко в своем сердце. Настроив бандуру, заиграл он и запел:

Ой, ты, мисяцы, мій мисяченьку,

И ты, зоре ясна!

Ой, свитьть там по подворью,

Де дивчина красна.

Окно тихо отворилось, и та же самая головка, которой отражение видел он в пруде, выглянула, внимательно прислушиваясь к песни. Длинные ресницы ее были полуопущены на глаза. Вся она была бледна, как полотно, как блеск месяца; но как чудна, как прекрасна! Она засмеялась!.. Левко вздрогнул. «Спой мне, молодой козак, какую-нибудь песню!» — тихо молвила она, наклонив свою голову набок и опустив совсем густые ресницы.

— Какую же тебе песню спеть, моя ясная панночка?

Слезы тихо покатились по бледному лицу ее. «Парубок, — говорила она, и что-то неизъяснимо-трогательное слышалось в ее речи. — Парубок, найди мне мою мачеху! Я ничего не пожалею для тебя. Я награжу тебя. Я тебя богато и роскошно награжу! У меня есть заручавья, шитые шелком, кораллы, ожерелья. Я подарю тебе пояс, унизанный жемчугом. У меня золото есть... Парубок, найди мне мою мачеху! Она страшная ведьма: мне не было от нее покою на белом свете. Она мучила меня; заставляла работать, как простую мужичку. Посмотри на лицо: она вывела румянец своими нечистыми чарами с щек моих. Погляди на белую шею мою: они не смываются! они не смываются! они ни за что не смоются, эти синие пятна от железных когтей ее. Погляди на белые ноги мои: они много ходили; не по коврам только, по песку горячему, по земле сырой, по колючему терновнику они ходили; а на очи мои, посмотри на очи: они не глядят от слез... Найди ее, парубок, найди мне мою мачеху!..»

Голос ее, который вдруг было возвысился, остановился. Ручьи слез покатились по бледному лицу. Какое-то тяжелое, полное жалости и грусти чувство сперлось в груди парубка.

— Я готов на все для тебя, моя панночка! — сказал он в сердечном волнении, — но как мне, где ее найти?

— Посмотри, посмотри! — быстро говорила она, — она здесь! она на берегу играет в хороводе между моими девушками и греется на месяце. Но она лукава и хитра. Она приняла на себя вид утопленницы; но я знаю, но я слышу, что она здесь. Мне тяжело, мне душно от ней. Я не могу чрез нее плавать легко и вольно, как рыба. Я тону и падаю на дно, как ключ. Отыщи ее, парубок!

Левко посмотрел на берег: в тонком серебряном тумане мелькали легкие, как будто тени, девушки, в белых, как луг, убранный ландышами, рубашках; золотые ожерелья, монисты, дукаты блистали на их шеях; но они были бледны; тело их было как будто сваяно из прозрачных облак и будто светилось насквозь при серебряном месяце. Хоровод, играя, придвинулся к нему ближе. Послышались голоса. «Давайте в ворона, давайте играть в ворона!» — зашумели все, будто приречный тростник, тронутый в тихий час сумерек воздушными устами ветра. «Кому же быть вороном?» Кинули жребий — и одна девушка вышла из толпы. Левко принялся разглядывать ее. Лицо, платье, все на ней такое же, как и на других. Заметно только было, что она неохотно играла эту роль. Толпа вытянулась вереницею и быстро перебегала от нападений хищного врага. «Нет, я не хочу быть вороном! — сказала девушка, изнемогая от усталости. — Мне жалко отнимать цыпленков у бедной матери!» — «Ты не ведьма!» — подумал Левко. «Кто же будет вороном?» Девушки снова собирались кинуть жребий. «Я буду вороном!» — вызвалась одна из средины. Левко стал пристально вглядываться в лицо ей. Скоро и смело гналась она за вереницею и кидалась во все стороны, чтобы изловить свою жертву. Тут Левко стал замечать, что тело ее не так светилось, как у прочих: внутри его виделось что-то черное. Вдруг раздался крик: ворон бросился на одну из вереницы и схватил ее, и Левку почудилось, будто у ней выпустились когти и на лице ее сверкнула злобная радость. «Ведьма!» — сказал он, вдруг указав на нее пальцем и оборотившись к дому. Панночка засмеялась, и девушки с криком увели за собою представлявшую ворона. «Чем наградить тебя, парубок? Я знаю, тебе не золото нужно: ты любишь Ганну; но суровый отец мешает тебе жениться на ней. Он теперь не помешает; возьми, отдай ему эту записку...» Белая ручка протянулась, лицо ее как-то чудно засветилось и засияло... С непостижимым трепетом и томительным биением сердца схватил он записку и... проснулся.

VI

«Неужели это я спал? — сказал про себя Левко, вставая с небольшого пригорка. — Так живо, как будто наяву!.. Чудно, чудно!» — повторил он, оглядываясь. Месяц, остановившийся над его головою, показывал полночь; везде тишина; от пруда веял холод; над ним печально стоял ветхий дом с закрытыми ставнями; мох и дикий бурьян показывали, что давно из него удалились люди. Тут он разогнул свою руку, которая судорожно была сжата во все время сна, и вскрикнул от изумления, почувствовавши в ней записку. «Эх, если бы я знал грамоте!» — подумал он, оборачивая ее перед собою на все стороны. В это мгновение послышался позади его шум.

«Не бойтесь, прямо хватайте его! Чего струсили? нас десяток. Я держу заклад, что это человек, а не черт!» — так кричал голова своим сопутникам, и Левко увидел себя схваченным несколькими руками, из которых иные дрожали от страха. «Скидывай-ка, приятель, свою страшную личину! Полно тебе дурачить людей! — проговорил голова, ухватив его за ворот, и оторопел, выпучив на него глаз свой. — Левко, сын! — вскричал он, отступая от удивления и опуская руки. — Это ты, собачий сын! вишь, бесовское рождение! Я думаю, какая это шельма, какой это вывороченной дьявол строит штуки! А это, выходит, все ты, невареной кисель твоему батьке в горло, изволишь заводить по улице разбои, сочиняешь песни!.. Эге, ге, ге, Левко! А что это? Видно, чешется у тебя спина! Вязать его!

— Постой, батько! велено тебе отдать эту записочку, — проговорил Левко.

— Не до записок теперь, голубчик! Вязать его!

— Постой, пан голова! — сказал писарь, развернув записку, — Комиссарова рука!

— Комиссара?

— Комиссара? — повторили машинально десятские.

«Комиссара? чудно! еще непонятнее!» — подумал про себя Левко.

— Читай, читай! — сказал голова, — что там пишет комиссар?

— Послушаем, что пишет комиссар! — произнес винокур, держа в зубах люльку и вырубливая огонь.

Писарь откашлялся и начал читать: «*Приказ голове, Евтуху Макогоненку. Дошло до нас, что ты, старый дурак, вместо того, чтобы собрать прежние недоимки и вести на селе порядок, одурел и строишь пакости ..*»

— Вот, ей-богу! — прервал голова, — ничего не слышу!

Писарь начал снова: «*Приказ голове, Евтуху Макогоненку. Дошло до нас, что ты, старый ду...*»

— Стой, стой! не нужно! — закричал голова, — я хоть и не слышал, однако ж, знаю, что главного тут дела еще нет. Читай далее!

«*А вследствие того, приказываю тебе сей же час женить твоего сына, Левка Макогоненка, на козачке из вашего же села Ганне Петрыченковой, а также починить мосты на столбовой дороге и не давать обывательских лошадей без моего ведома судовым паничам, хотя бы они ехали прямо из казенной палаты. Если же, по приезде моем, найду оное приказание мое не приведенным в исполнение, то тебя одного потребую к ответу. Комиссар, отставной поручик Козьма Деркач-Дришпановский*».

— Вот что! — сказал голова, разинувши рот. — Слышите ли вы, слышите ли: за все с головы спросят, и потому слушаться! беспрекословно слушаться! не то, прошу извинить... А тебя! — продолжал он, оборотясь к Левку, — вследствие приказания комиссара, хотя чудно мне, как это дошло до него, я женю; только наперед попробуешь ты нагайки! Знаешь ту, что висит у меня на стене возле покута? Я поновлю ее завтра... Где ты взял эту записку?

Левко, несмотря на изумление, происшедшее от такого нежданного оборота его дела, имел благоразумие приготовить в уме своем другой ответ и утаить настоящую истину, каким образом досталась записка. «Я отлучался, — сказал он, — вчера ввечеру еще в город и встретил комиссара, вылезавшего из брички. Узнавши, что я из нашего села, дал он мне эту записку и велел на словах тебе сказать, батько, что заедет на возвратном пути к нам пообедать».

— Он это говорил?

— Говорил.

— Слышите ли? — говорил голова с важною осанкою, оборотившись к своим сопутникам. — Комиссар сам своею особою приедет к нашему брату, т. е. ко мне, на обед. О! — Тут голова поднял палец вверх и голову привел в такое положение, как будто бы она прислушивалась к чему-нибудь.

— Комиссар, слышите ли, комиссар приедет ко мне обедать! Как думаешь, пан писарь, и ты, сват, это не совсем пустая честь! Не правда ли?

— Еще, сколько могу припомнить, — подхватил писарь, — ни один голова не угощал комиссара обедом.

— Не всякий голова голове чета! — произнес с самодовольным видом голова. Рот его покривился, и что-то вроде тяжелого, хриплого смеха, похожего более на гудение отдаленного грома, зазвучало в его устах. — Как думаешь, пан писарь, нужно бы для именитого гостя дать приказ, чтобы с каждой хаты принесли хоть по цыпленку, ну, полотна, еще коего чего... А?

— Нужно бы, нужно, пан голова!

— А когда же свадьбу, батько? — спросил Левко.

— Свадьбу? Дал бы я тебе свадьбу!.. Ну, да для именитого гостя... завтра вас поп и обвенчает. Черт с вами! Пусть комиссар увидит, что значит исправность! Ну, ребята, теперь спать! Ступайте по домам!.. Сегодняшний случай припомнил мне то время, когда я... — При сих словах голова пустил обыкновенный свой важный и значительный взгляд исподлобья.

— Ну, теперь пойдет голова рассказывать, как вез царицу! — сказал Левко и быстрыми шагами и радостно спешил к знакомой хате, окруженной низенькими вишнями. «Дай тебе Бог небесное царство, добрая и прекрасная панночка, — думал он про себя. — Пусть тебе на том свете вечно усмехается между ангелами святыми! Никому не расскажу про диво, случившееся в эту ночь; тебе одной только, Галю, передам его. Ты одна только поверишь мне и вместе со мною помолишься за упокой души несчастной утопленницы!» Тут он приблизился к хате: окно было отперто; лучи месяца проходили чрез него и падали на спящую перед ним Ганну; голова ее оперлась на руку; щеки тихо горели; губы шевелились, неясно произнося его имя. «Спи, моя красавица! Приснись тебе все, что есть лучшего на свете; но и то не будет лучше нашего пробуждения!» Перекрестив ее, закрыл он окошко и тихонько удалился. И чрез несколько минут все уже уснуло на селе; один только месяц так же блистательно и чудно плыл в необъятных пустынях роскошного украинского неба. Так же торжественно дышало в вышине, и ночь, божественная ночь, величественно догорала. Так же прекрасна была земля, в дивном серебряном блеске; но уже никто не упивался ими: все погрузилось в сон. Изредка только перерывалось молчание лаем собак, и долго еще пьяный Каленик шатался по уснувшим улицам, отыскивая свою хату.

Пропавшая грамота

Так вы хотите, чтобы я вам еще рассказал про деда? — Пожалуй, почему же не потешить прибауткой? Эх, старина, старина! Что за радость, что за разгулье падет на сердце, когда услышишь про то, что давно-давно, и года ему и месяца нет, деялось на свете! А как еще впутается какой-нибудь родич, дед или прадед — ну, тогда и рукой махни: чтоб мне поперхнулось за акафистом великомученице Варваре, если не чудится, что вот-вот сам все это делаешь, как будто залез в прадедовскую душу или прадедовская душа шалит в тебе... Нет, мне пуще всего наши девчата и молодицы; покажись только на глаза им: «Фома Григорьевич, Фома Григорьевич! *а нуте яку-небудь страховинну казочку! а нуте, нуте!*...» тара та та, та та та, и пойдут, и пойдут... Рассказать-то, конечно, не жаль, да загляните-ка, что делается с ними в постеле. Ведь я знаю, что каждая дрожит под одеялом, как будто бьет ее лихорадка, и рада бы с головою влезть в тулуп свой. Царапни горшком крыса, сама как-нибудь задень ногою кочергу, и Боже упаси! и душа в пятках. А на другой день ничего не бывало; навязывается сызнова: расскажи ей страшную сказку да и только. Что ж бы такое рассказать вам? Вдруг не взбредет на ум... Да, расскажу я вам, как ведьмы играли с покойным дедом *в дурни**. Только заране прошу вас, господа, не сбивайте с толку, а то такой кисель выйдет, что совестно будет и в рот взять. Покойный дед, надобно вам сказать, был не из простых в свое время козаков. Знал и твердо — он-то, и словотитлу поставить. В праздник отхватает Апостола, бывало, так, что теперь и попович иной спрячется. Ну, сами знаете, что в тогдашние времена, если собрать со всего Батурина грамотеев, то нечего и шапки подставлять, в одну горсть можно было всех уложить. Стало быть и дивиться нечего, когда всякий встречной кланялся ему мало не в пояс.

Один раз, задумалось вельможному гетьману послать за чем-то к Царице грамоту. Тогдашний полковой писарь, вот нелегкая его возьми, и прозвища не вспомню... *Вискряк не Вискряк, Мотузочка не Мотузочка, Голопуцек не Голопуцек...* знаю только, что как-то чудно начинается мудреное прозвище, — позвал к себе деда и сказал ему, что, вот, наряжает его сам гетьман гонцом с грамотою к царице. Дед не любил долго собираться: грамоту зашил в шапку; вывел коня; чмокнул жену и двух своих, как сам он называл, поросенков, из которых один был родной отец хоть бы и нашего брата; и поднял такую за собою пыль, как будто бы пятнадцать хлопцев задумали посереди улицы играть в кашу. На другой день, еще петух не кричал в четвертый раз, дед уже был в Конотопе. На ту пору была там ярмарка: народу высыпало по улицам столько, что в глазах рябело. Но так как было рано, то все еще дремало, протянувшись на земле. Возле коровы лежал гуляка-парубок с покрасневшим, как снегирь, носом; подале храпела, сидя, перекупка с кремнями, синькою, дробью и бубликами; под телегою лежал цыган; на возу с рыбой чумак; на самой дороге раскинул ноги бородач-москаль с поясами и рукавицами... ну, всякого сброду, как водится по ярмаркам. Дед приостановился, чтобы разглядеть хорошенько. Между тем в ятках начало мало-помалу шевелиться: жидовки стали побрякивать фляжками; дым покатило то там, то сям кольцами, и запах горячих сластен понесся по всему табору. Деду вспало на ум, что у него нет ни огнива, ни табаку наготове: вот и пошел таскаться по ярмарке. Не успел пройти

---

* т. е. в дурачки.

двадцати шагов — навстречу запорожец. Гуляка, и по лицу видно! Красные, как жар, шаровары, синий жупан, яркий цветной пояс, при боку сабля и люлька с медною цепочкою по самые пяты — запорожец да и только! Эх народец! станет, вытянется, поведет рукою молодецкие усы, брякнет подковами и — пустится! да ведь как пустится: ноги отплясывают, словно веретено в бабьих руках; что вихорь, дернет рукою по всем струнам бандуры, и тут же, подпершися в боки, несется вприсядку; зальется песней — душа гуляет!.. Нет, прошло времечко: не увидать больше запорожцев! Да: так встретились; слово за слово, долго ли до знакомства? Пошли калякать, калякать, так, что дед совсем уже было позабыл про путь свой. Попойка завелась, как на свадьбе перед постом великим. Только, видно, наконец прискучило бить горшки и швырять в народ деньгами, да и ярмарке не век же стоять! Вот сговорились новые приятели, чтоб не разлучаться и путь держать вместе. Было давно под вечер, когда выехали они в поле. Солнце убралось на отдых; где-где горели вместо него красноватые полосы; по полю пестрели нивы, что праздничные плахты чернобровых молодиц. Нашего запорожца раздобар взял страшной. Дед и еще другой, приплевшийся к ним гуляка, подумали уже, не бес ли засел в него, откуда что набиралось. Истории и присказки такие диковинные, что дед несколько раз хватался за бока и чуть не надсадил своего живота со смеху. Но в поле становилось чем далее, сумрачнее; и вместе с тем становилась несвязнее и молодецкая молвь. Наконец рассказчик наш притих совсем и вздрагивал при малейшем шорохе. «Ге, ге, земляк! да ты не на шутку принялся считать сов. Уж думаешь, как бы домой, да на печь!» — «Перед вами нечего таиться, — сказал он, вдруг оборотившись и неподвижно уставив на них глаза свои. — Знаете ли, что душа моя давно продана нечистому». — «Экая невидальщина! Кто на веку своем не знался с нечистыми? Тут-то и нужно гулять, как говориться, на прах». — «Эх, хлопцы! гулял бы, да в ночь эту срок молодцу! Эй, братцы! — сказал он, хлопнув по рукам их, — эй, не выдайте! не поспите одной ночи! Век не забуду вашей дружбы!» Почему ж не пособить человеку в таком горе? Дед объявил напрямик, что скорее даст он отрезать оселедец с собственной головы, чем допустит черта понюхать собачьей мордой своей христианской души.

Козаки наши ехали бы, может, и далее, если бы не обволокло всего неба ночью, словно черным рядном, и в поле не стало так же темно, как под овчинным тулупом. Издали только мерещился огонек, и кони, чуя близкое стойло, торопились, насторожа уши и вковавши очи в мрак. Огонек, казалось, несся навстречу, и перед козаками показался шинок, повалившийся на одну сторону, словно баба на пути с веселых крестин. В те поры шинки были не то, что теперь. Доброму человеку не только развернуться, приударить горлицы или гопака, прилечь даже негде было, когда в голову заберется хмель и ноги начнут писать покой-он — по. Двор был уставлен весь чумацкими возами; под поветками, в яслях, в сенях, иной свернувшись, другой развернувшись, храпели, как коты. Шинкарь один перед каганцем нарезывал рубцами на палочке, сколько кварт и осьмух высушили чумацкие головы. Дед, спросивши треть ведра на троих, отправился в сарай. Все трое легли рядом. Только не успел он повернуться, как видит, что его земляки спят уже мертвецким сном. Разбудивши приставшего к ним третьего козака, дед напомнил ему про данное товарищу обещание. Тот привстал, протер глаза и снова уснул. Нечего делать, пришлось одному караулить. Чтобы чем-нибудь разогнать сон, обсмотрел он возы все, проведал коней, закурил люльку, пришел назад и сел опять около своих. Все было тихо, так что, кажись, ни одна муха не пролетела. Вот и чудится ему, что из-за соседнего воза что-то серое выказывает роги... Тут глаза его начали смыкаться так, что принужден он был ежеминутно протирать кулаком и промывать оставшеюся водкой. Но как скоро немного прояснились они, все пропадало. Наконец, мало погодя, опять показывается из-под воза чудовище... Дед вытаращил глаза сколько мог; но проклятая дремота все туманила перед ним; руки его окостенели; голова скатилась, и крепкий сон схватил его так, что он повалился словно убитый. Долго спал дед, и как припекло порядочно уже солнце его выбритую макушу, тогда только схватился он на ноги. Потянувшись раза два и почесав спину, заметил он, что возов стояло уже не так много, как с вечера. Чумаки, видно, потянулись еще до света. К своим — козак спит; а запорожца нет. Выспрашивать — никто знать не знает; одна только верхняя свитка лежала на том месте. Страх и раздумье взяло деда. Пошел посмотреть коней — ни своего, ни запорожского! Что бы это значило? Положим, запорожца взяла нечистая сила; кто же коней? Сообразя все, дед заключил, что, верно, черт приходил пешком, а как до пекла не близко, то и стянул его коня. Больно ему было крепко, что не сдержал козацкого слова. «Ну, — думает, — нечего делать, пойду пешком: авось попадется на дороге какой-нибудь барышник, едущий с ярмарки, как-нибудь уже куплю коня». Только хватился за шапку — и шапки нет. Всплеснул руками покойный дед, как вспомнил, что вчера еще поменялись они на время с запорожцем. Кому больше утащить, как не нечистому. Вот тебе и гетьманский гонец! Вот тебе и привез грамоту к царице! Тут дед принялся угощать черта такими прозвищами, что, думаю, ему не один раз чихалось тогда в пекле. Но бранью мало пособишь; а затылка сколько ни чесал дед, никак не мог ничего придумать. Что делать? Кинулся достать чужого ума: собрал всех бывших тогда в шинке добрых людей, чумаков и просто заезжих, и рассказал, что так и так, такое-то приключилось горе. Чумаки долго думали, подперши батогами подбородки свои; крутили головами и сказали, что не слышали такого дива на крещеном свете, чтобы гетьманскую грамоту утащил черт. Другие же прибавили, что когда черт да москаль украдут что-нибудь — то поминай, как и звали. Один только шинкарь сидел молча в углу. Дед и подступил к нему. Уж когда молчит человек, то, верно, зашиб много умом. Только шинкарь не так-то был щедр на слова; и если бы дед не полез в карман за пятью злотыми, то простоял бы перед ним даром. «Я научу тебя, как найти грамоту, — сказал он, отводя его в сторону. У деда и на сердце отлегло. — Я вижу уже по глазам, что ты козак — не баба. Смотри же! близко шинка будет поворот направо в лес. Только станет в поле примеркать, чтобы ты был уже наготове. В лесу живут цыганы и выходят из нор своих, ковать железо, в такую ночь, в какую одни ведьмы ездят на кочергах своих. Чем они промышляют на самом деле, знать тебе нечего. Много будет стуку по лесу, только ты не иди в те стороны, откуда заслышишь стук; а будет перед тобою малая дорожка, мимо обожженного дерева, дорожкою этою иди, иди, иди… Станет тебя терновник царапать, густой орешник заслонять дорогу — ты все иди; и как придешь к небольшой речке, тогда только можешь остановиться. Там и увидишь кого нужно; да не позабудь набрать в карманы того, для чего и карманы сделаны… Ты понимаешь, это добро и дьяволы, и люди любят». — Сказавши это, шинкарь ушел в свою конуру и не хотел больше говорить ни слова.

Покойный дед был человек не то чтобы из трусливого десятка; бывало, встретит волка, так и хватает прямо за хвост; пройдет с кулаками промеж козаками, все, как груши, повалятся на землю. Однако ж, что-то подирало его по коже, когда вступил он в такую глухую ночь в лес. Хоть бы звездочка на небе. Темно и глухо, как в винном подвале; только слышно было, что далеко, далеко вверху, над головою, холодный ветер гулял по верхушкам дерев, и деревья, что охмелевшие козацкие головы, разгульно покачивались, шопоча листьями пьяную молвь. Как вот завеяло таким холодом, что дед вспомнил и про овчинный тулуп свой, и вдруг словно сто молотов застучало по лесу таким стуком, что у него зазвенело в голове. И будто зарницею, осветило на минуту весь лес. Дед тотчс увидел дорожку, пробиравшуюся промеж мелким кустарником. Вот и обожженное дерево и кусты терновника! Так, все так, как было ему говорено; нет, не обманул шинкарь. Однако ж не совсем весело было продираться через колючие кусты; еще отроду не видывал он, чтобы проклятые шипы и сучья так больно царапались: почти на каждом шагу забирало его вскрикнуть. Мало-помалу, выбрался он на просторное место, и сколько мог заметить, деревья редели и становились, чем далее, такие широкие, каких дед не видывал и по ту сторону Польши. Глядь, между деревьями мелькнула и речка, черная, словно вороненая сталь. Долго стоял дед у берега, посматривая на все стороны. На другом берегу горит огонь и, кажется, вот-вот готовится погаснуть, и снова отсвечивается в речке, вздрагивавшей, как польский шляхтич в козачьих лапах. Вот и мостик! Ну, тут одна только чертовская таратайка разве проедет. Дед, однако ж, ступил смело, и скорее, чем бы иной успел достать рожок, понюхать табаку, был уже на другом берегу. Теперь только разглядел он, что возле огня сидели люди, и такие смазливые рожи, что в другое время, Бог знает, чего бы не дал, лишь бы ускользнуть от этого знакомства. Но теперь, нечего делать, нужно было завязаться. Вот дед и отвесил им поклон, мало не в пояс: «Помогай Бог вам, добрые люди!» Хоть бы один кивнул головой; сидят да молчат, да что-то сыплют в огонь. Видя одно место не занятым, дед без всяких околичностей сел и сам. Смазливые рожи ничего; ничего и дед. Долго сидели молча. Деду уже и прискучило; давай шарить в кармане, вынул люльку, посмотрел вокруг — ни один не глядит на него. «Уже, добродейство, будьте ласковы: как бы так, чтобы, примерно сказать, того... (Дед живал в свете не мало, знал уже, как подпускать турусы и при случае, пожалуй, и пред царем не ударил бы лицом в грязь) чтобы, примерно сказать, и себя не забыть, да и вас не обидеть, — люлька-то у меня есть, да того, чем бы зажечь ее, *черт-ма**». И на эту речь хоть бы слово; только одна рожа сунула горячую головню прямехонько деду в лоб, так что если бы он немного не посторонился, то, статься может, распрощался бы навеки с одним глазом. Видя, наконец, что время даром проходит, решился — будет ли слушать нечистое племя, или нет — рассказать дело. Рожи и уши наставили, и лапы протянули. Дед догадался; забрал в горсть все бывшие с ним деньги и кинул словно собакам им в средину. Как только кинул он деньги, все перед ним перемешалось, земля задрожала, и как уже, он и сам рассказать не умел, попал чуть ли не в самое пекло. Батюшки мои! ахнул дед, разглядевши хорошенько: что за чудища! рожи на роже, как говорится, не видно. Ведьм такая гибель, как случается иногда на Рождество выпадет снегу: разряжены, размазаны, словно панночки на ярмарке. И все, сколько ни было их там, как хмельные, отплясывали какого-то чертовского тропака. Пыль подняли, Боже упаси, какую! Дрожь бы проняла крещеного человека при одном виде, как высоко скакало бесовское племя. Деда, несмотря на страх весь, смех напал, когда увидел, как черти с собачьими мордами, на немецких ножках, вертя хвостами, увивались около ведьм, будто парни около красных девушек; а музыканты тузили себя в щеки кулаками, словно в бубны, и свистали носами, как в волторны. Только завидели деда — и турнули к нему ордою. Свиные, собачьи, козлиные, дрофиные, лошадиные рыла, все повытягивались, и вот, так и лезут целоваться. Плюнул дед, такая мерзость напала! Наконец схватили его и посадили за стол, длиною, может, с дорогу от Конотопа до Батурина. «Ну, это еще не совсем худо, — подумал дед, завидевши на столе свинину, колбасы, крошеной с капустой лук и много всяких сластей, — видно, дьявольская сволочь не держит постов». Дед-таки, не мешает вам знать, не упускал при случае перехватить того-сего на зубы. Едал

---

* Не имеется.

покойник аппетитно; и потому, не распускаясь на рассказы, придвинул к себе миску с нарезанным салом и окорок ветчины; взял вилку, мало чем поменьше тех вил, которыми мужик берет сено, захватил ею самый увесистый кусок, подставил корку хлеба и — глядь, и отправил в чужой рот. Вот-вот возле самых ушей, и слышно даже, как чья-то морда жует и щелкает зубами на весь стол. Дед ничего; схватил другой кусок и вот, кажись, и по губам зацепил, только опять не в свое горло. В третий раз — снова мимо. Взбеленился дед: позабыл и страх, и в чьих лапах находится он. Прискочил к ведьмам: «Что вы, Иродово племя, задумали смеяться, что ли, надо мною? Если не отдадите, сей же час, моей козацкой шапки, то будь я католик, когда не переворочу свиных рыл ваших на затылок!» Не успел он докончить последних слов, как все чудища выскалили зубы и подняли такой смех, что у деда на душе захолонуло. «Ладно! — провизжала одна из ведьм, которую дед почел за старшую над всеми потому, что личина у ней была чуть ли не красивее всех, — шапку отдадим тебе, только не прежде, пока сыграешь с нами три раза в дурня!» Что прикажешь делать? Козаку сесть с бабами в дурня! Дед отпираться, отпираться, наконец, сел. Принесли карты, замасленные, какими только у нас поповны гадают про женихов. «Слушай же! — залаяла ведьма в другой раз, — если хоть раз выиграешь — твоя шапка; когда же все три раза останешься дурнем, то не прогневайся, не только шапки, может, и света более не увидишь!» — «Сдавай, сдавай, хрычовка! что будет, то будет». Вот и карты розданы. Взял дед свои в руки — смотреть не хочется, такая дрянь: хоть бы на смех один козырь. Из масти десятка самая старшая, пар даже нет; а ведьма все подваливает пятериками. Пришлось остаться дурнем! Только что дед успел остаться дурнем, как со всех сторон заржали, залаяли, захрюкали морды: «дурень! дурень! дурень!» — «Чтоб вы перелопались, дьявольское племя!» — закричал дед, затыкая пальцами себе уши. «Ну, — думает, — ведьма подтасовала; теперь я сам буду сдавать». Сдал. Засветил козыря. Поглядел на карты: масть хоть куда, козыри есть. И сначала дело шло, как нельзя лучше; только ведьма пятерик с королями! У деда на руках одни козыри; не думая, не гадая долго, хвать королей по усам всех козырями. «Ге, ге! да это не по-козацки! А чем ты кроешь, земляк?» — «Как чем? козырями!» — «Может быть, по-вашему это и козыри, только по-нашему нет!» Глядь — в самом деле простая масть. Что за дьявольщина! Пришлось в другой раз быть дурнем, и чертанье пошло снова драть горло: «дурень, дурень!» — так, что стол дрожал и карты прыгали по столу. Дед разгорячился; сдал в последний раз. Опять идет ладно. Ведьма опять пятерик; дед покрыл и набрал из колоды полную руку козырей. «Козырь!» — вскричал он, ударив по столу картою, так, что ее свернуло коробом; та, не говоря ни слова, покрыла восьмеркою масти. «А чем ты, старый дьявол, бьешь!» Ведьма подняла карту: под нею была простая шестерка. «Вишь, бесовское обморачиванье!» — сказал дед и с досады хватил кулаком, что силы, по столу. К счастью еще, что у ведьмы была плохая масть; у деда, как нарочно, на ту пору пары. Стал набирать карты из колоды, только мочи нет: дрянь такая лезет, что дед и руки опустил. В колоде ни одной карты. Пошел, уже так, не глядя, простою шестеркою; ведьма приняла. «Вот тебе на! это что? э, э, верно, что-нибудь да не так!» Вот, дед карты потихоньку под стол — и перекрестил; глядь — у него на руках туз, король, валет козырей; а он вместо шестерки спустил кралю. «Ну, дурень же я был! дурень же я был! Король козырей! Что! приняла? а? Кошечье отродье!.. А туза не хочешь? Туз! валет!..» Гром пошел по пеклу; ведьму напали корчи, и, откуда ни возьмись — шапка бух деду прямехонько в лицо. «Нет, этого мало! — закричал дед, прихрабрившись и надев шапку. — Если, сей час, не станет передо мною молодецкой конь мой, то вот, убей меня гром на этом самом нечистом месте, когда я не перекрещу святым крестом всех вас!» — и уже было и руку поднял, как вдруг загремели перед ним конские кости. «Вот тебе конь твой!» Заплакал бедняга, глядя на них, как дитя неразумное. Жаль старого товарища! «Дайте ж мне какого-нибудь коня, выбраться из гнезда вашего!» Черт хлопнул арапником — конь, как огонь, взвился под ним, и дед, что птица, вынесся на верх.

Страх, однако ж, напал на него посереди дороги, когда конь, не слушаясь ни крику, ни поводов, скакал через провалы и болота. В какие местах он не был, так дрожь забирала при одних рассказах. Глянул как-то себе под ноги — и пуще перепугался: пропасть! крутизна страшная! А сатанинскому животному и нужды нет; прямо через нее. Дед держаться: не тут-то было. Через пни, через кочки полетел стремглав в провал и так хватился на дне его о землю, что, кажись, и дух вышибло. По крайней мере, что деялось с ним в то время, ничего не помнил; и как очнулся немного и осмотрелся, то уже рассвело совсем; перед ним мелькали знакомые места, и он лежал на крыше своей же хаты.

Перекрестился дед, когда слез долой. Экая чертовщина! что за пропасть, какие с человеком чудеса делаются! Глядь на руки — все в крови; посмотрел в стоявшую сторчмя бочку с водою — и лицо также. Обмывшись хорошенько, чтобы не испугать детей, входит он потихоньку в хату; смотрит: дети пятятся к нему задом и в испуге указывают ему пальцами, говоря: «*Дывысь, дывысь, маты, мов дурна, скаче!*»* И в самом деле, баба сидит, заснувши перед гребнем, держит в руках веретено и сонная подпрыгивает на лавке. Дед, взявши за руку потихоньку, разбудил ее: «Здравствуй, жена! здорова ли ты?» Та долго смотрела, выпучивши глаза, и наконец уже узнала деда и рассказала, как ей снилось, что печь ездила по хате, выгоняя вон лопатою горшки, лоханки и черт знает, что еще такое. «Ну, — говорит дед, — тебе во сне, мне на яву. Нужно, вижу, будет освятить нашу хату; мне же, теперь, мешкать нечего». — Сказавши это и отдохнувши немного, дед достал коня и уже не останавливался ни днем, ни ночью, пока не доехал до места и не отдал грамоты самой Царице. Там навиделся дед таких див, что стало ему надолго после того рассказывать. Как повели его в палаты, такие высокие, что если бы хат десять поставить одну на другую, и тогда, может быть, не достало бы. Как заглянул он в одну комнату — нет; в другую — нет; в третью — еще нет; в четвертой даже нет; да в пятой уже, глядь, сидит сама, в золотой короне, в серой новехонькой свитке, в красных сапогах и золотые галушки ест. Как велела ему насыпать целую шапку *синицами*, как... — всего и вспомнить нельзя. Об возне своей с чертями дед и думать позабыл, и если случалось, что кто-нибудь и напоминал об этом, то дед молчал, как будто не до него и дело шло, и великого стоило труда упросить его пересказать все, как было. И, видно, уже в наказание, что не спохватился, тотчас после того, освятить хату, бабе ровно через каждый год, и именно в то самое время, делалось такое диво, что танцуется, бывало, да и только. За что ни примется, ноги затевают свое, и вот, так и дергает пуститься вприсядку.

* Смотри! смотри! мать, как сумасшедшая, скачет!

Часть вторая
Предисловие ко второй части

Вот вам и другая книжка, а лучше сказать, последняя! Не хотелось, крепко не хотелось выдавать и этой. Право, пора знать честь. Я вам скажу, что на хуторе уже начинают смеяться надо мною: вот, говорят, одурел старый дед: на старости лет тешится ребяческими игрушками! И точно, давно пора на покой. Вы, любезные читатели, верно, думаете, что я прикидываюсь только стариком. Куда тут прикидываться, когда во рту совсем зубов нет! Теперь, если что мягкое попадется, то буду как-нибудь жевать, а твердое-то ни за что не откушу. Так вот вам опять книжка! Не бранитесь только! Нехорошо браниться на прощаньи, особенно с тем, с которым, Бог знает, скоро ли увидитесь. В этой книжке услышите рассказчиков все почти для вас незнакомых, выключая только разве Фомы Григорьевича. А того горохового панича, что рассказывал таким вычурным языком, которого много остряков и из московского народу не могло понять, уже давно нет. После того, как рассорился со всеми, он и не заглядывал к нам. Да, я вам не рассказывал этого случая? Послушайте, тут прекомедия была. Прошлый год, так как-то около лета, да чуть ли не на самый день моего патрона, приехали ко мне в гости (нужно вам сказать, любезные читатели, что земляки мои, дай Бог им здоровье, не забывают старика. Уже есть пятидесятый год, как я зачал помнить свои именины. Который же точно мне год, этого ни я, ни старуха моя вам не скажем. Должно быть, близ семидесяти. Диканьский-то поп, отец Харлампий, знал, когда я родился; да жаль, что уже пятьдесят лет, как его нет на свете). Вот приехали ко мне гости: Захар Кирилович Чухопупенко, Степан Иванович Курочка, Тарас Иванович Смачненький, заседатель Харлампий Кирилович Хлоста; приехал еще... вот позабыл, право, имя и фамилию, Осип... Осип... Боже мой, его знает весь Миргород! он еще, когда говорит, то всегда щелкнет наперед пальцем и подопрется в боки... Ну, Бог с ним! в другое время вспомню. Приехал и знакомый вам панич из Полтавы. Фомы Григорьевича я не считаю: то уже свой человек. Разговорились все (опять нужно вам заметить, что у нас никогда о пустяках не бывает разговора. Я всегда люблю приличные разговоры; чтобы, как говорят, вместе и услаждение и назидательность была), разговорились об том, как нужно солить яблоки. Старуха моя начала было говорить, что нужно наперед хорошенько вымыть яблоки, потом намочить в квасу, а потом уже… «Ничего из этого не будет! — подхватил полтавец, заложивши руку в гороховый кафтан свой и прошедши важным шагом по комнате, — ничего не будет! Прежде всего нужно пересыпать канупером, а потом уже…» Ну, я на вас ссылаюсь, любезные читатели, скажите по совести, слыхали ли вы когда-нибудь, чтобы яблоки пересыпали канупером? Правда, кладут смородинный лист, нечуй-ветер, трилистник; но чтобы клали канупер… нет, я не слыхивал об этом. Уже, кажется, лучше моей старухи никто не знает про эти дела. Ну, говорите же вы! Нарочно, как доброго человека, отвел я его потихоньку в сторону: «Слушай, Макар Назарович, эй, не смеши народ! Ты человек немаловажный: сам, как говоришь, обедал раз с губернатором за одним столом. Ну, скажешь что-нибудь подобное там, ведь тебя же осмеют все!» Что ж бы, вы думали, он сказал на это? Ничего! плюнул на пол, взял шапку и вышел. Хоть бы простился с кем, хоть бы кивнул кому головою; только слышали мы, как подъехала к воротам тележка с звонком; сел и уехал. И лучше! Не нужно нам таких гостей! Я вам скажу, любезные читатели, что хуже нет ничего на свете, как эта знать. Что его дядя был когда-то комиссаром, так и нос несет вверх. Да будто комиссар такой уже чин, что выше нет его на свете. Слава Богу, есть и больше комиссара. Нет, не люблю я этой знати. Вот вам в пример Фома Григорьевич; кажется, и не знатный человек, а посмотреть на него: в лице какая-то важность сияет, даже когда станет нюхать табак, и тогда чувствуешь невольное почтение. В церкве, когда запоет на крылосе — умиление неизобразимое! растаял бы, казалось, весь!.. А тот… ну, Бог с ним! он думает, что без его сказок и обойтиться нельзя. Вот все же таки набралась книжка.

Я, помнится, обещал вам, что в этой книжке будет и моя сказка. И точно, хотел было это сделать, но увидел, что для сказки моей нужно, по крайней мере, три таких книжки. Думал было особо напечатать ее, но передумал. Ведь я знаю вас: станете смеяться над стариком. Нет, не хочу! Прощайте! Долго, а может быть совсем, не увидимся. Да что? ведь вам все равно, хоть бы и не было совсем меня на свете. Пройдет год, другой — и из вас никто после не вспомнит и не пожалеет о старом пасичнике Рудом Паньке.

В этой книжке есть много слов, не всякому понятных. Здесь они почти все означены:

Баштан, место, засеянное арбузами и дынями.

Бублик, круглый крендель, баранчик.

Варенуха, вареная водка с пряностями.

Видлога, откидная шапка из сукна, пришитая к кобеняку.

Выкрутасы, трудные па.

Галушки, клецки.

Гаман, род бумажника, где держат огниво, кремень, губку, табак, а иногда и деньги.

Голодная кутья, сочельник.

Горлица, танец.

Гречаник, хлеб из гречневой муки.

Дивчына, девушка; **дивчата** — девушки.

Дукат, род медали, носится на шее женщинами.

Жинка, жена.

Запаска, род шерстяного передника у женщин.

Кавун, арбуз.

Каганець, светильня, состоящая из разбитого черепка, наполненного салом.

Канупер, трава.

Кацап, русский человек с бородою.

Книш, спеченный из пшеничной муки хлеб, обыкновенно едомый горячим с маслом.

Кобеняк, род суконного плаща с пришитою назади видлогою.

Кожух, тулуп.

Комора, амбар.

Кораблик, старинный головной убор.

Корж, сухая лепешка из пшеничной муки, часто с салом.

Курень, соломенной шалаш.

Кухва, род кадки, похожая на опрокинутую дном к верху бочку.

Кухоль, глиняная кружка.

Левада, усадьба.

Люлька, трубка.

Намитка, белое покрывало из жидкого полотна, носимое на голове женщинами, с откинутыми назад концами.

Нечуй-ветер, трава.

Паляница, небольшой хлеб, несколько плоской.

Парубок, парень.

Пейсики, жидовские локоны.

Пекло, ад.

Переполох, испуг. **Выливать переполох**, лечить испуг.

Петрови батоги, трава.

Плахта, нижняя одежда женщин, из шерстяной, клетчатой материи.

Пивкопы, двадцать пять копеек.

Пыщик, пищалка, дудка, небольшая свирель.

Покут, место под образами.

Полутабенек, старинная шелковая материя.

Свитка, род полукафтанья.

Скрыня, большой сундук.

Смалець, бараний жир.

Сопилка, свирель.

Сукня, старинная одежда женщин из сукна.

Сыровець, хлебный квас.

Тесная баба, игра, в которую играют школьники в классе: жмутся тесно на скамье, покаместь одна половина не вытеснит другую.

Хлопец, мальчик.

Хустка, платок носовой.

Цыбуля, лук.

Черевики, башмаки.

Чумаки, малороссияне, едущие за солью и рыбою, обыкновенно в Крым.

Швець, сапожник.

Шибеник, висельник.

Ночь перед Рождеством

Последний день перед Рождеством прошел. Зимняя, ясная ночь наступила. Глянули звезды. Месяц величаво поднялся на небо посветить добрым людям и всему миру, чтобы всем было весело колядовать и славить Христа[*]. Морозило сильнее, чем с

---

[*] Колядовать у нас называется петь под окнами накануне Рождества песни, которые называются колядками. Тому, кто

утра; но зато так было тихо, что скрып мороза под сапогом слышался за полверсты. Еще ни одна толпа парубков не показывалась под окнами хат; месяц один только заглядывал в них украдкою, как бы вызывая принаряживавшихся девушек выбежать скорее на скрыпучий снег. Тут через трубу одной хаты клубами повалился дым и пошел тучею по небу, и вместе с дымом поднялась ведьма верхом на метле.

Если бы в это время проезжал сорочинский заседатель на тройке обывательских лошадей, в шапке с барашковым околышком, сделанной по манеру уланскому, в синем тулупе, подбитом черными смушками, с дьявольски сплетенною плетью, которою имеет он обыкновение подгонять своего ямщика, то он бы верно приметил ее, потому что от сорочинского заседателя ни одна ведьма на свете не ускользнет. Он знает наперечет, сколько у каждой бабы свинья мечет поросенков и сколько в сундуке лежит полотна и что именно из своего платья и хозяйства заложит добрый человек в воскресный день в шинке. Но сорочинский заседатель не проезжал, да и какое ему дело до чужих, у него своя волость. А ведьма, между тем, поднялась так высоко, что одним только черным пятнышком мелькала вверху. Но где ни показывалось пятнышко, там звезды, одна за другою, пропадали на небе. Скоро ведьма набрала их полный рукав. Три или четыре еще блестели. Вдруг, с другой стороны, показалось другое пятнышко, увеличилось, стало растягиваться, и уже было не пятнышко. Близорукий, хотя бы надел на нос, вместо очков, колеса с комиссаровой брички, и тогда бы не распознал, что это такое. Спереди совершенно немец[*]: узинькая, беспрестанно вертевшаяся и нюхавшая все,

---

колядует, всегда кинет в мешок хозяйка, или хозяин, или кто остается дома, колбасу, или хлеб, или медный грош, чем кто богат. Говорят, что был когда-то болван Коляда, которого принимали за Бога, и что будто оттого пошли и колядки. Кто его знает? Не нам, простым людям, об этом толковать. Прошлый год отец Осип запретил было колядовать по хуторам, говоря, что будто сим народ угождает сатане. Однако ж, если сказать правду, то в колядках и слова нет про Коляду Поют часто про Рождество Христа; а при конце желают здоровья хозяину, хозяйке, детям и всему дому.

Замечание пасичника.

[*] Немцем называют у нас всякого, кто только из чужой земли,

что ни попадалось, мордочка, оканчивалась, как и у наших свиней, кругленьким пятачком; ноги были так тонки, что если бы такие имел яресковский голова, то он переломал бы их в первом козачке. Но зато сзади он был настоящий губернский стряпчий в мундире, потому что у него висел хвост, такой острый и длинный, как теперешние мундирные фалды; только разве по козлиной бороде под мордой, по небольшим рожкам, торчавшим на голове, и что весь был не белее трубочиста, можно было догадаться, что он не немец и не губернский стряпчий, а просто черт, которому последняя ночь осталась шататься по белому свету и выучивать грехам добрых людей. Завтра же, с первыми колоколами к заутрене, побежит он без оглядки, поджавши хвост, в свою берлогу. Между тем черт крался потихоньку к месяцу, и уже протянул было руку, схватить его; но вдруг отдернул ее назад, как бы обжегшись, пососал пальцы, заболтал ногою и забежал с другой стороны, и снова отскочил и отдернул руку. Однако ж, несмотря на все неудачи, хитрый черт не оставил своих проказ. Подбежавши, вдруг схватил он обеими руками месяц, кривляясь и дуя перекидывал его из одной руки в другую, как мужик, доставший голыми руками огонь для своей люльки; наконец, поспешно спрятал в карман и, как будто ни в чем ни бывал, побежал далее. В Диканьке никто не слышал, как черт украл месяц. Правда, волостной писарь, выходя на четвереньках из шинка, видел, что месяц, ни с сего, ни с того, танцевал на небе, и уверял с божбою в том все село; но миряне качали головами и даже подымали его на смех. Но какая же была причина решиться черту на такое беззаконное дело? А вот какая: он знал, что богатый козак Чуб приглашен дьяком на кутю, где будут: голова; приехавший из архиерейской певческой родич дьяка, в синем сюртуке, бравший самого низкого баса; козак Свербыгуз и еще кое-кто; где, кроме кути, будет варенуха, перегонная на шафран водка и много всякого съестного. А между тем его дочка, красавица на всем селе, останется дома, а к дочке наверное придет кузнец, силач и детина хоть куда, который черту был противнее проповедей отца Кондрата. В досужее от дел время кузнец занимался малеванием и слыл лучшим живописцем во всем околодке. Сам, еще тогда здравствовавший сотник Л...ко вызывал его нарочно в Полтаву выкрасить досчатый забор

хоть будь он француз, или цесарец, или швед — все немец.

около его дома. Все миски, из которых диканьские козаки хлебали борщ, были размалеваны кузнецом. Кузнец был богобоязливый человек и писал часто образа святых, и теперь еще можно найти в Т... церкве его Евангелиста Луку. Но торжеством его искусства была одна картина, намалеванная на стене церковной в правом притворе, в которой изобразил он святого Петра в день Страшного суда, с ключами в руках, изгонявшего из ада злого духа: испуганный черт метался во все стороны, предчувствуя свою погибель, а заключенные прежде грешники били и гоняли его кнутами, поленами и всем, чем ни попало. В то время, когда живописец трудился над этою картиною и писал ее на большой деревянной доске, черт всеми силами старался мешать ему: толкал невидимо под руку, подымал из горнила в кузнице золу и обсыпал ею картину; но, несмотря на все, работа была кончена, доска внесена в церковь и вделана в стену притвора, и с той поры черт поклялся мстить кузнецу. Одна только ночь оставалась ему шататься на белом свете; но и в эту ночь он выискивал чем-нибудь выместить на кузнеце свою злобу. И для этого решился украсть месяц, в той надежде, что старый Чуб ленив и не легок на подъем, к дьяку же от избы не так близко: дорога шла по-за селом, мимо мельниц, мимо кладбища, огибала овраг. Еще при месячной ночи варенуха и водка, настоенная на шафран, могла бы заманить Чуба; но в такую темноту вряд ли бы удалось кому стащить его с печки и вызвать из хаты. А кузнец, который был издавна не в ладах с ним, при нем ни за что не отважится идти к дочке, несмотря на свою силу. Таким-то образом, как только черт спрятал в карман свой месяц, вдруг по всему миру сделалось так темно, что не всякой бы нашел дорогу к шинку, не только к дьяку. Ведьма, увидевши себя вдруг в темноте, вскрикнула. Тут черт, подъехавши мелким бесом, подхватил ее под руку и пустился нашептывать на ухо то самое, что обыкновенно нашептывают всему женскому роду. Чудно устроено на нашем свете! Все, что ни живет в нем, все силится перенимать и передразнивать один другого. Прежде, бывало, в Миргороде один судья да городничий хаживали зимою в крытых сукном тулупах, а все мелкое чиновничество носило просто нагольные; теперь же и заседатель, и подкоморий отсмалили себе новые шубы из решетиловских смушек с суконною покрышкою. Канцелярист и волостной писарь, третьего году, взяли синей китайки по шести гривен аршин. Пономарь сделал себе нанковые на лето шаровары и жилет из полосатого гаруса. Словом, все лезет в люди! Когда эти люди не будут суетны! Можно побиться об заклад, что многим покажется удивительно видеть черта, пустившегося и себе туда же. Досаднее всего то, что он верно воображает себя красавцем, между тем как фигура — взглянуть совестно. Рожа, как говорит Фома Григорьевич, мерзость мерзостью, однако ж и он строит любовные куры! Но на небе и под небом так сделалось темно, что ничего нельзя уже было видеть, что происходило далее между ними.

* * *

«Так ты, кум, еще не был у дьяка в новой хате?» — говорил козак Чуб, выходя из дверей своей избы, сухощавому, высокому, в коротком тулупе, мужику с обросшею бородою, показывавшею, что уже более двух недель не прикасался к ней обломок косы, которым обыкновенно мужики бреют свою бороду за неимением бритвы. «Там теперь будет добрая попойка! — продолжал Чуб, осклабив при этом свое лицо. — Как бы только нам не опоздать». При сем Чуб поправил свой пояс, перехватывавший плотно его тулуп, нахлобучил крепче свою шапку, стиснул в руке кнут — страх и грозу докучливых собак; но, взглянув вверх, остановился... «Что за дьявол! Смотри! смотри, Панас!..»

— Что? — произнес кум и поднял свою голову также вверх.

— Как что? месяца нет!

— Что за пропасть! В самом деле нет месяца.

— То-то что нет, — выговорил Чуб с некоторою досадою на неизменное равнодушие кума. — Тебе, небось, и нужды нет.

— А что мне делать!

«Надобно же было, — продолжал Чуб, утирая рукавом усы, — какому-то дьяволу, чтоб ему не довелось, собаке, поутру рюмки водки выпить, вмешаться!.. Право, как будто на смех... Нарочно, сидевши в хате, глядел в окно: ночь — чудо! Светло; снег блещет при месяце. Все было видно, как днем. Не успел выйти за дверь, и вот, хоть глаз выколи!» Чуб долго еще ворчал и бранился, а между тем, в то же время, раздумывал, на что бы решиться. Ему до смерти хотелось покалякать о всяком вздоре у дьяка, где, без всякого сомнения, сидел уже и голова, и приезжий бас, и дегтярь Микита, ездивший через каждые две недели в Полтаву на торги и отпускавший такие шутки, что все миряне брались за животы со смеху. Уже видел

Чуб мысленно стоявшую на столе варенуху. Все это было заманчиво, правда; но темнота ночи напомнила ему о той лени, которая так мила всем козакам. Как бы хорошо теперь лежать, поджавши под себя ноги, на лежанке, курить спокойно люльку и слушать сквозь упоительную дремоту колядки и песни веселых парубков и девушек, толпящихся кучами под окнами. Он бы, без всякого сомнения, решился на последнее, если бы был один; но теперь обоим не так скучно и страшно идти темною ночью, да и не хотелось-таки показаться перед другими ленивым или трусливым. Окончивши побранки, обратился он снова к куму.

— Так нет, кум, месяца?

— Нет.

— Чудно, право. А дай понюхать табаку! У тебя, кум, славный табак! Где ты берешь его?

— Кой черт, славный! — отвечал кум, закрывая березовую тавлинку, исколотую узорами. — Старая курица не чихнет!

— Я помню, — продолжал все так же Чуб, — мне покойный шинкарь Зузуля раз привез табаку из Нежина. Эх, табак был! добрый табак был! Так что же, кум, как нам быть? ведь темно на дворе.

— Так, пожалуй, останемся дома, — произнес кум, ухватясь за ручку двери.

Если бы кум не сказал этого, то Чуб, верно бы, решился остаться; но теперь его как будто что-то дергало идти наперекор. «Нет, кум, пойдем! нельзя, нужно идти!» Сказавши это, он уже и досадовал на себя, что сказал. Ему было очень неприятно тащиться в такую ночь; но его утешало то, что он сам нарочно этого захотел и сделал-таки не так, как ему советовали.

Кум, не выразив на лице своем ни малейшего движения досады, как человек, которому решительно все равно, сидеть ли дома, или тащиться из дому, обсмотрелся, почесал палочкой батога свои плечи, и два кума отправились в дорогу.

* * *

Теперь посмотрим, что делает, оставшись одна, красавица дочка. Оксане не минуло еще и семнадцати лет, как во всем почти свете, и по ту сторону Диканьки, и по эту сторону Диканьки, только и речей было, что про нее. Парубки гуртом провозгласили, что лучшей девки и не было еще никогда и не будет никогда на селе. Оксана знала и слышала все, что про нее говорили, и была капризна, как красавица. Если бы она ходила не в плахте и запаске, а в каком-нибудь капоте, то разогнала бы всех своих девок. Парубки гонялись за нею толпами, но, потерявши терпение, оставляли мало-помалу и обращались к другим, не так избалованным. Один только кузнец был упрям и не оставлял своего волокитства, несмотря на то, что и с ним поступаемо было ничуть не лучше, как с другими. По выходе отца своего, она долго еще принаряживалась и жеманилась перед небольшим в оловянных рамках зеркалом и не могла налюбоваться собою. «Что людям вздумалось расславлять, будто я хороша? — говорила она, как бы рассеянно, для того только, чтобы об чем-нибудь поболтать с собою. — Лгут люди, я совсем не хороша». Но мелькнувшее в зеркале свежее живое в детской юности лицо с блестящими черными очами и невыразимо приятной усмешкой, прожигавшей душу, вдруг доказало противное. «Разве черные брови и очи мои, — продолжала красавица, не выпуская зеркала, — так хороши, что уже равных им нет и на свете. Что тут хорошего в этом вздернутом кверху носе? и в щеках? и в губах? будто хороши мои черные косы? Ух! Их можно испугаться вечером: они, как длинные змеи, перевились и обвились вокруг моей головы. Я вижу теперь, что я совсем не хороша! — и, отдвигая несколько подалее от себя зеркало, вскрикнула: Нет, хороша я! Ах, как хороша! Чудо! Какую радость принесу я тому, кого буду женою! Как будет любоваться мною мой муж! Он не вспомнит себя. Он зацелует меня насмерть!»

— Чудная девка! — прошептал вошедший тихо кузнец, — и хвастовства у нее мало! С час стоит, глядясь в зеркало, и не наглядится, и еще хвалит себя вслух!

— Да, парубки, вам ли чета я? Вы поглядите на меня, — продолжала хорошенькая кокетка, — как я плавно выступаю; у меня сорочка шита красным шелком. А какие ленты на голове! Вам век не увидать богаче галуна! Все это накупил мне отец мой для того, чтобы на мне женился самый лучший молодец на свете! — и, усмехнувшись, поворотилась она в другую сторону, и увидела кузнеца...

Вскрикнула и сурово остановилась перед ним.

Кузнец и руки опустил.

Трудно рассказать, что выражало смугловатое лицо чудной девушки: и суровость в нем была видна, и сквозь суровость какая-то издевка над смутившимся кузнецом, и едва заметная краска досады тонко разливалась по лицу; и все это так смешалось и так было неизобразимо хорошо, что расцеловать ее миллион раз — вот все, что можно было сделать тогда наилучшего.

— Зачем ты пришел сюда? — так начала говорить Оксана. — Разве хочется, чтобы выгнала за дверь лопатою? Вы все мастера подъезжать к нам. Вмиг пронюхаете, когда отцов нет дома. О, я знаю вас! Что, сундук мой готов?

— Будет готов, мое серденько, после праздника будет готов. Если бы ты знала, сколько возился около него: две ночи не выходил из кузницы; зато ни у одной поповны не будет такого сундука. Железо на оковку положил такое, какого не клал на сотникову таратайку, когда ходил на работу в Полтаву. А как будет расписан! Хоть весь околодок выходи своими беленькими ножками, не найдешь такого! По всему полю будут раскиданы красные и синие цветы. Гореть будет, как жар. Не сердись же на меня! Позволь хоть поговорить, хоть поглядеть на тебя!

— Кто же тебе запрещает, говори и гляди! — Тут села она на лавку и снова взглянула в зеркало, и стала поправлять на голове свои косы. Взглянула на шею, на новую сорочку, вышитую шелком, и тонкое чувство самодовольствия выразилось на устах, на свежих ланитах и отсветилось в очах.

— Позволь и мне сесть возле тебя! — сказал кузнец.

— Садись, — проговорила Оксана, сохраняя в устах и в довольных очах то же самое чувство.

— Чудная, ненаглядная Оксана, позволь поцеловать тебя! — произнес ободренный кузнец и прижал ее к себе в намерении схватить поцелуй; но Оксана отклонила свои щеки, находившиеся уже на неприметном расстоянии от губ кузнеца, и оттолкнула его. «Чего тебе еще хочется? Ему когда мед, так и ложка нужна! Поди прочь, у тебя руки жестче железа. Да и сам ты пахнешь дымом. Я думаю, меня всю обмарал сажею». Тут она поднесла зеркало и снова начала перед ним охорашиваться.

«Не любит она меня! — думал про себя, повеся голову, кузнец. — Ей все игрушки; а я стою перед нею, как дурак, и очей не свожу с нее. И все бы стоял перед нею, и век бы не сводил с нее очей! Чудная девка! Чего бы я не дал, чтобы узнать, что у нее на сердце, кого она любит. Но нет, ей и нужды нет ни до кого. Она любуется сама собою; мучит меня бедного; а я за грустью не вижу света; а я ее так люблю, как ни один человек на свете не любил и не будет никогда любить».

— Правда ли, что твоя мать ведьма? — произнесла Оксана и засмеялась; и кузнец почувствовал, что внутри его все засмеялось. Смех этот как будто разом отозвался в сердце и в тихо встрепенувших жилах, и со всем тем досада запала в его душу, что он не во власти расцеловать так приятно засмеявшееся лицо.

— Что мне до матери? ты у меня мать, и отец, и все, что ни есть дорогого на свете. Если б меня призвал царь и сказал: кузнец Вакула, проси у меня всего, что ни есть лучшего в моем царстве, все отдам тебе. Прикажу тебе сделать золотую кузницу, и станешь ты ковать серебряными молотами. Не хочу, сказал бы я царю, ни каменьев дорогих, ни золотой кузницы, ни всего твоего царства: дай мне лучше мою Оксану!

— Видишь какой ты! только отец мой сам не промах. Увидишь, когда он не женится на твоей матери! — проговорила, луказо усмехнувшись, Оксана. — Однако ж девчата не приходят... Что б это значило? Давно уже пора колядовать. Мне становится скучно.

— Бог с ними, моя красавица!

— Как бы не так! с ними, верно, придут парубки. Тут-то пойдут балы. Воображаю, каких наговорят смешных историй!

— Так тебе весело с ними?

— Да уж веселее, чем с тобою. А! кто-то стукнул; верно, девчата с парубками.

«Чего мне больше ждать? — говорил сам с собою кузнец. — Она издевается надо мною. Ей я столько же дорог, как перержавевшая подкова. Но если ж так, не достанется по крайней мере другому посмеяться надо мною. Пусть только я наверное замечу, кто ей нравится более моего; я отучу...»

Стук в двери и резко зазвучавший на морозе голос: отвори! прервал его размышления.

— Постой, я сам отворю, — сказал кузнец и вышел в сени в намерении отломать с досады бока первому попавшемуся человеку.

* * *

Мороз увеличился, и вверху так сделалось холодно, что черт перепрыгивал с одного копытца на другое и дул себе в кулак, желая сколько-нибудь отогреть мерзнувшие руки. Не мудрено однако ж и смерзнуть тому, кто толкался от утра до утра в аду, где, как известно, не так холодно, как у нас зимою, и где, надевши колпак и ставши перед очагом, будто в самом деле кухмистр, поджаривал он грешников с таким удовольствием, с каким обыкновенно баба жарит на Рождество колбасу. Ведьма сама почувствовала, что холодно, несмотря на то, что была тепло одета; и потому, поднявши руки кверху, отставила ногу и, приведши себя в такое положение, как человек, летящий на коньках, не сдвинувшись ни одним суставом, спустилась по воздуху, будто по ледяной покатой горе, и прямо в трубу. Черт таким же порядком отправился вслед за нею. Но так как это животное проворнее всякого франта в чулках, то не мудрено, что он наехал при самом входе в трубу на шею своей любовницы и оба очутились в просторной печке между горшками. Путешественница отодвинула потихоньку заслонку поглядеть, не назвал ли сын ее Вакула в хату гостей, но увидевши, что никого не было, выключая только мешки, которые лежали посереди хаты, вылезла из печки, скинула теплый кожух, оправилась, и никто бы не мог узнать, что она за минуту назад ездила на метле. Мать кузнеца Вакулы имела от роду не больше сорока лет. Она была ни хороша, ни дурна собою. Трудно и быть хорошею в такие года. Однако ж она так умела причаровать к себе самых степенных козаков (которым, не мешает между прочим заметить, мало было нужды до красоты), что к ней хаживал и голова, и дьяк Осип Никифорович (конечно, если дьячихи не было дома), и козак Корний Чуб, и козак Касьян Свербыгуз. И, к чести ее сказать, она умела искусно обходиться с ними. Ни одному из них и в ум не приходило, что у него есть соперник. Шел ли набожный мужик или дворянин, как называют себя козаки, одетый в кобеняк с видлогою, в воскресенье в церковь, или, если дурная погода, в шинок, как не зайти к Солохе, не поесть жирных с сметаною вареников и не поболтать в теплой избе с говорливой и угодливой хозяйкой? И дворянин нарочно для этого давал большой крюк прежде чем достигал шинка, и называл это заходить по дороге. А пойдет ли, бывало, Солоха в праздник в церковь, надевши яркую плахту с китайчатою запаскою, а сверх ее синюю юбку, на которой сзади нашиты были золотые усы, и станет прямо близ правого крылоса, то дьяк уже, верно, закашливался и прищуривал невольно в ту сторону глаза; голова гладил усы, заматывал за ухо оселедец и говорил стоявшему близ его соседу: «Эх, добрая баба! Черт-баба!» Солоха кланялась каждому, и каждый думал, что она кланяется ему одному. Но охотник мешаться в чужие дела тотчас бы заметил, что Солоха была приветливее всего с козаком Чубом. Чуб был вдов; восемь скирд хлеба всегда стояли перед его хатою. Две пары дюжих волов всякий раз высовывали свои головы из плетеного сарая на улицу и мычали, когда завидывали шедшую куму корову или дядю, толстого быка. Бородатый козел взбирался на самую крышу и дребезжал оттуда резким голосом, как городничий, дразня выступавших по двору индеек и оборачиваяся задом, когда завидывал своих неприятелей, мальчишек, издевавшихся над его бородою. В сундуках у Чуба водилось много полотна, жупанов и старинных кунтушей с золотыми галунами: покойная жена его была щеголиха. В огороде, кроме маку, капусты, подсолнечников, засевалось еще каждый год две нивы табаку. Все это Солоха находила не лишним присоединить к своему хозяйству, заранее размышляя о том, какой оно примет порядок, когда перейдет в ее руки, и удвоивала благосклонность к старому Чубу. А чтобы, каким-нибудь образом, сын ее Вакула не подъехал к его дочери и не успел прибрать всего себе, и тогда бы наверно не допустил ее мешаться ни во что, она прибегнула к обыкновенному средству всех сорокалетних кумушек: ссорить как можно чаще Чуба с кузнецом. Может быть, эти самые хитрости и сметливость ее были виною, что кое-где начали поговаривать старухи, особливо когда выпивали где-нибудь на веселой сходке лишнее, что Солоха точно ведьма; что парубок Кизяколупенко видел у нее сзади хвост величиною не более бабьего веретена; что она еще в позапрошлый четверг черною кошкою перебежала дорогу, что к попадье раз прибежала свинья, закричала петухом, надела на голову шапку отца Кондрата и убежала назад. Случилось, что тогда, когда старушки толковали об этом, пришел как-то коровий пастух Тымиш Коростявый. Он не преминул рассказать, как летом, перед самою петровкою, когда он лег спать в клеву, подмостивши под голову солому, видел собственными глазами, что ведьма с распущенною косою, в одной рубашке, начала доить коров, а он не мог пошевельнуться, так был околдован; подоивши коров, она пришла к нему и помазала его губы чем-то таким гадким, что он плевал после того целый день. Но все это что-то сомнительно, потому что один только сорочинский заседатель может узидеть ведьму. И оттого все именитые козаки махали руками, когда слышали такие речи. «Брешут, сучи бабы!» — бывал обыкновенный ответ их.

Вылезши из печки и оправившись, Солоха, как добрая хозяйка, начала убирать и ставить все к своему месту; но мешков не тронула: это Вакула принес, пусть же сам и вынесет! Черт между тем, когда еще влетал в трубу, как-то нечаянно оборотившись, увидел Чуба об руку с кумом, уже далеко от избы. Вмиг вылетел он из печки, перебежал им дорогу и начал разрывать со всех сторон кучи замерзшего снега. Поднялась метель. В воздухе забелело. Снег метался взад и вперед сетью и угрожал залепить глаза, рот и уши пешеходам. А черт улетел снова в трубу, в твердой уверенности, что Чуб возвратится вместе с кумом назад, застанет кузнеца и отпотчевает его так, что он долго будет не в силах взять в руки кисть и малевать обидные карикатуры.

* * *

В самом деле, едва только поднялась метель и ветер стал резать прямо в глаза, как Чуб уже изъявил раскаяние и, нахлобучивая глубже на голову капелюхи, угощал побранками себя, черта и кума. Впрочем эта досада была притворная. Чуб очень рад был поднявшейся метели. До дьяка еще оставалось в восемь раз больше того расстояния, которое они прошли. Путешественники поворотили назад. Ветер дул в затылок; но сквозь метущий снег ничего не было видно.

— Стой, кум! мы, кажется, не туда идем, — сказал, немного отошедши, Чуб, — я не вижу ни одной хаты. Эх, какая метель! свороти-ка ты, кум, немного в сторону, не найдешь ли дороги; а я тем временем поищу здесь. Дернет же нечистая сила потаскаться по такой вьюге! Не забудь закричать, когда найдешь дорогу. Эк, какую кучу снега напустил в очи сатана!

Дороги, однако ж, не было видно. Кум, отошедши в сторону, бродил в длинных сапогах взад и вперед и наконец набрел прямо на шинок. Эта находка так его обрадовала, что он позабыл все и, стряхнувши с себя снег, вошел в сени, нимало не беспокоясь об оставшемся на улице куме. Чубу показалось между тем, что он нашел дорогу; остановившись, принялся он кричать во все горло, но видя, что кум не является, решился идти сам. Немного пройдя, увидел он свою хату. Сугробы снега лежали около нее и на крыше. Хлопая намерзнувшими на холоде руками, принялся он стучать в дверь и кричать повелительно своей дочери отпереть ее.

— Чего тебе тут нужно? — сурово закричал вышедший кузнец.

Чуб, узнавши голос кузнеца, отступил несколько назад. «Э, нет, это не моя хата, — говорил он про себя, — в мою хату не забредет кузнец. Опять же, если присмотреться хорошенько, то и не кузнецова. Чья бы была это хата? Вот на! не распознал! это хромого Левченка, который недавно женился на молодой жене. У него одного только хата похожа на мою. То-то мне показалось и сначала немного чудно, что так скоро пришел домой. Однако ж Левченко сидит теперь у дьяка, это я знаю; зачем же кузнец?.. Е, ге, ге! он ходит к его молодой жене. Вот как! хорошо! теперь я все понял».

— Кто ты такой и зачем таскаешься под дверями? — произнес кузнец суровее прежнего и подойдя ближе.

«Нет не скажу ему, кто я, — подумал Чуб, — чего доброго, еще приколотит проклятый выродок!» — и, переменив голос, отвечал: «Это я, человек добрый, пришел вам на забаву поколядовать немного под окнами».

— Убирайся к черту с своими колядками! — сердито закричал Вакула. — Что ж ты стоишь? Слышишь, убирайся сей же час вон!

Чуб сам уже имел это благоразумное намерение; но ему досадно показалось, что принужден слушаться приказаний кузнеца. Казалось, какой-то злой дух толкал его под руку и вынуждал сказать что-нибудь наперекор. «Что ж ты, в самом деле, так раскричался? — произнес он тем же голосом. — Я хочу колядовать, да и полно».

— Эге! да ты от слов не уймешься!.. — Вслед за сими словами Чуб почувствовал пребольной удар в плечо.

— Да вот это ты, как я вижу, начинаешь уже драться! — произнес он, немного отступая.

— Пошел, пошел! — кричал кузнец, наградив Чуба другим толчком.

— Что ж ты! — произнес Чуб таким голосом, в котором изображалась и боль, и досада, и робость, — ты, вижу, не в шутку дерешься и еще больно дерешься!

— Пошел, пошел! — закричал кузнец и захлопнул дверь.

— Смотри, как расхрабрился! — говорил Чуб, оставшись один на улице. — Попробуй, подойди! вишь какой! вот большая цяця! Ты думаешь, я на тебя суда не найду. Нет, голубчик, я пойду, и пойду прямо к комиссару. Ты у меня будешь знать. Я не посмотрю, что ты кузнец и маляр. Однако ж посмотреть на спину и плечи: я думаю, синие пятна есть. Должно быть, больно поколотил вражий сын! Жаль, что холодно и не хочется скидать кожуха! Постой ты, бесовской кузнец, чтоб черт поколотил и тебя, и твою кузницу, ты у меня напляшешься! Вишь, проклятый шибеник! Однако ж, ведь теперь его нет дома. Солоха, думаю, сидит одна. Гм... оно ведь недалеко отсюда; пойти бы! Время теперь такое, что нас никто не застанет. Может, и того будет можно... вишь, как больно поколотил проклятый кузнец!

Тут Чуб, почесав свою спину, отправился в другую сторону. Приятность, ожидавшая его впереди при свидании с Солохою, умаливала немного боль и делала нечувствительным и самый мороз, который трескался по всем улицам, не заглушаемый вьюжным свистом. По временам на лице его, которого бороду и усы метель намылила снегом проворнее всякого цирюльника, тирански хватающего за нос свою жертву, показывалась полусладкая мина. Но если бы однако ж снег не крестил взад и вперед всего перед глазами, то долго еще можно было бы видеть, как Чуб останавливался, почесывал спину, произносил: «больно поколотил проклятый кузнец!» и снова отправлялся в путь.

* * *

В то время, когда проворный франт с хвостом и козлиною бородою летал из трубы и потом снова в трубу, висевшая у него на перевязи при боку ладунка, в которую он спрятал украденный месяц, как-то нечаянно зацепившись в печке, растворилась, и месяц, пользуясь этим случаем, вылетел чрез трубу Солохиной хаты и плавно поднялся по небу. Все осветилось. Метели как не бывало. Снег загорелся широким серебряным полем и весь обсыпался хрустальными звездами. Мороз как бы потеплел. Толпы парубков и девушек показались с мешками. Песни зазвенели, и под редкою хатою не толпились колядующие. Чудно блещет месяц! Трудно рассказать, как хорошо потолкаться, в такую ночь, между кучею хохочущих и поющих девушек и между парубками, готовыми на все шутки и выдумки, какие может только внушить весело смеющаяся ночь. Под плотным кожухом тепло; от мороза еще живее горят щеки; а на шалости сам лукавый подталкивает сзади. Кучи девушек с мешками вломились в хату Чуба, окружили Оксану. Крик, хохот, рассказы оглушили кузнеца. Все наперерыв спешили рассказать красавице что-нибудь новое, выгружали мешки и хвастались паляницами, колбасами, варениками, которых успели уже набрать довольно за свои колядки. Оксана, казалось, была в совершенном удовольствии и радости, болтала то с той, то с другою и хохотала без умолку. С какой-то досадою и завистью глядел кузнец на такую веселость и на этот раз проклинал колядки, хотя сам бывал от них без ума.

— Э, Одарка! — сказала веселая красавица, оборотившись к одной из девушек, — у тебя новые черевики! Ах, какие хорошие! и с золотом! Хорошо тебе, Одарка, у тебя есть такой человек, который все тебе покупает; а мне некому достать такие славные черевики.

— Не тужи, моя ненаглядная Оксана! — подхватил кузнец, — я тебе достану такие черевики, какие редкая панночка носит.

— Ты? — сказала, скоро и надменно поглядев на него, Оксана. — Посмотрю я, где ты достанешь черевики, которые могла бы я надеть на свою ногу. Разве принесешь те самые, которые носит царица.

— Видишь, какие захотела! — закричала со смехом девичья толпа.

— Да! — продолжала гордо красавица. — Будьте все вы свидетельницы, если кузнец Вакула принесет те самые черевики, которые носит царица, то, вот мое слово, что выйду тот же час за него замуж.

Девушки увели с собою капризную красавицу.

«Смейся, смейся! — говорил кузнец, выходя вслед за ними. — Я сам смеюсь над собою! Думаю, и не могу вздумать, куда девался ум мой? Она меня не любит — ну, Бог с ней! будто только на всем свете одна Оксана. Слава Богу, девчат много хороших и без нее на селе. Да что́ Оксана? с нее никогда не будет доброй хозяйки; она только мастерица рядиться. Нет, полно, пора перестать дурачиться». Но в самое то время, когда кузнец готовился быть решительным, какой-то злой дух проносил пред ним смеющийся образ Оксаны, говорившей насмешливо: «достань, кузнец, царицыны черевики, выйду за тебя замуж!» Все в нем волновалось, и он думал только об одной Оксане.

Толпы колядующих, парубки особо, девушки особо, спешили из одной улицы в другую. Но кузнец шел и ничего не видал и не участвовал в тех веселостях, которые когда-то любил более всех.

* * *

Черт между тем не на шутку разнежился у Солохи: целовал ее руку с такими ужимками, как заседатель у поповны, брался за сердце, охал и сказал напрямик, что если она не согласится удовлетворить его страсти и, как водится, наградить, то он готов на все, кинется в воду; а душу отправит прямо в пекло. Солоха была не так жестока, притом же черт, как известно, действовал с нею заодно. Она таки любила видеть волочившуюся за собою толпу и редко бывала без компании; этот вечер однако ж думала провесть одна, потому что все именитые обитатели села званы были на кутью к дьяку. Но все пошло иначе: черт только что представил свое требование, как вдруг послышался голос дюжего головы. Солоха побежала отворить дверь, а проворный черт влез в лежавший мешок. Голова, стряхнув с своих капелюх снег и выпивши из рук Солохи чарку водки, рассказал, что он не пошел к дьяку, потому что поднялась метель; а увидевши свет в ее хате, завернул к ней в намерении провесть вечер с нею. Не успел голова это сказать, как в дверь послышался стук и голос дьяка. «Спрячь меня куда-нибудь, — шептал голова. — Мне не хочется теперь встретиться с дьяком». Солоха думала долго, куда спрятать такого плотного гостя; наконец выбрала самый большой мешок с углем; уголь высыпала в кадку, и дюжий голова влез с усами, с головою и с капелюхами в мешок.

Дьяк взошел, покряхтывая и потирая руки, и рассказал, что у него не был никто, и что он сердечно рад этому случаю *погулять* немного у нее, и не испугался метели. Тут он подошел к ней ближе, кашлянул, усмехнулся, дотронулся своими длинными пальцами ее обнаженной, полной руки и произнес с таким видом, в котором выказывалось и лукавство и самодовольствие: «А что это у вас, великолепная Солоха?» — и, сказавши это, отскочил он несколько назад.

— Как что? Рука, Осип Никифорович! — отвечала Солоха.

— Гм! рука! хе, хе, хе! — произнес сердечно довольный своим

началом дьяк и прошелся по комнате.

— А это что у вас, дражайшая Солоха? — произнес он с таким же видом, приступив к ней снова и схватив ее слегка рукою за шею и таким же порядком отскочив назад.

— Будто не видите, Осип Никифорович! — отвечала Солоха. — Шея, а на шее монисто.

— Гм! на шее монисто! хе, хе, хе! — и дьяк снова прошелся по комнате, потирая руки.

— А это что у вас, несравненная Солоха?.. — Неизвестно, к чему бы теперь притронулся дьяк своими длинными пальцами, как вдруг послышался в дверь стук и голос козака Чуба.

— Ах, Боже мой, стороннее лицо! — закричал в испуге дьяк. — Что теперь, если застанут особу моего звания?.. Дойдет до отца Кондрата!.. — Но опасения дьяка были другого рода: он боялся более того, чтобы не узнала его половина, которая и без того страшною рукою своею сделала из его толстой косы самую узинькую. — Ради Бога, добродетельная Солоха, — говорил он, дрожа всем телом, — Ваша доброта, как говорит писание Луки глава трина... трин... Стучатся, ей-богу, стучатся! Ох, спрячьте меня куда-нибудь!

Солоха высыпала уголь в кадку из другого мешка, и не слишком объемистый телом дьяк влез в него и сел на самое дно, так что сверх его можно было насыпать еще с полмешка угля.

— Здравствуй, Солоха! — сказал, входя в хату, Чуб. — Ты, может быть, не ожидала меня, а? правда, не ожидала? Может быть, я помешал... — продолжал Чуб, показав на лице своем веселую и значительную мину, которая заранее давала знать, что неповоротливая голова его трудилась и готовилась отпустить какую-нибудь колкую и затейливую шутку. — Может быть, вы тут забавлялись с кем-нибудь!.. может быть, ты кого-нибудь спрятала уже, а? — и восхищенный таким своим замечанием, Чуб засмеялся, внутренно торжествуя, что он один только пользуется благосклонностью Солохи. — Ну, Солоха, дай теперь выпить водки. Я думаю, у меня горло замерзло от проклятого мороза. Послал же Бог такую ночь перед Рождеством! Как схватилась, слышишь, Солоха, как схватилась... эк окостенели руки: не расстегну кожуха! как схватилась вьюга...

— Отвори! — раздался на улице голос, сопровождаемый

толчком в дверь.

— Стучит кто-то? — сказал остановившийся Чуб.

— Отвори! — закричали сильнее прежнего.

— Это кузнец! — произнес, схватясь за капелюхи, Чуб. — Слышишь, Солоха, куда хочешь девай меня; я ни за что на свете не захочу показаться этому выродку проклятому, чтоб ему набежало, дьявольскому сыну, под обоими глазами по пузырю в копну величиною! — Солоха, испугавшись сама, металась, как угорелая, и, позабывшись, дала знак Чубу лезть в тот самый мешок, в котором сидел уже дьяк. Бедный дьяк не смел даже изъявить кашлем и кряхтением боли, когда сел ему почти на голову тяжелый мужик и поместил свои намерзнувшие на морозе сапоги по обеим сторонам его висков.

Кузнец вошел не говоря ни слова, не снимая шапки, и почти повалился на лавку. Заметно, что он был весьма не в духе. В то самое время, когда Солоха затворяла за ним дверь, кто-то постучался снова. Это был козак Свербыгуз. Этого уже нельзя было спрятать в мешок, потому что и мешка такого нельзя было найти. Он был погрузнее телом самого головы и повыше ростом Чубова кума. И потому Солоха вывела его в огород, чтоб выслушать от него все то, что он хотел ей объявить.

Кузнец рассеянно оглядывал углы своей хаты, вслушиваясь по временам в далеко разносившиеся песни колядующих; наконец остановил глаза на мешках: «Зачем тут лежат эти мешки? их давно бы пора убрать отсюда. Через эту глупую любовь я одурел совсем. Завтра праздник, а в хате до сих пор лежит всякая дрянь. Отнести их в кузницу!» Тут кузнец присел к огромным мешкам, перевязал их крепче и готовился взвалить себе на плечи. Но заметно было, что его мысли гуляли, Бог знает где, иначе он бы услышал, как зашипел Чуб, когда волоса на голове его прикрутила завязавшая мешок веревка, и дюжий голова начал было икать довольно явственно. «Неужели не выбьется из ума моего эта негодная Оксана? — говорил кузнец. — Не хочу думать о ней; а все думается, и как нарочно, о ней одной только. Отчего это так, что дума против воли лезет в голову? Кой черт, мешки стали как будто тяжелее прежнего! Тут верно положено еще что-нибудь кроме угля. Дурень я! и позабыл, что теперь мне все кажется тяжелее. Прежде, бывало, я мог согнуть и разогнуть в одной руке медный пятак и лошадиную подкову; а теперь мешков с углем не подыму. Скоро буду от ветра валиться. Нет, — вскричал он, помолчав и ободрившись, — что я за баба! Не дам никому смеяться над собою! Хоть десять таких мешков, все подыму». И бодро взвалил себе на плеча мешки, которых не понесли бы два дюжих человека. «Взять и этот, — продолжал он, подымая маленькой, на дне которого лежал, свернувшись, черт. — Тут, кажется, я положил струмент свой». Сказав это, он вышел вон из хаты, насвистывая песню:

Мини с жинкой не возиться.

* * *

Шумнее и шумнее раздавались по улицам песни и крики. Толпы толкавшегося народа были увеличены еще пришедшими из соседних деревень. Парубки шалили и бесились вволю. Часто между колядками, слышалась какая-нибудь веселая песня, которую тут же успел сложить кто-нибудь из молодых козаков. То вдруг один из толпы, вместо колядки, отпускал щедровку и ревел во все горло:

Щедрик, ведрик!

Дайте вареник!

Грудочку кашки,

Кильце ковбаски!

Хохот награждал затейника. Маленькие окна подымались, и сухощавая рука старухи, которые одни только вместе с степенными отцами оставались в избах, высовывалась из окошка с колбасою в руках или куском пирога. Парубки и девушки наперерыв подставляли мешки и ловили свою добычу. В одном месте парубки, зашедши со всех сторон, окружали толпу девушек: шум, крик, один бросал комом снега, другой вырывал мешок со всякой всячиной. В другом месте девушки ловили парубка, подставляли ему ногу, и он летел вместе с мешком стремглав на землю. Казалось, всю ночь напролет готовы были провеселиться. И ночь, как нарочно, так роскошно теплилась! и еще белее казался свет месяца от блеска снега. Кузнец остановился с своими мешками. Ему почудился в толпе девушек голос и тоненький смех Оксаны. Все жилки в нем вздрогнули; бросивши на землю мешки, так, что находившийся на дне дьяк заохал от ушибу и голова икнул во все горло, побрел он с маленьким мешком на плечах вместе с толпою парубков, шедших следом за девичьей толпою, между которою ему послышался голос Оксаны.

Так: это она! стоит, как царица, и блестит черными очами! Ей рассказывает что-то видный парубок; верно, забавное, потому что она смеется. Но она всегда смеется. Как будто невольно, сам не понимая как, протерся кузнец сквозь толпу и стал около нее. «А, Вакула, ты тут! здравствуй! — сказала красавица с той же самой усмешкой, которая чуть не сводила Вакулу с ума. — Ну, много наколядовал? Э, какой маленький мешок! А черевики, которые носит царица, достал? Достань черевики, выйду замуж!» — и, засмеявшись, убежала с толпою.

Как вкопанный стоял кузнец на одном месте. «Нет, не могу; нет сил больше… — произнес он наконец. — Но, Боже ты мой, отчего она так чертовски хороша? Ее взгляд, и речи, и все, ну вот так и жжет, так и жжет… Нет, не в мочь уже пересилить себя! Пора положить конец всему: пропадай душа, пойду утоплюсь в пролубе, и поминай как звали!» Тут решительным шагом пошел он вперед, догнал толпу, поравнялся с Оксаною и сказал твердым голосом: «Прощай, Оксана! Ищи себе какого хочешь жениха, дурачь кого хочешь; а меня не увидишь уже больше на этом свете». Красавица казалась удивленною, хотела что-то сказать, но кузнец махнул рукою и убежал.

«Куда, Вакула?» — кричали парубки, видя бегущего кузнеца. «Прощайте, братцы! — кричал в ответ кузнец. — Даст Бог, увидимся на том свете; а на этом уже не гулять нам вместе. Прощайте, не поминайте лихом! Скажите отцу Кондрату, чтобы сотворил панихиду по моей грешной душе. Свечей к иконам Чудотворца и Божией Матери, грешен, не обмалевал за мирскими делами. Все добро, какое найдется в моей скрыне, на церковь! Прощайте!» Проговоривши это, кузнец принялся снова бежать с мешком на спине. «Он повредился!» — говорили парубки. «Пропадшая душа! — набожно пробормотала проходившая мимо старуха, — пойти рассказать, как кузнец повесился!»

* * *

Вакула между тем, пробежавши несколько улиц, остановился перевесть дух. «Куда я в самом деле бегу? — подумал он, — как будто уже все пропало. Попробую еще средство: пойду к запорожцу Пузатому Пацюку. Он, говорят, знает всех чертей и все сделает, что захочет. Пойду, ведь душе все же придется пропадать!» При этом черт, который долго лежал без всякого движения, запрыгал в мешке от радости; но кузнец, подумав, что он как-нибудь зацепил мешок рукою и произвел сам это движение, ударил по мешку дюжим кулаком и, стряхнув его на плечах, отправился к Пузатому Пацюку.

Этот Пузатой Пацюк был точно когда-то запорожцем; но выгнали его, или он сам убежал из Запорожья, этого никто не знал. Давно уже, лет десять, а может и пятнадцать, как он жил в Диканьке. Сначала он жил, как настоящий запорожец: ничего не работал, спал три четверти дня, ел за шестерых косарей и выпивал за одним разом почти по целому ведру; впрочем было где и поместиться, потому что Пацюк, несмотря на небольшой рост, в ширину был довольно увесист. Притом шаровары, которые носил он, были так широки, что какой бы большой ни сделал он шаг, ног было совершенно не заметно, и, казалось, винокуренная кадь двигалась по улице. Может быть, это самое подало повод прозвать его Пузатым. Не прошло нескольких дней после прибытия его в село, как все уже узнали, что он знахарь. Бывал ли кто болен чем, тотчас призывал Пацюка; а Пацюку стоило только пошептать несколько слов, и недуг как будто рукою снимался. Случалось ли, что проголодавшийся дворянин подавился рыбьей костью, Пацюк умел так искусно ударить кулаком в спину, что кость отправлялась куда ей следует, не причинив никакого вреда дворянскому горлу. В последнее время его редко видали где-нибудь. Причина этому была, может быть, лень, а может и то, что пролезать в двери делалось для него с каждым годом труднее. Тогда миряне должны были отправляться к нему сами, если имели в нем нужду. Кузнец не без робости отворил дверь и увидел Пацюка, сидевшего на полу, по-турецки, перед небольшою кадушкою, на которой стояла миска с галушками. Эта миска стояла, как нарочно, наравне с его ртом. Не подвинувшись ни одним пальцем, он наклонил слегка голову к миске и хлебал жижу, схватывая по временам зубами галушки. «Нет, этот, — подумал Вакула про себя, — еще ленивее Чуба: тот по крайней мере ест ложкою; а этот и руки не хочет поднять!» Пацюк, верно, крепко занят был галушками, потому что, казалось, совсем не заметил прихода кузнеца, который, едва ступивши на порог, отвесил ему пренизкой поклон.

— Я к твоей милости пришел, Пацюк! — сказал Вакула, кланяясь снова. Толстый Пацюк поднял голову и снова начал хлебать галушки.

— Ты, говорят, не во гнев будь сказано... — сказал, собираясь с духом, кузнец, — я веду об этом речь не для того, чтобы тебе нанесть какую обиду, приходишься немного сродни черту.

Проговоря эти слова, Вакула испугался, подумав, что выразился все еще напрямик и мало смягчил крепкие слова, и ожидая, что Пацюк, схвативши кадушку вместе с мискою, пошлет ему прямо в голову, отсторонился немного и закрылся рукавом, чтобы горячая жижа с галушек не обрызгала ему лица.

Но Пацюк взглянул и снова начал хлебать галушки.

Ободренный кузнец решился продолжать: «К тебе пришел, Пацюк, дай Боже тебе всего, добра всякого в довольствии, хлеба в пропорции!» Кузнец иногда умел ввернуть модное слово; в том он понаторел в бытность еще в Полтаве, когда размалевывал сотнику досчатый забор. «Пропадать приходится мне, грешному! ничто не помогает на свете! Что будет, то будет, приходится просить помощи у самого черта. Что ж, Пацюк? — произнес кузнец, видя неизменное его молчание, — как мне быть?»

— Когда нужно черта, то и ступай к черту! — отвечал Пацюк, не подымая на него глаз и продолжая убирать галушки.

— Для того-то я и пришел к тебе, — отвечал кузнец, отвешивая поклон, — кроме тебя, думаю, никто на свете не знает к нему дороги.

Пацюк ни слова, и доедал остальные галушки. «Сделай милость, человек добрый, не откажи! — наступал кузнец. — Свинины ли, колбас, муки гречневой, ну, полотна, пшена, или иного прочего в случае потребности... как обыкновенно между добрыми людьми водится... не поскупимся, расскажи хоть, как, примерно сказать, попасть к нему на дорогу?»

— Тому не нужно далеко ходить, у кого черт за плечами, — произнес равнодушно Пацюк, не изменяя своего положения.

Вакула уставил в него глаза, как будто бы на лбу его написано было изъяснение этих слов. Что он говорит? безмолвно спрашивала его мина; а полуотверстый рот готовился проглотить, как галушку, первое слово. Но Пацюк молчал. Тут заметил Вакула, что ни галушек, ни кадушки перед ним не было; но вместо того на полу стояли две деревянные миски: одна была наполнена варениками, другая сметаною. Мысли его и глаза невольно устремились на эти кушанья. «Посмотрим, — говорил он сам себе, — как будет есть Пацюк вареники. Наклоняться он, верно, не захочет, чтобы хлебать, как галушки, да и нельзя: нужно вареник сперва обмакнуть в сметану». Только что он успел это подумать, Пацюк разинул рот; поглядел на вареники и еще сильнее разинул рот. В это время вареник выплеснул из миски, шлепнул в сметану, перевернулся на другую сторону, подскочил вверх и как раз попал ему в рот. Пацюк съел и снова разинул рот, и вареник таким же порядком отправился снова. На себя только принимал он труд жевать и проглатывать. «Вишь, какое диво!» — подумал кузнец, разинув от удивления рот, и тот же час заметил, что вареник лезет и к нему в рот и уже вымазал губы сметаною. Оттолкнувши вареник и вытерши губы, кузнец начал размышлять о том, какие чудеса бывают на свете и до каких мудростей доводит человека нечистая сила, заметя притом, что один только Пацюк может помочь ему. «Поклонюсь ему еще, пусть растолкует хорошенько... Однако, что за черт! ведь сегодня *голодная кутья*; а он ест вареники, вареники скоромные! Что я, в самом деле, за дурак: стою тут и греха набираюсь! назад!» — и набожный кузнец опрометью выбежал из хаты.

Однако ж черт, сидевший в мешке и заранее уже радовавшийся, не мог вытерпеть, чтобы ушла из рук его такая славная добыча. Как только кузнец опустил мешок, он выскочил из него и сел верхом ему на шею.

Мороз подрал по коже кузнеца; испугавшись и побледнев, не знал он, что делать, уже хотел перекреститься... Но черт, наклонив свое собачье рыльце ему на правое ухо, сказал: «Это я — твой друг; все сделаю для товарища и друга! Денег дам сколько хочешь, — пискнул он ему в левое ухо. — Оксана будет сегодня же наша», — шепнул он, заворотивши свою морду снова на правое ухо. Кузнец стоял размышляя.

— Изволь, — сказал он наконец, — за такую цену готов быть твоим!

Черт всплеснул руками и начал от радости галопировать на шее кузнеца. «Теперь-то попался кузнец! — думал он про себя, — теперь-то я вымещу на тебе, голубчик, все твои малеванья и небылицы, взводимые на чертей! Что теперь скажут мои товарищи, когда узнают, что самый набожнейший из всего села человек в моих руках?» Тут черт засмеялся от радости, вспомнивши, как будет дразнить в аде все хвостатое племя, как будет беситься хромой черт, считавшийся между ими первым на выдумки.

— Ну, Вакула! — пропищал черт, все так же не слезая с шеи, как бы опасаясь, чтобы он не убежал, — ты знаешь, что без контракта ничего не делают.

— Я готов! — сказал кузнец. — У вас, я слышал, расписываются кровью; постой же, я достану в кармане гвоздь! — Тут он заложил назад руку — и хвать черта за хвост.

— Вишь, какой шутник! — закричал смеясь черт, — ну, полно, довольно уже шалить!

— Постой, голубчик! — закричал кузнец, — а вот это как тебе покажется? — При сем слове он сотворил крест, и черт сделался так тих, как ягненок. — Постой же, — сказал он, стаскивая его за хвост на землю, — будешь ты у меня знать подучивать на грехи добрых людей и честных християн. — Тут кузнец, не выпуская хвоста, вскочил на него верхом и поднял руку для крестного знамения.

— Помилуй, Вакула! — жалобно простонал черт, — все, что для тебя нужно, все сделаю; отпусти только душу на покаяние: не клади на меня страшного креста!

— А, вот каким голосом запел, немец проклятый! Теперь я знаю, что делать. Вези меня сей же час на себе! слышишь, неси как птица!

— Куда? — произнес печальный черт.

— В Петембург, прямо к царице! — и кузнец обомлел от страха, чувствуя себя подымающимся на воздух.

* * *

Долго стояла Оксана, раздумывая о странных речах кузнеца. Уже внутри ее что-то говорило, что она слишком жестоко поступила с ним. «Что, если он в самом деле решится на что-нибудь страшное? Чего доброго! может быть, он с горя вздумает влюбиться в другую и с досады станет называть ее первою красавицею на селе? Но нет, он меня любит. Я так хороша! Он меня ни за что не променяет; он шалит, прикидывается. Не пройдет минут десять, как он верно придет поглядеть на меня. Я, в самом деле, сурова. Нужно ему дать, как будто нехотя, поцеловать себя. То-то он обрадуется!» — и ветреная красавица уже шутила со своими подругами. «Постойте, — сказала одна из них, — кузнец позабыл мешки свои; смотрите: какие страшные мешки! Он не по-нашему наколядовал: я думаю, сюда по целой четверти барана кидали; а колбасам и хлебам верно счету нет. Роскошь! целые праздники можно объедаться».

— Это кузнецовы мешки? — подхватила Оксана, — утащим скорее их ко мне в хату, и разглядим хорошенько, что он сюда наклал. — Все со смехом одобрили такое предложение.

— Но мы не поднимем их! — закричала вся толпа вдруг, силясь сдвинуть мешки.

— Постойте, — сказала Оксана, — побежим скорее за санками и отвезем на санках!

И толпа побежала за санками.

Пленникам сильно прискучило сидеть в мешках, несмотря на то, что дьяк проткнул для себя пальцем порядочную дыру. Если бы еще не было народу, то, может быть, он нашел бы средство вылезть; но вылезть из мешка при всех, показать себя на смех... это удерживало его, и он решился ждать, слегка только покряхтывая под невежливыми сапогами Чуба. Чуб сам не менее желал свободы, чувствуя, что под ним лежит что-то такое, на котором сидеть страх было неловко. Но как скоро услышал решение своей дочери, то успокоился и не хотел уже вылезть, рассуждая, что к хате своей нужно пройти, по крайней мере, шагов с сотню, а может быть и другую. Вылезши же, нужно оправиться, застегнуть кожух, подвязать пояс — сколько работы! да и капелюхи остались у Солохи. Пусть же лучше девчата довезут на санках. Но случилось совсем не так, как ожидал Чуб: в то время, когда девчата побежали за санками, худощавый кум выходил из шинка расстроенный и не в духе. Шинкарка никаким образом не решалась ему верить в долг; он хотел было дожидаться, авось-либо придет какой-нибудь набожный дворянин и попотчевает его; но, как нарочно, все дворяне оставались дома и, как честные християне, ели кутью посреди своих домашних. Размышляя о развращении нравов и о деревянном сердце жидовки, продающей вино, кум набрел на мешки и остановился в изумлении. «Вишь какие мешки кто-то бросил на дороге! — сказал он, осматриваясь по сторонам, — должно быть тут и свинина есть. Полезло же кому-то счастие наколядовать столько всякой всячины! Экие страшные мешки! Положим, что они набиты гречаниками да коржами, и то *добре*. Хотя бы были тут одни паляницы, и то в *шмак*: жидовка за каждую паляницу дает осьмуху водки. Утащить скорее, чтобы кто не увидел». Тут взвалил он себе на плеча мешок, с Чубом и дьяком, но почувствовал, что он слишком тяжел. «Нет, одному будет тяжело несть, — проговорил он, — а вот, как нарочно, идет ткач Шапуваленко. Здравствуй, Остап!»

— Здравствуй, — сказал, остановившись, ткач.

— Куда идешь?

— А так, иду, куда ноги идут.

— Помоги, человек добрый, мешки снесть! Кто-то колядовал, да и кинул посреди дороги. Добром разделимся пополам.

— Мешки? а с чем мешки, с книшами или паляницами?

— Да думаю, всего есть. — Тут выдернули они наскоро из плетня палки, положили на них мешок и понесли на плечах.

— Куда ж мы понесем его? в шинок? — спросил дорогою ткач.

— Оно бы и я так думал, чтобы в шинок; но ведь проклятая жидовка не поверит, подумает еще, что где-нибудь украли; к тому же я только что из шинка. Мы отнесем его в мою хату. Нам никто не помешает: жинки нет дома.

— Да точно ли нет дома? — спросил осторожный ткач.

— Слава Богу, мы не совсем еще без ума, — сказал кум, — черт ли бы принес меня туда, где она. Она, думаю, протаскается с бабами до света.

— Кто там? — закричала кумова жена, услышав шум в сенях, произведенный приходом двух приятелей с мешком, и отворяя дверь.

Кум остолбенел.

— Вот тебе на! — произнес ткач, опустя руки.

Кумова жена была такого рода сокровище, каких не мало на белом свете. Так же, как и ее муж, она почти никогда не сидела дома и почти весь день пресмыкалась у кумушек и зажиточных старух, хвалила и ела с большим аппетитом и дралась только по утрам с своим мужем, потому что в это только время и видела его иногда. Хата их была вдвое старее шаровар волостного писаря: крыша в некоторых местах была без соломы. Плетня видны были одни остатки, потому что всякой, выходивший из дому, никогда не брал палки для собак в надежде, что будет проходить мимо кумова огорода и выдернет любую из его плетня. Печь не топилась дня по три. Все, что ни напрашивала нежная супруга у добрых людей, прятала как можно подалее от своего мужа и часто самоуправно отнимала у него добычу, если он не успевал ее пропить в шинке. Кум, несмотря на всегдашнее хладнокровие, не любил уступать ей; и оттого почти всегда уходил из дому с фонарями под обоими глазами, а дорогая половина, охая, плелась рассказывать старушкам о бесчинстве своего мужа и о претерпенных ею от него побоях.

Теперь можно себе представить, как были озадачены ткач и кум таким неожиданным явлением. Опустивши мешок, они заступили его собою и закрыли полами; но уже было поздно: кумова жена, хотя и дурно видела старыми глазами, однако ж мешок заметила. «Вот это хорошо! — сказала она с таким видом, в котором заметна была радость ястреба. — Это хорошо, что наколядовали столько! Вот так всегда делают добрые люди; только нет, я думаю, где-нибудь подцепили. Покажите мне сейчас, слышите, покажите сей же час мешок ваш!»

— Лысой черт тебе покажет, а не мы, — сказал приосанясь кум.

— Тебе какое дело? — сказал ткач, — мы наколядовали, а не ты.

— Нет, ты мне покажешь, негодный пьяница! — вскричала жена, ударив высокого кума кулаком в подбородок и продираясь к мешку. Но ткач и кум мужественно отстояли мешок и заставили ее попятиться назад. Не успели они оправиться, как супруга выбежала в сени уже с кочергою в руках. Проворно хватила кочергою мужа по рукам, ткача по спине и уже стояла возле мешка.

— Что мы допустили ее? — сказал ткач очнувшись.

— Э, что мы допустили! а отчего ты допустил! — сказал хладнокровно кум.

— У вас кочерга, видно, железная! — сказал после небольшого молчания ткач, почесывая спину. — Моя жинка купила прошлый год на ярмарке кочергу; дала пивкопы; та ничего... не больно...

Между тем торжествующая супруга, поставив на пол каганец, развязала мешок и заглянула в него.

Но, верно, старые глаза ее, которые так хорошо увидели мешок, на этот раз обманулись. «Э, да тут лежит целый кабан!» — вскрикнула она, всплеснув от радости в ладоши.

— Кабан! слышишь, целый кабан! — толкал ткач кума, — а все ты виноват!

— Что ж делать! — произнес, пожимая плечами, кум.

— Как что? чего мы стоим? отнимем мешок! Ну, приступай!

— Пошла прочь! пошла! это наш кабан! — кричал, выступая,

ткач.

— Ступай, ступай, чертова баба! это не твое добро! — говорил, приближаясь, кум.

Супруга принялась снова за кочергу, но Чуб в это время вылез из мешка и стал посреди сеней, потягиваясь, как человек, только что пробудившийся от долгого сна.

Кумова жена вскрикнула, ударивши об полы руками, и все невольно разинули рты.

— Что ж она, дура, говорит: кабан. Это не кабан! — сказал кум, выпуча глаза.

— Вишь, какого человека кинуло в мешок! — сказал ткач, пятясь от испугу. — Хоть что хочешь говори, хоть тресни, а не обошлось без нечистой силы. Ведь он не пролезет в окошко!

— Это кум! — вскрикнул, вглядевшись, кум.

— А ты думал кто? — сказал Чуб усмехаясь. — Что, славную я выкинул над вами штуку? А вы, небось, хотели меня съесть вместо свинины? Постойте же, я вас порадую: в мешке лежит еще что-то, если не кабан, то наверно поросенок или иная живность. Подо мною беспрестанно что-то шевелилось.

Ткач и кум кинулись к мешку, хозяйка дома уцепилась с противной стороны, и драка возобновилась бы снова, если бы дьяк, увидевши теперь, что ему некуда скрыться, не выкарабкался из мешка.

Кумова жена, остолбенев, выпустила из рук ногу, за которую начала было тянуть дьяка из мешка.

— Вот и другой еще! — вскрикнул со страхом ткач, — черт знает, как стало на свете... голова идет кругом... не колбас и не паляниц, а людей кидают в мешки!

— Это дьяк! — произнес, изумившийся более всех, Чуб, — вот тебе на! ай да Солоха! посадить в мешок... То-то я гляжу, у нее полная хата мешков... Теперь я все знаю: у нее в каждом мешке сидело по два человека. А я думал, что она только мне одному... вот тебе и Солоха!

* * *

Девушки немного удивились, не найдя одного мешка. «Нечего делать, будет с нас и этого», — лепетала Оксана. Все принялись за мешок и взвалили его на санки. Голова решился молчать, рассуждая: если он закричит, чтобы его выпустили и развязали мешок — глупые девчата разбегутся, подумают, что в мешке сидит дьявол, и он останется на улице, может быть, до завтра. Девушки между тем, дружно взявшись за руки, полетели, как вихорь, с санками по скрыпучему снегу. Множество, шаля, садилось на санки; другие взбирались на самого голову. Голова решился сносить все. Наконец приехали, отворили настежь дверь в сенях и хате, и с хохотом втащили мешок «Посмотрим, что-то лежит тут», — закричали все, бросившись развязывать. Тут икотка, которая не переставала мучить голову во все время сидения его в мешке, так усилилась, что он начал икать и кашлять во все горло. «Ах, тут сидит кто-то!» — закричали все и в испуге бросились вон из дверей.

— Что за черт! куда вы мечетесь, как угорелые? — сказал, входя в дверь, Чуб.

— Ах, батько! — произнесла Оксана, — в мешке сидит кто-то!

— В мешке? где вы взяли этот мешок?

— Кузнец бросил его посреди дороги, — сказали все вдруг.

«Ну, так, не говорил ли я?..» — подумал про себя Чуб. «Чего ж вы испугались? посмотрим: а ну-ка, чоловиче, прошу не погневиться, что не называем по имени и отчеству, вылезай из мешка!»

Голова вылез.

— Ах! — вскрикнули девушки.

«И голова влез туда ж, — говорил про себя Чуб в недоумении, меряя его с головы до ног, — вишь как!.. Э!..» — более он ничего не мог сказать.

Голова сам был не меньше смущен и не знал, что начать. «Должно быть, на дворе холодно?» — сказал он, обращаясь к Чубу.

— Морозец есть, — отвечал Чуб, — а позволь спросить себя, чем ты смазываешь свои сапоги, смальцем или дегтем? — Он хотел не то сказать; он хотел спросить: как ты, голова, залез в этот мешок; но сам не понимал, как выговорил совершенно другое.

— Дегтем лучше, — сказал голова. — Ну, прощай, Чуб! — и, нахлобучив капелюхи, вышел из хаты.

— Для чего спросил я сдуру, чем он мажет сапоги! — произнес Чуб, поглядывая на двери, в которые вышел голова.

— Ай да Солоха! эдакого человека засадить в мешок!.. Вишь, чертова баба! А я дурак... да где же тот проклятый мешок?

— Я кинула его в угол, там больше ничего нет, — сказала Оксана.

— Знаю я эти штуки, ничего нет! Подайте его сюда: там еще

один сидит! Встряхните его хорошенько... Что, нет?.. Вишь, проклятая баба! А поглядеть на нее, как святая, как будто и скоромного никогда не брала в рот.

Но оставим Чуба изливать на досуге свою досаду и возвратимся к кузнецу, потому что уже на дворе верно есть час девятый.

* * *

Сначала страшно показалось Вакуле, когда поднялся он от земли на такую высоту, что ничего уже не мог видеть внизу, и пролетел, как муха, под самым месяцем так, что если бы не наклонился немного, то зацепил бы его шапкою. Однако ж мало спустя он ободрился и уже стал подшучивать над чертом. Его забавляло до крайности, как черт чихал и кашлял, когда он снимал с шеи кипарисный крестик и подносил к нему. Нарочно поднимал он руку почесать голову, а черт, думая, что его собираются крестить, летел еще быстрее. Все было светло в вышине. Воздух, в легком серебряном тумане, был прозрачен. Все было видно, и даже можно было заметить, как вихрем пронесся мимо их, сидя в горшке, колдун; как звезды, собравшись в кучу, играли в жмурки; как клубился в стороне облаком целый рой духов; как плясавший при месяце черт снял шапку, увидавши кузнеца, скачущего верхом; как летела возвращавшаяся назад метла, на которой, видно, только что съездила, куда нужно, ведьма... много еще дряни встречали они. Все, видя кузнеца, на минуту останавливалось поглядеть на него и потом снова неслось далее и продолжало свое; кузнец все летел, и вдруг заблестел перед ним Петербург весь в огне. (Тогда была по какому-то случаю иллюминация.) Черт, перелетев через шлахбаум, оборотился в коня, и кузнец увидел себя на лихом бегуне среди улицы. Боже мой! стук, гром, блеск; по обеим сторонам громоздятся четырехэтажные стены; копыт коня, звук колеса отзывались громом и отдавались с четырех сторон; домы росли, и будто подымались из земли, на каждом шагу; мосты дрожали; кареты летали; извозчики, форейторы кричали; снег свистел под тысячью летящих со всех сторон саней; пешеходы жались и теснились под домами, унизанными плошками, и огромные тени их мелькали по стенам, досягая головою труб и крыш. С изумлением оглядывался кузнец на все стороны. Ему казалось, что все домы устремили на него свои бесчисленные, огненные очи и глядели. Господ, в крытых сукном шубах, он увидел так много, что не знал, кому шапку снимать. «Боже ты мой, сколько тут панства! — подумал кузнец. — Я думаю, каждый, кто ни пройдет по улице в шубе, то и заседатель, то и заседатель! а те, что катаются в таких чудных бричках со стеклами, те, когда не городничие, то, верно, комиссары, а может, еще и больше». Его слова прерваны были вопросом черта: «Прямо ли ехать к царице?» — «Нет, страшно, — подумал кузнец. — Тут, где-то, не знаю, пристали запорожцы, которые проезжали осенью через Диканьку. Они ехали из Сечи с бумагами к царице; все бы таки посоветоваться с ними. Эй, сатана, полезай ко мне в карман, да веди к запорожцам!» Черт в одну минуту похудел и сделался таким маленьким, что без труда влез к нему в карман. А Вакула не успел оглянуться, как очутился перед большим домом, вошел, сам не зная как, на лестницу, отворил дверь и подался немного назад от блеска, увидевши убранную комнату; но немного ободрился, узнавши тех самых запорожцев, которые проезжали через Диканьку, сидевших на шелковых диванах, поджав под себя намазанные дегтем сапоги, и куривших самый крепкий табак, называемый обыкновенно корешками.

— Здравствуйте, панове! помогай Бог вам! вот где увиделись! — сказал кузнец, подошевши близко и отвесивши поклон до земли.

— Что там за человек? — спросил сидевший перед самым кузнецом другого, сидевшего подалее.

— А вы не познали? — сказал кузнец, — это я, Вакула кузнец! Когда проезжали осенью через Диканьку, то прогостили, дай Боже вам всякого здоровья и долголетия, без малого два дни. И новую шину тогда поставил на переднее колесо вашей кибитки!

— А! — сказал тот же запорожец, — это тот самый кузнец, который малюет важно. Здорово, земляк! зачем тебя Бог принес?

— А так, захотелось поглядеть, говорят...

— Что ж, земляк, — сказал, приосанясь, запорожец и желая показать, что он может говорить и по-русски. — Што балшой город?

Кузнец и себе не хотел осрамиться и показаться новичком; притом же, как имели случай видеть выше сего, он знал и сам грамотной язык. «Губерния знатная! — отвечал он равнодушно, — нечего сказать, домы балшущие, картины висят скрозь важные. Многие домы исписаны буквами из сусального золота до чрезвычайности. Нечего сказать, чудная пропорция!»

Запорожцы, услышавши кузнеца, так свободно изъясняющегося, вывели заключение, очень для него выгодное.

— После потолкуем с тобою, земляк, побольше; теперь же мы едем сейчас к царице.

— К царице? А будьте ласковы, панове, возьмите и меня с собою!

— Тебя? — произнес запорожец с таким видом, с каким говорит дядька четырехлетнему своему воспитаннику, просящему посадить его на настоящую, на большую лошадь.

— Что ты будешь там делать? Нет, не можно. — При этом на лице его выразилась значительная мина. — Мы, брат, будем с царицей толковать про свое.

— Возьмите! — настаивал кузнец. — Проси! — шепнул он тихо черту, ударив кулаком по карману. Не успел он этого сказать, как другой запорожец проговорил: «Возьмем его, в самом деле, братцы!»

— Пожалуй, возьмем! — произнесли другие.

— Надевай же платье такое, как и мы.

Кузнец схватился натянуть на себя зеленый жупан, как вдруг дверь отворилась и вошедший с позументами человек сказал, что пора ехать.

Чудно снова показалось кузнецу, когда он понесся в огромной карете, качаясь на рессорах, когда с обеих сторон мимо его бежали назад четырехэтажные домы и мостовая, гремя, казалось, сама катилась под ноги лошадям.

«Боже ты мой, какой свет! — думал про себя кузнец, — у нас днем не бывает так светло».

Кареты остановились перед дворцом. Запорожцы вышли, вступили в великолепные сени и начали подыматься на блистательно освещенную лестницу.

«Что за лестница! — шептал про себя кузнец, — жаль ногами топтать. Экие украшения! вот говорят: лгут сказки! кой черт лгут! Боже ты мой, что за перила! какая работа! тут одного железа рублей на пятьдесят пошло!»

Уже взобравшись на лестницу, запорожцы прошли первую залу. Робко следовал за ними кузнец, опасаясь на каждом шагу поскользнуться на паркете. Прошли три залы, кузнец все еще не переставал удивляться. Вступивши в четвертую, он невольно подошел к висевшей на стене картине. Это была Пречистая Дева с младенцем на руках: «Что за картина! что за чудная живопись! — рассуждал он, — вот, кажется, говорит! кажется, живая! а Дитя Святое! и ручки прижало! и усмехается, бедное! а краски! Боже ты мой, какие краски! тут вохры, я думаю, и на копейку не пошло, все ярь да бакан. А голубая так и горит! важная работа! должно быть, грунт наведен был блейвасом. Сколь однако ж ни удивительны сии малевания, но эта медная ручка, — продолжал он, подходя к двери и щупая замок, — еще большего достойна удивления. Эк какая чистая выделка! это все, я думаю, немецкие кузнецы, за самые дорогие цены делали...» Может быть, долго еще бы рассуждал кузнец, если бы лакей с галунами не толкнул его под руку и не напомнил, чтобы он не отставал от других. Запорожцы прошли еще две залы и остановились. Тут велено им было дожидаться. В зале толпилось несколько генералов в шитых золотом мундирах. Запорожцы поклонились на все стороны и стали в кучу. Минуту спустя вошел, в сопровождении целой свиты, величественного росту довольно плотный человек в гетманском мундире, в желтых сапожках. Волосы на нем были растрепаны, один глаз немного крив, на лице изображалась какая-то надменная величавость, во всех движениях видна была привычка повелевать. Все генералы, которые расхаживали довольно спесиво в золотых мундирах, засуетились и с низкими поклонами, казалось, ловили его каждое слово и даже малейшее движение, чтобы сейчас лететь выполнять его. Но гетман не обратил даже и внимания, едва кивнул головою и подошел к запорожцам.

Запорожцы отвесили все поклон в ноги.

— Все ли вы здесь? — спросил он протяжно, произнося слова немного в нос.

— *Та вси, батько!* — отвечали запорожцы, кланяясь снова.

— Не забудете говорить так, как я вас учил?

— Нет, батько, не позабудем.

— Это царь? — спросил кузнец одного из запорожцев.

— Куда тебе царь! это сам Потемкин, — отвечал тот.

В другой комнате послышались голоса, и кузнец не знал, куда деть свои глаза от множества вошедших дам в атласных платьях с длинными хвостами и придворных в шитых золотом кафтанах и с пучками назади. Он только видел один блеск и больше ничего. Запорожцы вдруг все пали на землю и закричали в один голос: «Помилуй, Мамо! помилуй!» Кузнец, не видя ничего, растянулся и сам со всем усердием на полу.

— Встаньте! — прозвучал над ними повелительный и вместе приятный голос. Некоторые из придворных засуетились и толкали запорожцев.

— Не встанем, Мамо! не встанем! умрем, а не встанем! — кричали запорожцы.

Потемкин кусал себе губы; наконец подошел сам и повелительно шепнул одному из запорожцев. Запорожцы поднялись.

Тут осмелился и кузнец поднять голову и увидел стоявшую перед собою небольшого роста женщину, несколько даже дородную, напудренную, с голубыми глазами и вместе с тем величественно улыбающимся видом, который так умел покорять себе все и мог только принадлежать одной царствующей женщине.

— Светлейший обещал меня познакомить сегодня с моим народом, которого я до сих пор еще не видала, — говорила дама с голубыми глазами, рассматривая с любопытством запорожцев. — Хорошо ли вас здесь содержат? — продолжала она, подходя ближе.

— *Та спасиби, Мамо!* Провиянт дают хороший, хотя бараны здешние совсем не то, что у нас на Запорожьи, почему ж не жить как-нибудь?..

Потемкин поморщился, видя, что запорожцы говорят совершенно не то, чему он их учил...

Один из запорожцев, приосанясь, выступил вперед: «Помилуй, Мамо! чем Тебя твой верной народ прогневил? Разве держали мы руку поганого татарина; разве соглашались в чем-либо с турчином; разве изменили Тебе делом или помышлением? За что ж немилость? Прежде слыхали мы, что приказываешь везде строить крепости от нас; после слышали, что хочешь *поворотить в карабинеры*; теперь слышим новые напасти. Чем виновато запорожское войско? тем ли, что перевело Твою армию чрез Перекоп и помогло Твоим енералам порубать крымцев?..»

Потемкин молчал и небрежно чистил небольшою щеточкою свои бриллианты, которыми были унизаны его руки.

— Чего же хотите вы? — заботливо спросила Екатерина.

Запорожцы значительно взглянули друг на друга.

«Теперь пора! царица спрашивает, чего хотите!» — сказал сам себе кузнец и вдруг повалился на землю:

— Ваше Царское Величество, не прикажите казнить, прикажите миловать! Из чего, не во гнев будь сказано Вашей Царской милости, сделаны черевички, что на ногах Ваших? Я думаю, ни один швець, ни в одном государстве на свете не сумеет так сделать. Боже ты мой, что, если бы моя жинка надела такие черевики!

Государыня засмеялась. Придворные засмеялись тоже. Потемкин и хмурился и улыбался вместе. Запорожцы начали толкать под руку кузнеца, думая, не с ума ли он сошел.

— Встань! — сказала ласково государыня, — если так тебе хочется иметь такие башмаки, то это не трудно сделать. Принесите ему сей же час башмаки самые дорогие, с золотом! Право, мне очень нравится это простодушие! Вот вам, — продолжала государыня, устремив глаза на стоявшего подалее от других средних лет человека с полным, но несколько бледным лицом, которого скромный кафтан с большими перламутровыми пуговицами показывал, что он не принадлежал к числу придворных, — предмет достойный остроумного пера вашего!

— Вы, Ваше Императорское Величество, слишком милостивы. Сюда нужно, по крайней мере, Лафонтена! — отвечал, поклонясь, человек с перламутровыми пуговицами.

— По чести скажу вам: я до сих пор без памяти от вашего «Бригадира». Вы удивительно хорошо читаете! Однако ж, — продолжала Государыня, обращаясь снова к запорожцам, — я слышала, что на Сече у вас никогда не женятся.

— *Як же, Мамо!* ведь человеку, сама знаешь, без жинки нельзя жить, — отвечал тот самый запорожец, который разговаривал с кузнецом, и кузнец удивился, слыша, что этот запорожец, зная так хорошо грамотный язык, говорит с царицею, как будто нарочно, самым грубым, обыкновенно называемым мужицким наречием. «Хитрый народ! — подумал он сам себе, — верно, не даром он это делает».

— Мы не чернецы, — продолжал запорожец, — а люди грешные. Падки, как и все честное християнство, до скоромного. Есть у нас не мало таких, которые имеют жен, только не живут с ними на Сече. Есть такие, что имеют жен в Польше; есть такие, что имеют жен в Украйне; есть такие, что имеют жен и в Турещине.

В это время кузнецу принесли башмаки. «Боже ты мой, что за украшение! — вскрикнул он радостно, ухватив башмаки. — Ваше Царское Величество! что ж, когда башмаки такие на ногах, и в них, чаятельно, Ваше Благородие, ходите и на лед ковзяться, какие ж должны быть самые ножки? думаю, по малой мере из чистого сахара».

Государыня, которая точно имела самые стройные и прелестные ножки, не могла не улыбнуться, слыша такой комплимент из уст простодушного кузнеца, который в своем запорожском платье мог почесться красавцем, несмотря на смуглое лицо.

Обрадованный таким благосклонным вниманием, кузнец уже хотел было расспросить хорошенько царицу о всем: правда ли, что цари едят один только мед да сало, и тому подобное, — но почувствовав, что запорожцы толкают его под бока, решился замолчать; и когда Государыня, обратившись к старикам, начала расспрашивать, как у них живут на Сече, какие обычаи водятся — он, отошедши назад, нагнулся к карману, сказал тихо: «Выноси меня отсюда скорее!» — и вдруг очутился за шлахбаумом.

* * *

— Утонул! ей-богу, утонул! вот: чтобы я не сошла с этого места, если не утонул! — лепетала толстая ткачиха, стоя в куче диканьских баб посреди улицы.

— Что ж, разве я лгунья какая? разве я у кого-нибудь корову украла? разве я сглазила кого, что ко мне не имеют веры? — кричала баба в козацкой свитке с фиолетовым носом, размахивая руками. — Вот, чтобы мне воды не захотелось пить, если старая Переперчиха не видела собственными глазами, как повесился кузнец!

— Кузнец повесился? вот тебе на! — сказал голова, выходивший от Чуба, остановился и протеснился ближе к разговаривавшим.

— Скажи лучше, чтоб тебе водки не захотелось пить, старая пьяница! — отвечала ткачиха, — нужно быть такой сумасшедшей, как ты, чтобы повеситься! Он утонул! утонул в пролубе! Это я так знаю, как то, что ты была сейчас у шинкарки.

— Срамница! вишь, чем стала попрекать! — гневно возразила баба с фиолетовым носом. — Молчала бы, негодница! Разве я не знаю, что к тебе дьяк ходит каждый вечер.

Ткачиха вспыхнула.

— Что дьяк? к кому дьяк? что ты врешь?

— Дьяк? — пропела, теснясь к спорившим, дьячиха, в тулупе из заячьего меха, крытом синею китайкою. — Я дам знать дьяка! Кто это говорит дьяк?

— А вот к кому ходит дьяк! — сказала баба с фиолетовым носом, указывая на ткачиху.

— Так это ты, сука, — сказала дьячиха, подступая к ткачихе, — так это ты, ведьма, напускаешь ему туман и поишь нечистым зельем, чтобы ходил к тебе!

— Отвяжись от меня, сатана! — говорила, пятясь, ткачиха.

— Вишь, проклятая ведьма, чтоб ты не дождала детей своих видеть, негодная! Тьфу!.. — тут дьячиха плюнула прямо в глаза ткачихе.

Ткачиха хотела и себе сделать то же, но вместо того плюнула в небритую бороду голове, который, чтобы лучше все слышать, подобрался к самим спорившим. «А, скверная баба!» — закричал голова, обтирая полою лицо и поднявши кнут. Это движение заставило всех разойтиться с ругательствами в разные стороны. «Экая мерзость! — повторял он, продолжая обтираться. — Так кузнец утонул! Боже ты мой, а какой важной живописец был! Какие ножи крепкие, серпы, плуги умел выковывать! Что за сила была! Да, — продолжал он задумавшись, — таких людей мало у нас на селе. То-то я, еще сидя в проклятом мешке, замечал, что бедняжка был крепко не в духе. Вот тебе и кузнец! был, а теперь и нет! А я собирался было подковать свою рябую кобылу!..» — и, будучи полон таких християнских мыслей, голова тихо побрел в свою хату.

Оксана смутилась, когда до нее дошли такие вести. Она мало верила глазам Переперчихи и толкам баб: она знала, что кузнец довольно набожен, чтобы решиться погубить свою душу. Но что, если он, в самом деле, ушел с намерением никогда не возвращаться в село? А вряд ли и в другом месте найдется такой молодец, как кузнец! Он же так любил ее! Он долее всех выносил ее капризы! Красавица всю ночь под своим одеялом поворачивалась с правого бока на левой, с левого на правой, и не могла заснуть. То, разметавшись в обворожительной наготе, которую ночной мрак скрывал даже от нее самой, она почти вслух бранила себя; то, приутихнув, решалась ни о чем не думать — и все думала. И вся горела; и к утру влюбилась по уши в кузнеца.

Чуб не изъявил ни радости, ни печали об участи Вакулы. Его мысли заняты были одним: он никак не мог позабыть вероломства Солохи и сонный не переставал бранить ее.

Настало утро. Вся церковь еще до света была полна народа. Пожилые женщины в белых намитках, в белых суконных свитках, набожно крестились у самого входа церковного. Дворянки в зеленых и желтых кофтах, а иные даже в синих кунтушах с золотыми назади усами, стояли впереди их. Девчата, у которых на головах намотана была целая лавка лент, а на шее монист, крестов и дукатов, старались пробраться еще ближе к иконостасу. Но впереди всех стояли дворяне и простые мужики с усами, с чубами, с толстыми шеями и только что выбритыми подбородками, все большею частию в кобеняках, из-под которых выказывалась белая, а у иных и синяя свитка. На всех лицах, куда ни взглянь, виден был праздник: голова облизывался, воображая, как он разговеется колбасою; девчата помышляли о том, как они будут *ковзаться с хлопцами* на льду; старухи усерднее, нежели когда-либо, шептали молитвы. По всей церкве слышно было, как козак Свербыгуз клал поклоны. Одна только Оксана стояла как будто не своя. Молилась и не молилась. На сердце у нее столпилось столько разных чувств, одно другого досаднее, одно другого печальнее, что лицо ее выражало одно только сильное смущение; слезы дрожали на глазах. Девчата не могли понять этому причины и не подозревали, чтобы виною был кузнец. Однако ж не одна Оксана была занята кузнецом. Все миряне заметили, что праздник — как будто не праздник; что как будто все чего-то недостает. Как на беду, дьяк, после путешествия в мешке, охрип и дребезжал едва слышным голосом; правда, приезжий певчий славно брал баса, но куда бы лучше, если бы и кузнец был, который всегда, бывало, как только пели Отче наш или Иже херувими, всходил на крылос и выводил оттуда тем же самым напевом, каким поют и в Полтаве. К тому же он один исправлял должность церковного титара. Уже отошла заутреня; после заутрени отошла обедня... куда же это, в самом деле, запропастился кузнец?

* * *

123

Еще быстрее в остальное время ночи несся черт с кузнецом назад. И мигом очутился Вакула около своей хаты. В это время пропел петух. «Куда? — закричал он, ухватя за хвост хотевшего убежать черта, — постой, приятель, еще не все: я еще не поблагодарил тебя». Тут, схвативши хворостину, отвесил он ему три удара, и бедный черт припустил бежать, как мужик, которого только что выпарил заседатель. Итак, вместо того, чтобы провесть, соблазнить и одурачить других, враг человеческого рода был сам одурачен. После сего Вакула вошел в сени, зарылся в сено и проспал до обеда. Проснувшись, он испугался, когда увидел, что солнце уже высоко: «Я проспал заутреню и обедню!» Тут благочестивый кузнец погрузился в уныние, рассуждая, что это верно Бог, нарочно, в наказание за грешное его намерение погубить свою душу, наслал сон, который не дал даже ему побывать, в такой торжественный праздник, в церкве. Но, однако ж, успокоив себя тем, что в следующую неделю исповедается в этом попу и с сегоднишнего же дня начнет бить по пятидесяти поклонов через весь год, заглянул он в хату; но в ней не было никого. Видно, Солоха еще не возвращалась. Бережно вынул он из пазухи башмаки и снова изумился дорогой работе и чудному происшествию минувшей ночи; умылся, оделся как можно лучше, надел то самое платье, которое достал от запорожцев, вынул из сундука новую шапку из решетиловских смушек с синим верхом, который не надевал еще ни разу с того времени, как купил ее еще в бытность в Полтаве; вынул также новый всех цветов пояс; положил все это вместе с нагайкою в платок и отправился прямо к Чубу.

Чуб выпучил глаза, когда вошел к нему кузнец, и не знал, чему дивиться: тому ли, что кузнец воскрес, тому ли, что кузнец смел к нему прийти, или тому, что он нарядился таким щеголем и запорожцем. Но еще больше изумился он, когда Вакула развязал платок и положил перед ним новехонькую шапку и пояс, какого не видано было на селе, а сам повалился ему в ноги и проговорил умоляющим голосом: «Помилуй, батько! не гневись! вот тебе и нагайка: бей, сколько душа пожелает, отдаюсь сам; во всем каюсь; бей, да не гневись только! Ты ж когда-то братался с покойным батьком, вместе хлеб-соль ели и магарыч пили».

Чуб не без тайного удовольствия видел, как кузнец, который

никому на селе в ус не дул, сгибал в руке пятаки и подковы, как гречневые блины, тот самый кузнец лежал у ног его. Чтоб еще больше не уронить себя, Чуб взял нагайку и ударил его три раза по спине. «Ну, будет с тебя, вставай! старых людей всегда слушай! Забудем все, что было меж нами! Ну, теперь говори, чего тебе хочется?»

— Отдай, батько, за меня Оксану!

Чуб немного подумал, поглядел на шапку и пояс, шапка была чудная, пояс также не уступал ей, вспомнил о вероломной Солохе и сказал решительно: «*добре*! присылай сватов!»

— Ай! — вскрикнула Оксана, переступив через порог и увидев кузнеца, и вперила с изумлением и радостью в него очи.

— Погляди, какие я тебе принес черевики! — сказал Вакула, — те самые, которые носит царица.

— Нет! нет! мне не нужно черевиков! — говорила она, махая руками и не сводя с него очей, — я и без черевиков... — далее она не договорила и покраснела.

Кузнец подошел ближе, взял ее за руку; красавица и очи потупила. Еще никогда не была она так чудно хороша. Восхищенный кузнец тихо поцеловал ее, и лицо ее пуще загорелось, и она стала еще лучше.

* * *

Проезжал через Диканьку блаженной памяти архиерей, хвалил место, на котором стоит село, и, проезжая по улице, остановился перед новою хатою. «А чья это такая размалеванная хата?» — спросил преосвященный у стоявшей близ дверей красивой женщины с дитятей на руках. «Кузнеца Вакулы!» — сказала ему кланяясь Оксана, потому что это именно была она. «Славно! славная работа!» — сказал преосвященный, разглядывая двери и окна. А окна все были обведены кругом красною краскою; на дверях же везде были козаки на лошадях с трубками в зубах. Но еще больше похвалил преосвященный Вакулу, когда узнал, что он выдержал церковное покаяние и выкрасил даром весь левый крылос зеленою краскою с красными цветами. Это однако ж не все: на стене сбоку, как войдешь в церковь, намалевал Вакула черта в аду, такого гадкого, что все плевали, когда проходили мимо; а бабы, как только расплакалось у них на руках дитя, подносили его к картине и говорили: *он бачь, яка кака намалевана*! и дитя, удерживая слезенки, косилось на картину и жалось к груди своей матери.

Страшная месть

I

Шумит, гремит конец Киева: есаул Горобець празднует свадьбу своего сына. Наехало много людей к есаулу в гости. В старину любили хорошенько поесть, еще лучше любили попить, а еще лучше любили повеселиться. Приехал на гнедом коне своем и запорожец Микитка прямо с разгульной попойки с Перешляя поля, где поил он семь дней и семь ночей королевских шляхтичей красным вином. Приехал и названый брат есаула, Данило Бурульбаш, с другого берега Днепра, где, промеж двумя горами, был его хутор, с молодою женою Катериною и с годовым сыном. Дивилися гости белому лицу пани Катерины, черным, как немецкий бархат, бровям, нарядной сукне и исподнице из голубого полутабенеку, сапогам с серебряными подковами; но еще больше дивились тому, что не приехал вместе с нею старый отец. Всего только год жил он на Заднепровье, а двадцать один пропадал без вести и воротился к дочке своей, когда уже та вышла замуж и родила сына. Он, верно, много нарассказал бы дивного. Да как и не рассказать, бывши так долго в чужой земле! Там все не так: и люди не те, и церквей Христовых нет... Но он не приехал.

Гостям поднесли варенуху с изюмом и сливами и на немалом блюде коровай. Музыканты принялись за исподку его, спеченную вместе с деньгами, и, на время притихнув, положили возле себя цимбалы, скрипки и бубны. Между тем молодицы и дивчата, утершись шитыми платками, выступали снова из рядов своих; а парубки, схватившись в боки, гордо озираясь на стороны, готовы были понестись им навстречу, — как старый есаул вынес две иконы благословить молодых. Те иконы достались ему от честного схимника, старца Варфоломея. Не богата на них утварь, не горит ни серебро, ни золото, но никакая нечистая сила не посмеет прикоснуться к тому, у кого они в доме. Приподняв иконы вверх, есаул готовился сказать короткую молитву... как вдруг закричали, перепугавшись, игравшие на земле дети; а вслед за ними попятился народ, и все показывали со страхом пальцами на стоявшего посреди их козака. Кто он таков — никто не знал.

Но уже он протанцевал на славу козачка и уже успел насмешить обступившую его толпу. Когда же есаул поднял иконы, вдруг все лицо его переменилось: нос вырос и наклонился на сторону, вместо карих, запрыгали зеленые очи, губы засинели, подбородок задрожал и заострился, как копье, изо рта выбежал клык, из-за головы поднялся горб, и стал козак — старик.

— Это он! это он! — кричали в толпе, тесно прижимаясь друг к другу.

— Колдун показался снова! — кричали матери, хватая на руки детей своих.

Величаво и сановито выступил вперед есаул и сказал громким голосом, выставив против него иконы:

— Пропади, образ сатаны, тут тебе нет места! — И, зашипев и щелкнув, как волк, зубами, пропал чудный старик.

Пошли, пошли и зашумели, как море в непогоду, толки и речи между народом.

— Что это за колдун? — спрашивали молодые и небывалые люди.

— Беда будет! — говорили старые, крутя головами.

И везде, по всему широкому подворью есаула, стали собираться в кучки и слушать истории про чудного колдуна. Но все почти говорили разно, и наверно никто не мог рассказать про него.

На двор выкатили бочку меду и не мало поставили ведер грецкого вина. Все повеселело снова. Музыканты грянули; дивчата, молодицы, лихое козачество в ярких жупанах понеслись. Девяностолетнее и столетнее старье, подгуляв, пустилось и себе приплясывать, поминая недаром пропавшие годы. Пировали до поздней ночи, и шоровали так, как теперь уже не пируют. Стали гости расходиться, но мало побрело восвояси: много осталось ночевать у есаула на широком дворе; а еще больше козачества заснуло само, непрошеное, под лавками, на полу, возле коня, близ хлева; где пошатнулась с хмеля козацкая голова, там и лежит и храпит на весь Киев.

II

Тихо светит по всему миру: то месяц показался из-за горы. Будто дамасскою дорогою и белою, как снег, кисеею покрыл он гористый берег Днепра, и тень ушла еще далее в чащу сосен.

Посереди Днепра плыл дуб. Сидят впереди два хлопца; черные козацкие шапки набекрень, и под веслами, как будто от огнива огонь, летят брызги во все стороны.

Отчего не поют козаки? Не говорят ни о том, как уже ходят по Украйне ксендзы и перекрещивают козацкий народ в католиков; ни о том, как два дни билась при Соленом озере орда. Как им петь, как говорить про лихие дела: пан их Данило призадумался, и рукав кармазинного жупана опустился из дуба и черпает воду; пани их Катерина тихо колышет дитя и не сводит с него очей, а на незастланную полотном нарядную сукню серою пылью валится вода.

Любо глянуть с середины Днепра на высокие горы, на широкие луга, на зеленые леса! Горы те — не горы: подошвы у них нет, внизу их как и вверху, острая вершина, и под ними и над ними высокое небо. Те леса, что стоят на холмах, не леса: то волосы, поросшие на косматой голове лесного деда. Под нею в воде моется борода, и под бородою и над волосами высокое небо. Те луга — не луга: то зеленый пояс, перепоясавший посередине круглое небо, и в верхней половине и в нижней половине прогуливается месяц.

Не глядит пан Данило по сторонам, глядит он на молодую жену свою.

— Что, моя молодая жена, моя золотая Катерина, вдалася в печаль?

— Я не в печаль вдалася, пан мой Данило! Меня устрашили чудные рассказы про колдуна. Говорят, что он родился таким страшным... и никто из детей сызмала не хотел играть с ним. Слушай, пан Данило, как страшно говорят: что будто ему все чудилось, что все смеются над ним. Встретится ли под темный вечер с каким-нибудь человеком, и ему тотчас показывалось, что он открывает рот и выскаливает зубы. И на другой день находили мертвым того человека. Мне чудно, мне страшно было, когда я слушала эти рассказы, — говорила Катерина, вынимая платок и вытирая им лицо спавшего на руках дитяти. На платке были вышиты ею красным шелком листья и ягоды.

Пан Данило ни слова и стал поглядывать на темную сторону, где далеко из-за леса чернел земляной вал, из-за вала подымался старый замок. Над бровями разом вырезались три морщины; левая рука гладила молодецкие усы.

— Не так еще страшно, что колдун, — говорил он, — как

страшно то, что он недобрый гость. Что ему за блажь пришла притащиться сюда? Я слышал, что хотят ляхи строить какую-то крепость, чтобы перерезать нам дорогу к запорожцам. Пусть это правда... Я размечаю чертовское гнездо, если только пронесется слух, что у него какой-нибудь притон. Я сожгу старого колдуна, так что и воронам нечего будет расклевать. Однако ж, думаю, он не без золота и всякого добра. Вот где живет этот дьявол! Если у него водится золото... Мы сейчас будем плыть мимо крестов — это кладбище! тут гниют его нечистые деды. Говорят, они все готовы были себя продать за денежку сатане с душою и ободранными жупанами. Если ж у него точно есть золото, то мешкать нечего теперь: не всегда на войне можно добыть...

— Знаю, что затеваешь ты. Ничего не предвещает доброго мне встреча с ним. Но ты так тяжело дышишь, так сурово глядишь, очи твои так угрюмо надвинулись бровями!..

— Молчи, баба! — с сердцем сказал Данило. — С вами кто свяжется, сам станет бабой. Хлопец, дай мне огня в люльку! — Тут оборотился он к одному из гребцов, который, выколотивши из своей люльки горячую золу, стал перекладывать ее в люльку своего пана. — Пугает меня колдуном! — продолжал пан Данило. — Козак, слава богу, ни чертей, ни ксендзов не боится. Много было бы проку, если бы мы стали слушаться жен. Не так ли, хлопцы? наша жена — люлька да острая сабля!

Катерина замолчала, потупивши очи в сонную воду; а ветер дергал воду рябью, и весь Днепр серебрился, как волчья шерсть среди ночи.

Дуб повернул и стал держаться лесистого берега. На берегу виднелось кладбище: ветхие кресты толпились в кучку. Ни калина не растет меж ними, ни трава не зеленеет, только месяц греет их с небесной вышины.

— Слышите ли, хлопцы, крики? Кто-то зовет нас на помощь! — сказал пан Данило, оборотясь к гребцам своим.

— Мы слышим крики, и кажется, с той стороны, — разом сказали хлопцы, указывая на кладбище.

Но все стихло. Лодка поворотила и стала огибать выдавшийся берег. Вдруг гребцы опустили весла и недвижно уставили очи. Остановился и пан Данило: страх и холод прорезался в козацкие жилы.

Крест на могиле зашатался, и тихо поднялся из нее высохший

мертвец. Борода до пояса; на пальцах когти длинные, еще длиннее самих пальцев. Тихо поднял он руки вверх. Лицо все задрожало у него и покривилось. Страшную муку, видно, терпел он. «Душно мне! душно!» — простонал он диким, нечеловечьим голосом. Голос его, будто нож, царапал сердце, и мертвец вдруг ушел под землю. Зашатался другой крест, и опять вышел мертвец, еще страшнее, еще выше прежнего; весь зарос, борода по колена и еще длиннее костяные когти. Еще диче закричал он: «Душно мне!» — и ушел под землю. Пошатнулся третий крест, поднялся третий мертвец. Казалось, одни только кости поднялись высоко над землею. Борода по самые пяты; пальцы с длинными когтями вонзились в землю. Страшно протянул он руки вверх, как будто хотел достать месяца, и закричал так, как будто кто-нибудь стал пилить его желтые кости...

Дитя, спавшее на руках у Катерины, вскрикнуло и пробудилось. Сама пани вскрикнула. Гребцы пороняли шапки в Днепр. Сам пан вздрогнул.

Все вдруг пропало, как будто не бывало; однако ж долго хлопцы не брались за весла.

Заботливо поглядел Бурульбаш на молодую жену, которая в испуге качала на руках кричавшее дитя, прижал ее к сердцу и поцеловал в лоб.

— Не пугайся, Катерина! Гляди: ничего нет! — говорил он, указывая по сторонам. — Это колдун хочет устрашить людей, чтобы никто не добрался до нечистого гнезда его. Баб только одних он напугает этим! дай сюда на руки мне сына! — При сем слове поднял пан Данило своего сына вверх и поднес к губам. — Что, Иван, ты не боишься колдунов? «Нет, говори, тятя, я козак». Полно же, перестань плакать! домой приедем! Приедем домой — мать накормит кашей, положит тебя спать в люльку, запоет:

Люли, люли, люли!
Люли, сынку, люли!
Да вырастай, вырастай в забаву!
Козачеству на славу,
Вороженькам в расправу!

Слушай, Катерина, мне кажется, что отец твой не хочет жить в ладу с нами. Приехал угрюмый, суровый, как будто сердится... Ну, недоволен, зачем и приезжать. Не хотел выпить за козацкую волю! не покачал на руках дитяти! Сперва было я ему хотел поверить все, что лежит на сердце, да не берет что-то, и речь заикнулась. Нет, у него не козацкое сердце! Козацкие сердца, когда встретятся где, как не выбьются из груди друг другу навстречу! Что, мои любые хлопцы, скоро берег? Ну, шапки я вам дам новые. Тебе, Стецько, дам выложенную бархатом и золотом. Я ее снял вместе с головою у татарина. Весь его снаряд достался мне; одну только его душу я выпустил на волю. Ну, причаливай! Вот, Иван, мы и приехали, а ты все плачешь! Возьми его, Катерина!

Все вышли. Из-за горы показалась соломенная кровля: то дедовские хоромы пана Данила. За ними еще гора, а там уже и поле, а там хоть сто верст пройди, не сыщешь ни одного козака.

III

Хутор пана Данила между двумя горами, в узкой долине, сбегающей к Днепру. Невысокие у него хоромы: хата на вид как и у простых козаков, и в ней одна светлица; но есть где поместиться там и ему, и жене его, и старой прислужнице, и десяти отборным молодцам. Вокруг стен вверху идут дубовые полки. Густо на них стоят миски, горшки для трапезы. Есть меж ними и кубки серебряные, и чарки, оправленные в золото, дарственные и добытые на войне. Ниже висят дорогие мушкеты, сабли, пищали, копья. Волею и неволею перешли они от татар, турок и ляхов; немало зато и вызубрены. Глядя на них, пан Данило как будто по значкам припоминал свои схватки. Под стеною, внизу, дубовые гладкие вытесанные лавки. Возле них, перед лежанкою, висит на веревках, продетых в кольцо, привинченное к потолку, люлька. Во всей светлице пол гладко убитый и смазанный глиною. На лавках спит с женою пан Данило. На лежанке старая прислужница. В люльке тешится и убаюкивается малое дитя. На полу покотом ночуют молодцы. Но козаку лучше спать на гладкой земле при вольном небе; ему не пуховик и не перина нужна; он мостит себе под голову свежее сено и вольно протягивается на траве. Ему весело, проснувшись среди ночи, взглянуть на высокое, засеянное звездами небо и вздрогнуть от ночного холода, принесшего свежесть козацким косточкам. Потягиваясь и бормоча сквозь сон, закуривает он люльку и закутывается крепче в теплый кожух.

Не рано проснулся Бурульбаш после вчерашнего веселья и, проснувшись, сел в углу на лавке и начал наточивать новую, вымененную им, турецкую саблю; а пани Катерина принялась вышивать золотом шелковый рушник. Вдруг вошел Катеринин отец, рассержен, нахмурен, с заморскою люлькою в зубах, приступил к дочке и сурово стал выспрашивать ее: что за причина тому, что так поздно воротилась она домой.

— Про эти дела, тесть, не ее, а меня спрашивать! Не жена, а муж отвечает. У нас уже так водится, не погневайся! — говорил Данило, не оставляя своего дела. — Может, в иных неверных землях этого не бывает — я не знаю.

Краска выступила на суровом лице тестя и очи дико блеснули.

— Кому ж, как не отцу, смотреть за своею дочкой! — бормотал он про себя. — Ну, я тебя спрашиваю: где таскался до поздней ночи?

— А вот это дело, дорогой тесть! На это я тебе скажу, что я давно уже вышел из тех, которых бабы пеленают. Знаю, как сидеть на коне. Умею держать в руках и саблю острую. Еще кое-что умею... Умею никому и ответа не давать в том, что делаю.

— Я вижу, Данило, я знаю, ты желаешь ссоры! Кто скрывается, у того, верно, на уме недоброе дело.

— Думай себе что хочешь, — сказал Данило, — думаю и я себе. Слава богу, ни в одном еще бесчестном деле не был; всегда стоял за веру православную и отчизну, — не так, как иные бродяги таскаются бог знает где, когда православные бьются насмерть, а после нагрянут убирать не ими засеянное жито. На униатов даже не похожи: не заглянут в божию церковь. Таких бы нужно допросить порядком, где они таскаются.

— Э, козак! знаешь ли ты... я плохо стреляю: всего за сто сажен пуля моя пронизывает сердце. Я и рублюсь незавидно: от человека остаются куски мельче круп, из которых варят кашу.

— Я готов, — сказал пан Данило, бойко перекрестивши воздух саблею, как будто знал, на что ее выточил.

— Данило! — закричала громко Катерина, ухвативши его за руку и повиснув на ней. — Вспомни, безумный, погляди, на кого ты подымаешь руку! Батько, твои волосы белы, как снег, а ты разгорелся, как неразумный хлопец!

— Жена! — крикнул грозно пан Данило, — ты знаешь, я не люблю этого. Ведай свое бабье дело!

Сабли страшно звукнули; железо рубило железо, и искрами, будто пылью, обсыпали себя козаки. С плачем ушла Катерина в особую светлицу, кинулась в постель и закрыла уши, чтобы не слышать сабельных ударов. Но не так худо бились козаки, чтобы можно было заглушить их удары. Сердце ее хотело разорваться на части. По всему ее телу слыхала она, как проходили звуки: тук, тук. «Нет, не вытерплю, не вытерплю... Может, уже алая кровь бьет ключом из белого тела. Может, теперь изнемогает мой милый; а я лежу здесь!» И вся бледная, едва переводя дух, вошла в хату.

Ровно и страшно бились казаки. Ни тот, ни другой не одолевает. Вот наступает Катеринин отец — подается пан Данило. Наступает пан Данило — подается суровый отец, и опять наравне. Кипят. Размахнулись... ух! сабли звенят... и, гремя, отлетели в сторону клинки.

— Благодарю тебя, боже! — сказала Катерина и вскрикнула снова, когда увидела, что козаки взялись за мушкеты. Поправили кремни, взвели курки.

Выстрелил пан Данило — не попал. Нацелился отец... Он стар; он видит не так зорко, как молодой, однако ж не дрожит его рука. Выстрел загремел... Пошатнулся пан Данило. Алая кровь выкрасила левый рукав козацкого жупана.

— Нет! — закричал он, — я не продам так дешево себя. Не левая рука, а правая атаман. Висит у меня на стене турецкий пистолет; еще ни разу во всю жизнь не изменял он мне. Слезай с стены, старый товарищ! покажи другу услугу! — Данило протянул руку.

— Данило! — закричала в отчаянии, схвативши его за руки и бросившись ему в ноги, Катерина. — Не за себя молю. Мне один конец: та недостойная жена, которая живет после своего мужа; Днепр, холодный Днепр будет мне могилою... Но погляди на сына, Данило, погляди на сына! Кто пригреет бедное дитя? Кто приголубит его? Кто выучит его летать на вороном коне, биться за волю и веру, пить и гулять по-козацки? Пропадай, сын мой, пропадай! Тебя не хочет знать отец твой! Гляди, как он отворачивает лицо свое. О! я теперь знаю тебя! ты зверь, а не человек! у тебя волчье сердце, а душа лукавой гадины. Я думала, что у тебя капля жалости есть, что в твоем каменном теле человечье чувство горит.

Безумно же я обманулась. Тебе это радость принесет. Твои кости станут танцевать в гробе с веселья, когда услышат, как нечестивые звери ляхи кинут в пламя твоего сына, когда сын твой будет кричать под ножами и окропом. О, я знаю тебя! Ты рад бы из гроба встать и раздувать шапкою огонь, взвихрившийся под ним!

— Постой, Катерина! ступай, мой ненаглядный Иван, я поцелую тебя! Нет, дитя мое, никто не тронет волоска твоего. Ты вырастешь на славу отчизны; как вихорь будешь ты летать перед козаками, с бархатною шапочкою на голове, с острою саблею в руке. Дай, отец, руку! Забудем бывшее между нами. Что сделал перед тобою неправого — винюсь. Что же ты не даешь руки? — говорил Данило отцу Катерины, который стоял на одном месте, не выражая на лице своем ни гнева, ни примирения.

— Отец! — вскричала Катерина, обняв и поцеловав его. — Не будь неумолим, прости Данила: он не огорчит больше тебя!

— Для тебя только, моя дочь, прощаю! — отвечал он, поцеловав ее и блеснув странно очами. Катерина немного вздрогнула: чуден показался ей и поцелуй, и странный блеск очей. Она облокотилась на стол, на котором перевязывал раненую свою руку пан Данило, передумывая, что худо и не по-козацки сделал, просивши прощения, не будучи ни в чем виноват.

IV

Блеснул день, но не солнечный: небо хмурилось и тонкий дождь сеялся на поля, на леса, на широкий Днепр. Проснулась пани Катерина, но не радостна: очи заплаканы, и вся она смутна и неспокойна.

— Муж мой милый, муж дорогой, чудный мне сон снился!

— Какой сон, моя любая пани Катерина?

— Снилось мне, чудно, право, и так живо, будто наяву, — снилось мне, что отец мой есть тот самый урод, которого мы видали у есаула. Но прошу тебя, не верь сну. Таких глупостей не привидится! Будто я стояла перед ним, дрожала вся, боялась, и от каждого слова его стонали мои жилы. Если бы ты слышал, что он говорил...

— Что же он говорил, моя золотая Катерина?

— Говорил: «Ты посмотри на меня, Катерина, я хорош! Люди напрасно говорят, что я дурен. Я буду тебе славным мужем.

Посмотри, как я поглядываю очами!» Тут навел он на меня огненные очи, я вскрикнула и пробудилась.

— Да, сны много говорят правды. Однако ж знаешь ли ты, что за горою не так спокойно? Чуть ли не ляхи стали выглядывать снова. Мне Горобець прислал сказать, чтобы я не спал. Напрасно только он заботится; я и без того не сплю. Хлопцы мои в эту ночь срубили двенадцать засеков. Посполитство будем угощать свинцовыми сливами, а шляхтичи потанцуют и от батогов.

— А отец знает об этом?

— Сидит у меня на шее твой отец! я до сих пор разгадать его не могу. Много, верно, он грехов наделал в чужой земле. Что ж, в самом деле, за причина: живет около месяца и хоть бы раз развеселился, как добрый козак! Не захотел выпить меду! слышишь, Катерина, не захотел меду выпить, который я вытрусил у крестовских жидов. Эй, хлопец! — крикнул пан Данило. — Беги, малый, в погреб да принеси жидовского меду! Горелки даже не пьет! экая пропасть! Мне кажется, пани Катерина, что он и в господа Христа не верует. А? как тебе кажется?

— Бог знает что говоришь ты, пан Данило!

— Чудно, пани! — продолжал Данило, принимая глиняную кружку от козака, — поганые католики даже гадки до водки; одни только турки не пьют. Что, Стецько, много хлебнул меду в подвале?

— Попробовал только, пан!

— Лжешь, собачий сын! вишь, как мухи напали на усы! Я по глазам вижу, что хватил с полведра. Эх, козаки! что за лихой народ! все готов товарищу, а хмельное высушит сам. Я, пани Катерина, что-то давно уже был пьян. А?

— Вот давно! а в прошедший...

— Не бойся, не бойся, больше кружки не выпью! А вот и турецкий игумен влазит в дверь! — проговорил он сквозь зубы, увидя нагнувшегося, чтоб войти в дверь, тестя.

— А что ж это, моя дочь! — сказал отец, снимая с головы шапку и поправив пояс, на котором висела сабля с чудными каменьями, — солнце уже высоко, а у тебя обед не готов.

— Готов обед, пан отец, сейчас поставим! Вынимай горшок с галушками! — сказала пани Катерина старой прислужнице, обтиравшей деревянную посуду. — Постой, лучше я сама выну, — продолжала Катерина, — а ты позови хлопцев.

Все сели на полу в кружок: против покута пан отец, по левую руку пан Данило, по правую руку пани Катерина и десять наивернейших молодцов в синих и желтых жупанах.

— Не люблю я этих галушек! — сказал пан отец, немного поевши и положивши ложку, — никакого вкуса нет!

«Знаю, что тебе лучше жидовская лапша», — подумал про себя Данило.

— Отчего же, тесть, — продолжал он вслух, — ты говоришь, что вкуса нет в галушках? Худо сделаны, что ли? Моя Катерина так делает галушки, что и гетьману редко достается есть такие. А брезгать ими нечего. Это христианское кушанье! Все святые люди и угодники божии едали галушки.

Ни слова отец; замолчал и пан Данило.

Подали жареного кабана с капустою и сливами.

— Я не люблю свинины! — сказал Катеринин отец, выгребая ложкою капусту.

— Для чего же не любить свинины? — сказал Данило. — Одни турки и жиды не едят свинины.

Еще суровее нахмурился отец.

Только одну лемишку с молоком и ел старый отец и потянул вместо водки из фляжки, бывшей у него в пазухе, какую-то черную воду.

Пообедавши, заснул Данило молодецким сном и проснулся только около вечера. Сел и стал писать листы в козацкое войско; а пани Катерина начала качать ногою люльку, сидя на лежанке. Сидит пан Данило, глядит левым глазом на писание, а правым в окошко. А из окошка далеко блестят горы и Днепр. За Днепром синеют леса. Мелькает сверху прояснившееся ночное небо. Но не далеким небом и не синим лесом любуется пан Данило: глядит он на выдавшийся мыс, на котором чернел старый замок. Ему почудилось, будто блеснуло в замке огнем узенькое окошко. Но все тихо. Это, верно, показалось ему. Слышно только, как глухо шумит внизу Днепр и с трех сторон, один за другим, отдаются удары мгновенно пробудившихся волн. Он не бунтует. Он, как старик, ворчит и ропщет; ему все не мило; все переменилось около него; тихо враждует он с прибережными горами, лесами, лугами и несет на них жалобу в Черное море.

Вот по широкому Днепру зачернела лодка, и в замке снова как будто блеснуло что-то. Потихоньку свистнул Данило, и выбежал на свист верный хлопец.

— Бери, Стецько, с собою скорее острую саблю да винтовку да ступай за мною!

— Ты идешь? — спросила пани Катерина.

— Иду, жена. Нужно обсмотреть все места, все ли в порядке.

— Мне, однако ж, страшно оставаться одной. Меня сон так и клонит. Что, если мне приснится то же самое? я даже не уверена, точно ли то сон был, — так это происходило живо.

— С тобою старуха остается; а в сенях и на дворе спят козаки!

— Старуха спит уже, а козакам что-то не верится. Слушай, пан Данило, замкни меня в комнате, а ключ возьми с собою. Мне тогда не так будет страшно; а козаки пусть лягут перед дверями.

— Пусть будет так! — сказал Данило, стирая пыль с винтовки и сыпля на полку порох.

Верный Стецько уже стоял одетый во всей козацкой сбруе. Данило надел смушевую шапку, закрыл окошко, задвинул засовами дверь, замкнул и вышел потихоньку из двора, промеж спавшими своими козаками, в горы.

Небо почти все прочистилось. Свежий ветер чуть-чуть навевал с Днепра. Если бы не слышно было издали стенания чайки, то все бы казалось онемевшим. Но вот почудился шорох... Бурульбаш с верным слугою тихо спрятался за терновник, прикрывавший срубленный засек. Кто-то в красном жупане, с двумя пистолетами, с саблею при боку, спускался с горы.

— Это тесть! — проговорил пан Данило, разглядывая его из-за куста. — Зачем и куда ему идти в эту пору? Стецько! не зевай, смотри в оба глаза, куда возьмет дорогу пан отец. — Человек в красном жупане сошел на самый берег и поворотил к выдавшемуся мысу. — А! вот куда! — сказал пан Данило. — Что, Стецько, ведь он как раз потащился к колдуну в дупло.

— Да, верно, не в другое место, пан Данило! иначе мы бы видели его на другой стороне. Но он пропал около замка.

— Постой же, вылезем, а потом пойдем по следам. Тут что-нибудь да кроется. Нет, Катерина, я говорил тебе, что отец твой недобрый человек; не так он и делал все, как православный.

Уже мелькнули пан Данило и его верный хлопец на выдавшемся берегу. Вот уже их и не видно. Непробудный лес, окружавший замок, спрятал их. Верхнее окошко тихо засветилось. Внизу стоят козаки и думают, как бы влезть им.

Ни ворот, ни дверей не видно. Со двора, верно, есть ход; но как войти туда? Издали слышно, как гремят цепи и бегают собаки.

— Что я думаю долго! — сказал пан Данило, увидя перед окном высокий дуб. — Стой тут, малый! я полезу на дуб; с него прямо можно глядеть в окошко.

Тут снял он с себя пояс, бросил вниз саблю, чтоб не звенела, и, ухватясь за ветви, поднялся вверх. Окошко все еще светилось. Присевши на сук, возле самого окна уцепился он рукою за дерево и глядит: в комнате и свечи нет, а светит. По стенам чудные знаки. Висит оружие, но все странное: такого не носят ни турки, ни крымцы, ни ляхи, ни христиане, ни славный народ шведский. Под потолком взад и вперед мелькают нетопыри, и тень от них мелькает по стенам, по дверям, по помосту. Вот отворилась без скрыпа дверь. Входит кто-то в красном жупане и прямо к столу, накрытому белою скатертью. «Это он, это тесть!» Пан Данило опустился немного ниже и прижался крепче к дереву.

Но ему некогда глядеть, смотрит ли кто в окошко или нет. Он пришел пасмурен, не в духе, сдернул со стола скатерть — и вдруг по всей комнате тихо разлился прозрачно-голубой свет. Только не смешавшиеся волны прежнего бледно-золотого переливались, ныряли, словно в голубом море, и тянулись слоями, будто на мраморе. Тут поставил он на стон горшок и начал кидать в него какие-то травы.

Пан Данило стал вглядываться и не заметил уже на нем красного жупана; вместо того показались на нем широкие шаровары, какие носят турки; за поясом пистолеты; на голове какая-то чудная шапка, исписанная вся не русскою и не польскою грамотшю. Глянул в лицо — и лицо стало переменяться: нос вытянулся и повиснул над губами; рот в минуту раздался до ушей; зуб выглянул изо рта, нагнулся на сторону, — и стал перед ним тот самый колдун, который показался на свадьбе у есаула. «Правдив сон твой, Катерина!» — подумал Бурульбаш.

Колдун стал прохаживаться вокруг стола, знаки стали быстрее переменяться на стене, а нетопыри залетали сильнее вниз и вверх, взад и вперед. Голубой свет становился реже, реже и совсем как будто потухнул. И светлица осветилась уже тонким розовым светом. Казалось, с тихим звоном разливался чудный свет по всем углам, и вдруг пропал, и стала тьма.

Слышался только шум, будто ветер в тихий час вечера наигрывал, кружась по водному зеркалу, нагибая еще ниже в воду серебряные ивы. И чудится пану Даниле, что в светлице блестит месяц, ходят звезды, неясно мелькает темно-синее небо, и холод ночного воздуха пахнул даже ему в лицо. И чудится пану Даниле (тут он стал щупать себя за усы, не спит ли), что уже не небо в светлице, а его собственная опочивальня: висят на стене его татарские и турецкие сабли; около стен полки, на полках домашняя посуда и утварь; на столе хлеб и соль; висит люлька... но вместо образов выглядывают страшные лица; на лежанке... но сгустившийся туман покрыл все, и стало опять темно. И опять с чудным звоном осветилась вся светлица розовым светом, и опять стоит колдун неподвижно в чудной чалме своей. Звуки стали сильнее и гуще, тонкий розовый свет становился ярче, и что-то белое, как будто облако, веяло посреди хаты; и чудится пану Даниле, что облако то не облако, что то стоит женщина; только из чего она: из воздуха, что ли, выткана? Отчего же она стоит и земли не трогает, и не опершись ни на что, и сквозь нее просвечивает розовый свет, и мелькают на стене знаки? Вот она как-то пошевелила прозрачною головою своею: тихо светятся ее бледно-голубые очи; волосы вьются и падают по плечам ее, будто светло-серый туман; губы бледно алеют, будто сквозь бело-прозрачное утреннее небо льется едва приметный алый свет зари; брови слабо темнеют... Ах! это Катерина! Тут почувствовал Данило, что члены у него оковались; он силился говорить, но губы шевелились без звука.

Неподвижно стоял колдун на своем месте.

— Где ты была? — спросил он, и стоявшая перед ним затрепетала.

— О! зачем ты меня вызвал? — тихо простонала она. — Мне было так радостно. Я была в том самом месте, где родилась и прожила пятнадцать лет. О, как хорошо там! Как зелен и душист тот луг, где я играла в детстве: и полевые цветочки те же, и хата наша, и огород! О, как обняла меня добрая мать моя! Какая любовь у ней в очах! Она приголубливала меня, целовала в уста и щеки, расчесывала частым гребнем мою русую косу... Отец! — тут она вперила в колдуна бледные очи, — зачем ты зарезал мать мою?

Грозно колдун погрозил пальцем.

— Разве я тебя просил говорить про это? — И воздушная красавица задрожала. — Где теперь пани твоя?

— Пани моя, Катерина, теперь заснула, а я и обрадовалась тому, вспорхнула и полетела. Мне давно хотелось увидеть мать. Мне вдруг сделалось пятнадцать лет. Я вся стала легка, как птица. Зачем ты меня вызвал?

— Ты помнишь все то, что я говорил тебе вчера? — спросил колдун так тихо, что едва можно было расслушать.

— Помню, помнюю; но чего бы не дала я, чтобы только забыть это! Бедная Катерина! Она многого не знает из того, что знает душа ее.

«Это Катеринина душа», — подумал пан Данило; но все еще не смел пошевелиться.

— Покайся, отец! Не страшно ли, что после каждого убийства твоего мертвецы поднимаются из могил?

— Ты опять за старое! — грозно прервал колдун. — Я поставлю на своем, я заставлю тебя сделать, что мне хочется. Катерина полюбит меня!..

— О, ты чудовище, а не отец мой! — простонала она. — Нет, не будет по-твоему! Правда, ты взял нечистыми чарами твоими власть вызывать душу и мучить ее; но один только бог может заставлять ее делать то, что ему угодно. Нет, никогда Катерина, доколе я буду держаться в ее теле, не решится на богопротивное дело. Отец, близок Страшный суд! Если б ты и не отец мой был, и тогда бы не заставил меня изменить моему любому, верному мужу. Если бы муж мой и не был мне верен и мил, и тогда бы не изменила ему, потому что бог не любит клятвопреступных и неверных душ.

Тут вперила она бледные очи свои в окошко, под которым сидел пан Данило, и недвижно остановилась...

— Куда ты глядишь? Кого ты там видишь? — закричал колдун.

Воздушная Катерина задрожала. Но уже пан Данило был давно на земле и пробирался с своим верным Стецьком в свои горы. «Страшно, страшно!» — говорил он про себя, почувствовав какую-то робость в козацком сердце, и скоро прошел двор свой, на котором так же крепко спали козаки, кроме одного, сидевшего на стороже и курившего люльку. Небо все было засеяно звездами.

V

— Как хорошо ты сделал, что разбудил меня! — говорила Катерина, протирая очи шитым рукавом своей сорочки и разглядывая с ног до головы стоявшего перед нею мужа. — Какой страшный сон мне виделся! Как тяжело дышала грудь моя! Ух!.. Мне казалось, что я умираю...

— Какой же сон, уж не этот ли? — И стал Бурульбаш рассказывать жене своей все им виденное.

— Ты как это узнал, мой муж? — спросила, изумившись, Катерина. — Но нет, многое мне неизвестно из того, что ты рассказываешь. Нет, мне не снилось, чтобы отец убил мать мою; ни мертвецов, ничего не виделось мне. Нет, Данило, ты не так рассказываешь. Ах, как страшен отец мой!

— И не диво, что тебе многое не виделось. Ты не знаешь и десятой доли того, что знает душа. Знаешь ли, что отец твой антихрист? Еще в прошлом году, когда собирался я вместе с ляхами на крымцев (тогда еще я держал руку этого неверного народа), мне говорил игумен Братского монастыря, — он, жена, святой человек, — что антихрист имеет власть вызывать душу каждого человека; а душа гуляет по своей воле, когда заснет он, и летает вместе с архангелами около божией светлицы. Мне с первого раза не показалось лицо твоего отца. Если бы я знал, что у тебя такой отец, я бы не женился на тебе; я бы кинул тебя и не принял бы на душу греха, породнившись с антихристовым племенем.

— Данило! — сказала Катерина, закрыв лицо руками и рыдая, — я ли виновна в чем перед тобою? Я ли изменила тебе, мой любый муж? Чем же навела на себя гнев твой? Не верно разве служила тебе? сказала ли противное слово, когда ты ворочался навеселе с молодецкой пирушки? тебе ли не родила чернобрового сына?..

— Не плачь, Катерина, я тебя теперь знаю и не брошу ни за что. Грехи все лежат на отце твоем.

— Нет, не называй его отцом моим! Он не отец мне. Бог свидетель, я отрекаюсь от него, отрекаюсь от отца! Он антихрист, богоотступник! Пропадай он, тони он — не подам руки спасти его. Сохни он от тайной травы — не подам воды напиться ему. Ты у меня отец мой!

VI

В глубоком подвале у пана Данила, за тремя замками, сидит

колдун, закованный в железные цепи; а подале над Днепром горит бесовский его замок, и алые, как кровь, волны хлебещут и толпятся вокруг старинных стен. Не за колдовство и не за богопротивные дела сидит в глубоком подвале колдун: им судия бог; сидит он за тайное предательство, за сговоры с врагами православной Русской земли — продать католикам украинский народ и выжечь христианские церкви. Угрюм колдун; дума черная, как ночь, у него в голове. Всего только один день остается жить ему, а завтра пора распрощаться с миром. Завтра ждет его казнь. Не совсем легкая казнь его ждет; это еще милость, когда сварят его живого в котле или сдерут с него грешную кожу. Угрюм колдун, поникнул головою. Может быть, он уже и кается перед смертным часом, только не такие грехи его, чтобы бог простил ему. Вверху перед ним узкое окно, переплетенное железными палками. Гремя цепями, подвелся он к окну поглядеть, не пройдет ли его дочь. Она кротка, не памятозлобна, как голубка, не умилосердится ли над отцом... Но никого нет. Внизу бежит дорога; по ней никто не пройдет. Пониже ее гуляет Днепр; ему ни до кого нет дела: он бушует, и унывно слышать колоднику однозвучный шум его.

Вот кто-то показался по дороге — это козак! И тяжело вздохнул узник. Опять все пусто. Вот кто-то вдали спускается... Развевается зеленый кунтуш... горит на голове золотой кораблик... Это она! Еще ближе приникнул он к окну. Вот уже подходит близко...

— Катерина! дочь! умилосердись, подай милостыню!..

Она нема, она не хочет слушать, она и глаз не наведет на тюрьму, и уже прошла, уже и скрылась. Пусто во всем мире. Унывно шумит Днепр. Грусть залегает в сердце. Но ведает ли эту грусть колдун?

День клонится к вечеру. Уже солнце село. Уже и нет его. Уже и вечер: свежо; где-то мычит вол; откуда-то навеваются звуки, — верно, где-нибудь народ идет с работы и веселится; по Днепру мелькает лодка... кому нужда до колодника! Блеснул на небе серебряный серп. Вот кто-то идет с противной стороны по дороге. Трудно разглядеть в темноте. Это возвращается Катерина.

— Дочь, Христа ради! и свирепые волченята не станут рвать свою мать, дочь, хотя взгляни на преступного отца своего! — Она не слушает и идет. — Дочь, ради несчастной матери!... —

Она остановилась. — Приди принять последнее мое слово!

— Зачем ты зовешь меня, богоотступник? Не называй меня дочерью! Между нами нет никакого родства. Чего ты хочешь от меня ради несчастной моей матери?

— Катерина! Мне близок конец: я знаю, меня твой муж хочет привязать к кобыльему хвосту и пустить по полю, а может, еще и страшнейшую выдумает казнь...

— Да разве есть на свете казнь, равная твоим грехам? Жди ее; никто не станет просить за тебя.

— Катерина! меня не казнь страшит, но муки на том свете... Ты невинна, Катерина, душа твоя будет летать в рае около бога; а душа богоотступного отца твоего будет гореть в огне вечном, и никогда не угаснет тот огонь: все сильнее и сильнее будет он разгораться: ни капли росы никто не уронит, ни ветер не пахнет...

— Этой казни я не властна умалить, — сказала Катерина, отвернувшись.

— Катерина! постой на одно слово: ты можешь спасти мою душу. Ты не знаешь еще, как добр и милосерд бог. Слышала ли ты про апостола Павла, какой был он грешный человек, но после покаялся и стал святым.

— Что я могу сделать, чтобы спасти твою душу? — сказала Катерина, — мне ли, слабой женщине, об этом подумать!

— Если бы мне удалось отсюда выйти, я бы все кинул. Покаюсь: пойду в пещеры, надену на тело жесткую власяницу, день и ночь буду молиться богу. Не только скоромного, не возьму рыбы в рот! не постелю одежды, когда стану спать! и все буду молиться, все молиться! И когда не снимет с меня милосердие божие хотя сотой доли грехов, закопаюсь по шею в землю или замуруюсь в каменную стену; не возьму ни пищи, ни пития и умру; а все добро свое отдам чернецам, чтобы сорок дней и сорок ночей правили по мне панихиду.

Задумалась Катерина.

— Хотя я отопру, но мне не расковать твоих цепей.

— Я не боюсь цепей, — говорил он. — Ты говоришь, что они заковали мои руки и ноги? Нет, я напустил им в глаза туман и вместо руки протянул сухое дерево. Вот я, гляди, на мне нет теперь ни одной цепи! — сказал он, выходя на середину. — Я бы и стен этих не побоялся и прошел бы сквозь них, но муж твой и не знает, какие это стены. Их строил святой схимник, и никакая нечистая сила не может отсюда вывесть колодника, не отомкнув тем самым ключом, которым замыкал святой свою келью. Такую самую келью вырою и я себе, неслыханный грешник, когда выйду на волю.

— Слушай, я выпущу тебя; но если ты меня обманываешь, — сказала Катерина, остановившись пред дверью, — и, вместо того чтобы покаяться, станешь опять братом черту?

— Нет, Катерина, мне не долго остается жить уже. Близок и без казни мой конец. Неужели ты думаешь, что я предам сам себя на вечную муку?

Замки загремели.

— Прощай! храни тебя бог милосердый, дитя мое! — сказал колдун, поцеловав ее.

— Не прикасайся ко мне, неслыханный грешник, уходи скорее!.. — говорила Катерина. Но его уже не было.

— Я выпустила его, — сказала она, испугавшись и дико осматривая стены. — Что я стану теперь отвечать мужу? — Я пропала. Мне живой теперь остается зарыться в могилу! — и, зарыдав, почти упала она на пень, на котором сидел колодник. — Но я спасла душу, — сказала она тихо. — Я сделала богоугодное дело. Но муж мой... Я в первый раз обманула его. О, как страшно, как трудно будет мне перед ним говорить неправду. Кто-то идет! Это он! Муж! — вскрикнула она отчаянно и без чувств упала на землю.

VII

— Это я, моя родная дочь! Это я, мое серденько! — услышала Катерина, очнувшись, и увидела перед собою старую прислужницу. Баба, наклонившись, казалось, что-то шептала и, протянув над нею иссохшую руку свою, опрыскивала ее холодною водою.

— Где я? — говорила Катерина, подымаясь и оглядываясь. — Передо мною шумит Днепр, за мною горы... куда завела ты меня, баба?

— Я тебя не завела, а вывела; вынесла на руках моих из душного подвала. Замкнула ключиком, чтобы тебе не досталось чего от пана Данила.

— Где же ключ? — сказала Катерина, поглядывая на свой пояс. — Я его не вижу.

— Его отвязал муж твой, поглядеть на колдуна, дитя мое.

— Поглядеть?.. Баба, я пропала! — вскрикнула Катерина.

— Пусть бог милует нас от этого, дитя мое! Молчи только,

моя паняночка, никто ничего не узнает!

— Он убежал, проклятый антихрист! Ты слышала, Катерина? он убежал! — сказал пан Данило, приступая к жене своей. Очи метали огонь; сабля, звеня, тряслась при боку его.

Помертвела жена.

— Его выпустил кто-нибудь, мой любый муж? — проговорила она, дрожа.

— Выпустил, правда твоя; но выпустил черт. Погляди, вместо него бревно заковано в железо. Сделал же бог так, что черт не боится козачьих лап! Если бы только думу об этом держал в голове хоть один из моих козаков и я бы узнал... я бы и казни ему не нашел!

— А если бы я?.. — невольно вымолвила Катерина и, испугавшись, остановилась.

— Если бы ты вздумала, тогда бы ты не жена мне была. Я бы тебя зашил тогда в мешок и утопил бы на самой середине Днепра!..

Дух занялся у Катерины, и ей чудилось, что волоса стали отделяться на голове ее.

VIII

На пограничной дороге, в корчме, собрались ляхи и пируют уже два дни. Что-то немало всей сволочи. Сошлись, верно, на какой нибудь наезд: у иных и мушкеты есть; чокают шпоры, брякают сабли. Паны веселятся и хвастают, говорят про небывалые дела свои, насмехаются над православьем, зовут народ украинский своими холопьями и важно крутят усы, и важно, задравши головы, разваливаются на лавках. С ними и ксендз вместе. Только и ксендз у них на их же стать, и с виду даже не похож на христианского попа: пьет и гуляет с ними и говорит нечестивым языком своим срамные речи. Ни в чем не уступает им и челядь: позакидали назад рукава оборванных жупанов своих и ходят козырем, как будто бы что путное. Играют в карты, бьют картами один другого по носам. Набрали с собою чужих жен. Крик, драка!.. Паны беснуются и отпускают штуки: хватают за бороду жида, малюют ему на нечестивом лбу крест; стреляют в баб холостыми зарядами и танцуют краковяк с нечестивым попом своим. Не бывало такого соблазна на Русской земле и от татар. Видно, уже ей бог определил за грехи терпеть такое посрамление! Слышно между общим содомом, что говорят про заднепровский хутор пана Данила, про красавицу жену его... Не на доброе дело собралась эта шайка!

IX

Сидит пан Данило за столом в своей светлице, подпершись локтем, и думает. Сидит на лежанке пани Катерина и поет песню.

— Чего-то грустно мне, жена моя! — сказал пан Данило. — И голова болит у меня, и сердце болит. Как-то тяжело мне! Видно, где-то недалеко уже ходит смерть моя.

«О мой ненаглядный муж! приникни во мне головою своею! Зачем ты приголубливаешь к себе такие черные думы», — подумала Катерина, да не посмела сказать. Горько ей было, повинной голове, принимать мужние ласки.

— Слушай, жена моя! — сказал Данило, — не оставляй сына, когда меня не будет. Не будет тебе от бога счастия, если ты кинешь его, ни в том, ни в этом свете. Тяжело будет гнить моим костям в сырой земле; а еще тяжелее будет душе моей.

— Что говоришь ты, муж мой! Не ты ли издевался над нами, слабыми женами? А теперь сам говоришь, как слабая жена. Тебе еще долго нужно жить.

— Нет, Катерина, чует душа близкую смерть. Что-то грустно становится на свете. Времена лихие приходят Ох, помню, помню я годы; им, верно, не воротиться! Он был еще жив, честь и слава нашего войска, старый Конашевич! Как будто перед очами моими проходят теперь козацкие полки! Это было золотое время, Катерина! Старый гетьман сидел на вороном коне. Блестела в руке булава; вокруг сердюки; по сторонам шевелилось красное море запорожцев. Стал говорить гетьман — и все стало как вкопанное. Заплакал старичина, как зачал вспоминать нам прежние дела и сечи. Эх, если б ты знала, Катерина, как резались мы тогда с турками! На голове моей виден и доныне рубец. Четыре пули пролетело в четырех местах сквозь меня. И ни одна из ран не зажила совсем. Сколько мы тогда набрали золота! Дорогие каменья шапками черпали козаки. Каких коней, Катерина, если б ты знала, каких коней мы тогда угнали! Ох, не воевать уже мне так! Кажется, и не стар, и телом бодр; а меч козацкий вываливается из рук, живу без дела, и сам не знаю, для чего живу. Порядку нет в Украйне: полковники и есаулы грызутся, как собаки, между собою. Нет старшей головы над всеми.

Шляхетство наше все переменило на польский обычай, переняло лукавство... продало душу, принявши унию. Жидовство угнетает бедный народ. О время, время! минувшее время! куда подевались вы, лета мои?.. Ступай, малый, в подвал, принеси мне кухоль меду! Выпью за прежнюю долю и за давние годы!

— Чем будем принимать гостей, пан? С луговой стороны идут ляхи! — сказал, вошедши в хату, Стецько.

— Знаю, зачем идут они, — вымолвил Данило, подымаясь с места. — Седлайте, мои верные слуги, коней! надевайте сбрую! сабли наголо! не забудьте набрать и свинцового толокна. С честью нужно встретить гостей!

Но еще не успели козаки сесть на коней и зарядить мушкеты, а уже ляхи, будто упавший осенью с дерева на землю лист, усеяли собою гору.

— Э, да тут есть с кем переведаться! — сказал Данило, поглядывая на толстых панов, важно качавшихся впереди на конях в золотой сбруе. — Видно, еще раз доведется нам погулять на славу! Натешься же, козацкая душа, в последний раз! Гуляйте, хлопцы, пришел наш праздник!

И пошла по горам потеха, и запировал пир: гуляют мечи, летают пули, ржут и топочут кони. От крику безумеет голова; от дыму слепнут очи. Все перемешалось. Но козак чует, где друг, где недруг; прошумит ли пуля — валится лихой седок с коня; свистнет сабля — катится по земле голова, бормоча языком несвязные речи.

Но виден в толпе красный верх козацкой шапки пана Данила; мечется в глаза золотой пояс на синем жупане; вихрем вьется грива вороного коня. Как птица, мелькает он там и там; покрикивает и машет дамасской саблей и рубит с правого и левого плеча. Руби, козак! гуляй, козак! теши молодецкое сердце; но не заглядывайся на золотые сбруи и жупаны! топчи под ноги золото и каменья! Коли, козак! гуляй, козак! но оглянись назад: нечестивые ляхи зажигают уже хаты и угоняют напуганный скот. И, как вихорь, поворотил пан Данило назад, и шапка с красным верхом мелькает уже возле хат, и редеет вокруг его толпа.

Не час, не другой бьются ляхи и козаки. Не много становится тех и других. Но не устает пан Данило: сбивает с седла длинным копьем своим, топчет лихим конем пеших. Уже очищается двор, уже начали разбегаться ляхи; уже обдирают казаки с убитых золотые жупаны и богатую сбрую; уже пан Данило сбирается в погоню, и взглянул, чтобы созвать своих... и весь закипел от ярости: ему показался Катеринин отец. Вот он стоит на горе и целит на него мушкет. Данило погнал коня прямо к нему... Козак, на гибель идешь... Мушкет гремит — и колдун пропал за горою. Только верный Стецько видел, как мелькнула красная одежда и чудная шапка. Зашатался козак и свалился на землю. Кинулся верный Стецько к своему пану, — лежит пан его, протянувшись на земле и закрывши ясные очи. Алая кровь закипела на груди. Но, видно, почуял верного слугу своего. Тихо приподнял веки, блеснул очами: «Прощай, Стецько! скажи Катерине, чтобы не покидала сына! Не покидайте и вы его, мои верные слуги!» — и затих. Вылетела козацкая душа из дворянского тела; посинели уста. Спит козак непробудно.

Зарыдал верный слуга и машет рукою Катерине: «Ступай, пани, ступай: подгулял твой пан. Лежит он пьянехонек на сырой земле. Долго не протрезвиться ему!»

Всплеснула руками Катерина и повалилась, как сноп, на мертвое тело. «Муж мой, ты ли лежишь тут, закрывши очи? Встань, мой ненаглядный сокол, протяни ручку свою! приподымись! погляди хоть раз на твою Катерину, пошевели устами, вымолви хоть одно словечко... Но ты молчишь, ты молчишь, мой ясный пан! Ты посинел, как Черное море. Сердце твое не бьется! Отчего ты такой холодный, мой пан? видно, не горючи мои слезы, невмочь им согреть тебя! Видно, не громок плач мой, не разбудить им тебя! Кто же поведет теперь полки твои? Кто понесется на твоем вороном конике, громко загукает и замашет саблей пред козаками? Козаки, козаки! где честь и слава ваша? Лежит честь и слава ваша, закрывши очи, на сырой земле. Похороните же меня, похороните вместе с ним! засыпьте мне очи землею! надавите мне кленовые доски на белые груди! Мне не нужна больше красота моя!»

Плачет и убивается Катерина; а даль вся покрывается пылью: скачет старый есаул Горобець на помощь.

X

Чуден Днепр при тихой погоде, когда вольно и плавно мчит сквозь леса и горы полные воды свои. Ни зашелохнет; ни прогремит. Глядишь, и не знаешь, идет или не идет его величавая ширина, и чудится, будто весь вылит он из стекла, и будто голубая зеркальная дорога, без меры в ширину, без конца в длину, реет и вьется по зеленому миру. Любо тогда и жаркому солнцу оглядеться с вышины и погрузить лучи в холод стеклянных вод и прибережным лесам ярко отсветиться в водах. Зеленокудрые! они толпятся вместе с полевыми цветами к водам и, наклонившись, глядят в них и не наглядятся, и не налюбуются светлым своим зраком, и усмехаются к нему, и приветствуют его, кивая ветвями. В середину же Днепра они не смеют глянуть: никто, кроме солнца и голубого неба, не глядит в него. Редкая птица долетит до середины Днепра. Пышный! ему нет равной реки в мире. Чуден Днепр и при теплой летней ночи, когда все засыпает — и человек, и зверь, и птица; а бог один величаво озирает небо и землю и величаво сотрясает ризу. От ризы сыплются звезды. Звезды горят и светят над миром и все разом отдаются в Днепре. Всех их держит Днепр в темном лоне своем. Ни одна не убежит от него; разве погаснет на небе. Черный лес, унизанный спящими воронами, и древле разломанные горы, свесясь, силятся закрыть его хотя длинною тенью своею, — напрасно! Нет ничего в мире, что бы могло прикрыть Днепр. Синий, синий, ходит он плавным разливом и середь ночи, как середь дня; виден за столько вдаль, за сколько видеть может человечье око. Нежась и прижимаясь ближе к берегам от ночного холода, дает он по себе серебряную струю; и она вспыхиваете будто полоса дамасской сабли; а он, синий, снова заснул. Чуден и тогда Днепр, и нет реки, равной ему в мире! Когда же пойдут горами по небу синие тучи, черный лес шатается до корня, дубы трещат и молния, изламываясь между туч, разом осветит целый мир — страшен тогда Днепр! Водяные холмы гремят, ударяясь о горы, и с блеском и стоном отбегают назад, и плачут, и заливаются вдали. Так убивается старая мать козака, выпровожая своего сына в войско. Разгульный и бодрый, едет он на вороном коне, подбоченившись и молодецки заломив шапку; а она, рыдая, бежит за ним, хватает его за стремя, ловит удила, и ломает над ним руки, и заливается горючими слезами.

Дико чернеют промеж ратующими волнами обгорелые пни и камни на выдавшемся берегу. И бьется об берег, подымаясь вверх и опускаясь вниз, пристающая лодка. Кто из козаков осмелился гулять в челне в то время, когда рассердился старый Днепр? Видно, ему не ведомо, что он глотает, как мух, людей.

Лодка причалила, и вышел из нее колдун. Невесел он; ему горька тризна, которую свершили козаки над убитым своим паном. Не мало поплатились ляхи: сорок четыре пана со всею сбруею и жупанами да тридцать три холопа изрублены в куски; а остальных вместе с конями угнали в плен продать татарам.

По каменным ступеням спустился он, между обгорелыми пнями, вниз, где, глубоко в земле, вырыта была у него землянка. Тихо вошел он, не скрыпнувши дверью, поставил на стол, закрытый скатертью, горшок и стал бросать длинными руками своими какие-то неведомые травы; взял кухоль, выделанный из какого-то чудного дерева, почерпнул им воды и стал лить, шевеля губами и творя какие-то заклинания. Показался розовый свет в светлице; и страшно было глянуть тогда ему в лицо: оно казалось кровавым, глубокие морщины только чернели на нем, а глаза были как в огне. Нечестивый грешник! уже и борода давно поседела, и лицо изрыто морщинами, и высох весь, а все еще творит богопротивный умысел. Посреди хаты стало веять белое облако, и что-то похожее на радость сверкнуло в лицо его. Но отчего же вдруг стал он недвижим, с разинутым ртом, не смея пошевелиться, и отчего волосы щетиною поднялись на его голове? В облаке перед ним светилось чьето чудное лицо. Непрошеное, незваное, явилось оно к нему в гости; чем далее, выяснивалось больше и вперило неподвижные очи. Черты его, брови, глаза, губы — все незнакомое ему. Никогда во всю жизнь свою он его не видывал. И страшного, кажется, в нем мало, а непреодолимый ужас напал на него. А незнакомая дивная голова сквозь облако так же неподвижно глядела на него. Облако уже и пропало; а неведомые черты еще резче выказывались, и острые очи не отрывались от него. Колдун весь побелел как полотно. Диким, не своим голосом вскрикнул, опрокинул горшок… Все пропало.

XI

— Спокой себя, моя любая сестра! — говорил старый есаул Горобець. — Сны редко говорят правду.

— Приляг, сестрица! — говорила молодая его невестка. — Я

позову старуху, ворожею; против ее никакая сила не устоит. Она выльет переполох тебе.

— Ничего не бойся! — говорил сын его, хватаясь за саблю, — никто тебя не обидит.

Пасмурно, мутными глазами глядела на всех Катерина и не находила речи. «Я сама устроила себе погибель. Я выпустила его». Наконец она сказала:

— Мне нет от него покоя! Вот уже десять дней я у вас в Киеве; а горя ни капли не убавилось. Думала, буду хоть в тишине растить на месть сына... Страшен, страшен привиделся он мне во сне! Боже сохрани и вам увидеть его! Сердце мое до сих пор бьется. «Я зарублю твое дитя, Катерина, — кричал он, — если не выйдешь за меня замуж!..» — и, зарыдав, кинулась она к колыбели, а испуганное дитя протянуло ручонки и кричало.

Кипел и сверкал сын есаула от гнева, слыша такие речи.

Расходился и сам есаул Горобець:

— Пусть попробует он, окаянный антихрист, прийти сюда; отведает, бывает ли сила в руках старого козака. Бог видит, — говорил он, подымая кверху прозорливые очи, — не летел ли я подать руку брату Данилу? Его святая воля! застал уже на холодной постеле, на которой много, много улеглось козацкого народа. Зато разве не пышна была тризна по нем? выпустили ли хоть одного ляха живого? Успокойся же, мое дитя! никто не посмеет тебя обидеть, разве ни меня не будет, ни моего сына.

Кончив слова свои, старый есаул пришел к колыбели, и дитя, увидевши висевшую на ремне у него в серебряной оправе красную люльку и гаман с блестящим огнивом, протянуло к нему ручонки и засмеялось. — По отцу пойдет, — сказал старый есаул, снимая с себя люльку и отдавая ему, — еще от колыбели не отстал, а уже думает курить люльку. Тихо вздохнула Катерина и стала качать колыбель. Сговорились провесть ночь вместе, и мало погодя уснули все. Уснула и Катерина. На дворе и в хате все было тихо; не спали только козаки, стоявшие на стороже. Вдруг Катерина, вскрикнув, проснулась, и за нею проснулись все. «Он убит, он зарезан!» — кричала она и кинулась к колыбели. Все обступили колыбель и окаменели от страха, увидевши, что в ней лежало неживое дитя. Ни звука не вымолвил ни один из них, не зная, что думать о неслыханном злодействе.

Далеко от Украинского края, проехавши Польшу, минуя и многолюдный город Лемберг, идут рядами высоковерхие горы. Гора за горою, будто каменными цепями, перекидывают они вправо и влево землю и обковывают ее каменною толщей, чтобы не прососало шумное и буйное море. Идут каменные цепи в Валахию и в Седмиградскую область и громадою стали в виде подковы между галическим и венгерским народом. Нет таких гор в нашей стороне. Глаз не смеет оглянуть их; а на вершину иных не заходила и нога человечья. Чуден и вид их: не задорное ли море выбежало в бурю из широких берегов, вскинуло вихрем безобразные волны, и они, окаменев, остались недвижимы в воздухе? Не оборвались ли с неба тяжелые тучи и загромоздили собою землю? ибо и на них такой же серый цвет, а белая верхушка блестит и искрится при солнце. Еще до Карпатских гор услышишь русскую молвь, и за горами еще кой-где отзовется как будто родное слово; а там уже и вера не та, и речь не та. Живет немалолюдный народ венгерский; ездит на конях, рубится и пьет не хуже козака; а за конную сбрую и дорогие кафтаны не скупится вынимать из кармана червонцы. Раздольны и велики есть между горами озера. Как стекло, недвижимы они и, как зеркало, отдают в себе голые вершины гор и зеленые их подошвы.

Но кто среди ночи, блещут или не блещут звезды, едет на огромном вороном коне? Какой богатырь с нечеловечьим ростом скачет под горами, над озерами, отсвечивается с исполинским конем в недвижных водах, и бесконечная тень его страшно мелькает по горам? Блещут чеканенные латы; на плече пика; гремит при седле сабля; шелом надвинут; усы чернеют; очи закрыты; ресницы опущены — он спит. И, сонный, держит повода; и за ним сидит на том же коне младенец-паж и также спит и, сонный, держится за богатыря. Кто он, куда, зачем едет? — кто его знает. Не день, не два уже он переезжает горы. Блеснет день, взойдет солнце, его не видно; изредка только замечали горцы, что по горам мелькает чья-то длинная тень, а небо ясно, и тучи не пройдет по нем. Чуть же ночь наведет темноту, снова он виден и отдается в озерах, и за ним, дрожа, скачет тень его. Уже проехал много он гор и взъехал на Криван. Горы этой нет выше между Карпатом; как царь подымается она над другими. Тут остановился конь и всадник, и еще глубже погрузился в сон, и тучи, спустясь, закрыли его.

XII

«Тс... тише, баба! не стучи так, дитя мое заснуло. Долго кричал сын мой, теперь спит. Я пойду в лес, баба! Да что же ты так глядишь на меня? Ты страшна: у тебя из глаз вытягиваются железные клещи... ух, какие длинные! и горят как огонь! Ты, верно, ведьма! О, если ты ведьма, то пропади отсюда! ты украдешь моего сына. Какой бестолковый этот есаул: он думает, мне весело жить в Киеве; нет, здесь и муж мой, и сын, кто же будет смотреть за хатой? Я ушла так тихо, что ни кошка, ни собака не услышала. Ты хочешь, баба, сделаться молодою — это совсем нетрудно: нужно танцевать только; гляди, как я танцую...» И, проговорив такие несвязные речи, уже неслась Катерина, безумно поглядывая на все стороны и упираясь руками в боки. С визгом притопывала она ногами; без меры, без такта звенели серебряные подковы. Незаплетенные черные косы метались по белой шее. Как птица, не останавливаясь, летела она, размахивая руками и кивая головою, и казалось, будто, обессилев, или грянется наземь, или вылетит из мира.

Печально стояла старая няня, и слезами налились ее глубокие морщины; тяжкий камень лежал на сердце у верных хлопцев, глядевших на свою пани. Уже совсем ослабела она и лениво топала ногами на одном месте, думая, что танцует горлицу. «А у меня монисто есть, парубки! — сказала она, наконец остановившись, — а у вас нет!.. Где муж мой? — вскричала она вдруг, выхватив из-за пояса турецкий кинжал. — О! это не такой нож, какой нужно. — При этом и слезы и тоска показались у ней на лице. — У отца моего далеко сердце; он не достанет до него. У него сердце из железа выковано. Ему выковала одна ведьма на пекельном огне. Что ж нейдет отец мой? разве он не знает, что пора заколоть его? Видно, он хочет, чтоб я сама пришла... — И, не докончив, чудно засмеялася. — Мне пришла на ум забавная история: я вспомнила, как погребали моего мужа. Ведь его живого погребли... какой смех забирал меня!.. Слушайте, слушайте!» И вместо слов начала она петь песню:

Біжить возок кривавенький;
У тім возку козак лежить,

Пострiляний, порубаний.
В правiй ручцi дротик держить,
З того дроту крiвця бежить;
Бiжить река кривавая.
Над рiчкою явор стоiть,
Над явором ворон кряче.
За козаком мати плаче.
Не плачь, мати, не журися!
Бо вже твiй сын оженився,
Та взяв женку паняночку,
В чистом полi земляночку,
I без дверець, без оконець.
Та вже пiснi вийшов конець.
Танцiвала рыба з раком...
А хто мене не полюбить, трясця его матерь!

Так перемешивались у ней все песни. Уже день и два живет она в своей хате и не хочет слышать о Киеве, и не молится, и бежит от людей, и с утра до позднего вечера бродит по темным дубравам. Острые сучья царапают белое лицо и плеча; ветер треплет расплетенные косы; давние листья шумят под ногами ее — ни на что не глядит она. В час, когда вечерняя заря тухнет, еще не являются звезды, не горит месяц, а уже страшно ходить в лесу: по деревьям царапаются и хватаются за сучья некрещеные дети, рыдают, хохочут, катятся клубом по дорогам и в широкой крапиве; из днепровских волн выбегают вереницами погубившие свои души девы; волосы льются с зеленой головы на плечи, вода, звучно журча, бежит с длинных волос на землю, и дева светится сквозь воду, как будто бы сквозь стеклянную рубашку; уста чудно усмехаются, щеки пылают, очи выманивают душу... она сгорела бы от любви, она зацеловала бы... Беги, крещеный человек! уста ее — лед, постель — холодная вода; она защекочет тебя и утащит в реку. Катерина не глядит ни на кого, не боится, безумная, русалок, бегает поздно с ножом своим и ищет отца.

С ранним утром приехал какой-то гость, статный собою, в красном жупане, и осведомляется о пане Даниле; слышит все, утирает рукавом заплаканные очи и пожимает плечами. Он-де воевал вместе с покойным Бурульбашем; вместе рубились они с крымцами и турками; ждал ли он, чтобы такой конец был пана Данила. Рассказывает еще гость о многом другом и хочет видеть пани Катерину.

Катерина сначала не слушала ничего, что говорил гость; напоследок стала, как разумная, вслушиваться в его речи. Он повел про то, как они жили вместе с Данилом, будто брат с братом; как укрылись раз под греблею от крымцев... Катерина все слушала и не спускала с него очей.

«Она отойдет! — думали хлопцы, глядя на нее. — Этот гость вылечит ее! Она уже слушает, как разумная!»

Гость начал рассказывать между тем, как пан Данило, в час откровенной беседы, сказал ему: «Гляди, брат Копрян: когда волею божией не будет меня на свете, возьми к себе жену, и пусть будет она твоею женою...»

Страшно вонзила в него очи Катерина. «А! — вскрикнула она, — это он! это отец!» — и кинулась на него с ножом.

Долго боролся тот, стараясь вырвать у нее нож. Наконец вырвал, замахнулся — и совершилось страшное дело: отец убил безумную дочь свою.

Изумившиеся козаки кинулись было на него; но колдун уже успел вскочить на коня и пропал из виду.

XIV

За Киевом показалось неслыханное чудо. Все паны и гетьманы собирались дивиться сему чуду: вдруг стало видимо далеко во все концы света. Вдали засинел Лиман, за Лиманом разливалось Черное море. Бывалые люди узнали и Крым, горою подымавшийся из моря, и болотный Сиваш. По левую руку видна была земля Галичская.

— А то что такое? — допрашивал собравшийся народ старых людей, указывая на далеко мерещившиеся на небе и больше похожие на облака серые и белые верхи.

— То Карпатские горы! — говорили старые люди, — меж ними есть такие, с которых век не сходит снег, а тучи пристают и ночуют там.

Тут показалось новое диво: облака слетели с самой высокой горы, и на вершине ее показался во всей рыцарской сбруе человек на коне, с закрытыми очами, и так виден, как бы стоял вблизи.

Тут, меж дивившимся со страхом народом, один вскочил на коня и, диво озираясь по сторонам, как будто ища очами, не гонится ли кто за ним, торопливо, во всю мочь, погнал коня своего. То был колдун. Чего же так перепугался он? Со страхом вглядевшись в чудного рыцаря, узнал он на нем то же самое лицо, которое, незваное, показалось ему, когда он ворожил. Сам не мог он разуметь, отчего в нем все смутилось при таком виде, и, робко озираясь, мчался он на коне, покамест не застигнул его вечер и не проглянули звезды. Тут поворотил он домой, может быть, допросить нечистую силу, что значит такое диво. Уже он хотел перескочить с конем через узкую реку, выступившую рукавом сегеди дороги, как вдруг конь на всем скаку остановился, заворотил к нему морду и — чудо, засмеялся! белые зубы страшно блеснули двумя рядами во мраке. Дыбом поднялись волоса на голове колдуна. Дико закричал он и заплакал, как исступленный, и погнал коня прямо к Киеву. Ему чудилось, что все со всех сторон бежало ловить его: деревья, обступивши темным лесом и как будто живые, кивая черными бородами и вытягивая длинные ветви, силились задушить его; звезды, казалось, бежали впереди перед ним, указывая всем на грешника; сама дорога, чудилось, мчалась по следам его. Отчаянный колдун летел в Киев к святым местам.

XV

Одиноко сидел в своей пещере перед лампадою схимник и не сводил очей с святой книги. Уже много лет, как он затворился в своей пещере. Уже сделал себе и дощатый гроб, в который ложился спать вместо постели. Закрыл святой старец свою книгу и стал молиться... Вдруг вбежал человек чудного, страшного вида. Изумился святой схимник в первый раз и отступил, увидев такого человека. Весь дрожал он, как осиновый лист; очи дико косились; страшный огонь пугливо сыпался из очей; дрожь наводило на душу уродливое его лицо.

— Отец, молись! молись! — закричал он отчаянно, — молись о погибшей душе! — и грянулся на землю.

Святой схимник перекрестился, достал книгу, развернул — и в ужасе отступил назад и выронил книгу.

— Нет, неслыханный грешник! нет тебе помилования! беги отсюда! не могу молиться о тебе.

— Нет? — закричал, как безумный, грешник.

— Гляди: святые буквы в книге налились кровью. Еще никогда в мире не бывало такого грешника!

— Отец, ты смеешься надо мною!

— Иди, окаянный грешник! не смеюсь я над тобою. Боязнь овладевает мною. Не добро быть человеку с тобою вместе!

— Нет, нет! ты смеешься, не говори... я вижу, как раздвинулся рот твой: вот белеют рядами твои старые зубы!..

И как бешеный кинулся он — и убил святого схимника.

Что-то тяжко застонало, и стон перенесся через поле и лес. Из-за леса поднялись тощие, сухие руки с длинными когтями; затряслись и пропали.

И уже ни страха, ничего не чувствовал он. Все чудится ему както смутно. В ушах шумит, в голове шумит, как будто от хмеля; и все, что ни есть перед глазами, покрывается как бы паутиною. Вскочивши на коня, поехал он прямо в Канев, думая оттуда через Черкасы направить путь к татарам прямо в Крым, сам не зная для чего. Едет он уже день, другой, а Канева все нет. Дорога та самая; пора бы ему уже давно показаться, но Канева не видно. Вдали блеснули верхушки церквей. Но это не Канев, а Шумск. Изумился колдун, видя, что он заехал совсем в другую сторону. Погнал коня назад к Киеву, и через день показался город; но не Киев, а Галич, город еще далее от Киева, чем Шумск, и уже недалеко от венгров. Не зная, что делать, поворотил он коня снова назад, но чувствует снова, что едет в противную сторону и все вперед. Не мог бы ни один человек в свете рассказать, что было на душе у колдуна; а если бы он заглянул и увидел, что там деялось, то уже недосыпал бы он ночей и не засмеялся бы ни разу. То была не злость, не страх и не лютая досада. Нет такого слова на свете, которым бы можно было его назвать. Его жгло, пекло, ему хотелось бы весь свет вытоптать конем своим, взять всю землю от Киева до Галича с людьми, со всем и затопить ее в Черном море. Но не от злобы хотелось ему это сделать; нет, сам он не знал отчего. Весь вздрогнул он, когда уже показались близко перед ним Карпатские горы и высокий Криван, накрывший свое темя, будто шапкою, серою тучею; а конь все несся и уже рыскал по горам. Тучи разом очистились, и перед ним показался в страшном величии всадник... Он силится остановиться, крепко натягивает удила; дико ржал конь, подымая гриву, и мчался к рыцарю. Тут чудится колдуну, что все в нем замерло, что недвижный всадник шевелится и разом открыл свои очи; увидел несшегося к нему колдуна и засмеялся. Как гром, рассыпался дикий смех по горам и зазвучал в сердце колдуна, потрясши все, что было внутри его. Ему чудилось, что будто кто-то сильный влез в него и ходил внутри его и бил молотами по сердцу, по жилам... так страшно отдался в нем этот смех!

Ухватил всадник страшною рукою колдуна и поднял его на воздух. Вмиг умер колдун и открыл после смерти очи. Но уже был мертвец и глядел как мертвец. Так страшно не глядит ни живой, ни воскресший. Ворочал он по сторонам мертвыми глазами и увидел поднявшихся мертвецов от Киева, и от земли Галичской, и от Карпата, как две капли воды схожих лицом на него.

Бледны, бледны, один другого выше, один другого костистей, стали они вокруг всадника, державшего в руке страшную добычу. Еще раз засмеялся рыцарь и кинул ее в пропасть. И все мертвецы вскочили в пропасть, подхватили мертвеца и вонзили в него свои зубы. Еще один, всех выше, всех страшнее, хотел подняться из земли; но не мог, не в силах был этого сделать, так велик вырос он в земле; а если бы поднялся, то опрокинул бы и Карпат, и Седмиградскую и Турецкую землю; немного только подвинулся он, и пошло от того трясение по всей земле. И много поопрокидывалось везде хат. И много задавило народу.

Слышится часто по Карпату свист, как будто тысяча мельниц шумит колесами на воде. То в безвыходной пропасти, которой не видал еще ни один человек, страшащийся проходить мимо, мертвецы грызут мертвеца. Нередко бывало по всему миру, что земля тряслась от одного конца до другого: то оттого делается, толкуют грамотные люди, что есть где-то близ моря гора, из которой выхватывается пламя и текут горящие реки. Но старики, которые живут и в Венгрии и в Галичской земле, лучше знают это и говорят: что то хочет подняться выросший в земле великий, великий мертвец и трясет землю.

XVI

В городе Глухове собрался народ около старца бандуриста и уже с час слушал, как слепец играл на бандуре. Еще таких чудных песен и так хорошо не пел ни один бандурист. Сперва повел он про прежнюю гетьманщину, за Сагайдачного и Хмельницкого. Тогда иное было время: козачество было в славе; топтало конями неприятелей, и никто не смел посмеяться над ним. Пел и веселые песни старец и поваживал своими очами на народ, как будто зрящий; а пальцы, с проделанными к ним костями, летали как муха по струнам, и казалось, струны сами играли; а кругом народ, старые люди, понурив головы, а молодые, подняв счи на старца, не смели и шептать между собою.

— Постойте, — сказал старец, — я вам запою про одно давнее дело.

Народ сдвинулся еще теснее, и слепец запел:

«За пана Степана, князя Седмиградского, был князь Седмиградский королем и у ляхов, жило два козака: Иван да Петро. Жили они так, как брат с братом. „Гляди, Иван, все, что ни добудешь, — все пополам: когда кому веселье — веселье и другому; когда кому горе — горе и обоим; когда кому добыча -- пополам добычу; когда кто в полон попадет — другой продай все и дай выкуп, а не то сам ступай в полон“. И правда, все, что ни доставали козаки, все делили пополам; угоняли ли чужой скот или коней, все делили пополам.

* * *

Воевал король Степан с турчином. Уже три недели воюет он с турчином, а все не может его выгнать. А у турчина был паша такой, что сам с десятью янычарами мог порубить целый полк. Вот объявил король Степан, что если сыщется смельчак и приведет к нему того пашу живого или мертвого, даст ему одному столько жалованья, сколько дает на все войско. „Пойдем, брат, ловить пашу!“ — сказал брат Иван Петру. И поехали козаки, один в одну сторону, другой в другую.

* * *

Поймал ли бы еще или не поймал Петро, а уже Иван ведет пашу арканом за шею к самому королю. „Бравый молодец!“ -- сказал король Степан и приказал выдать ему одному такое жалованье, какое получает все войско; и приказал отвесть ему земли там, где он задумает себе, и дать скота, сколько пожелает. Как получил Иван жалованье от короля, в тот же день разделил все поровну между собою и Петром. Взял Петро половину королевского жалованья, но не мог вынесть того, что Иван получил такую честь от короля, и затаил глубоко на душе месть.

* * *

Ехали оба рыцаря на жалованную королем землю, за Карпат. Посадил козак Иван с собою на коня своего сына, привязав его к себе. Уже настали сумерки — они все едут. Младенец заснул, стал дремать и сам Иван. Не дремли, козак, по горам дороги опасные!.. Но у козака такой конь, что сам везде знает дорогу, не споткнется и не оступится. Есть между горами провал, в провале дна никто не видал; сколько от земли до неба, столько до дна того провала. По-над самым провалом дорога — два человека еще могут проехать, а трое ни за что. Стал бережно ступать конь с дремавшим козаком. Рядом ехал Петро, весь дрожал и притаил дух от радости. Оглянулся и толкнул названого брата в провал. И конь с козаком и младенцем полетел в провал.

* * *

Ухватился, однако ж, козак за сук, и один только конь полетел на дно. Стал он карабкаться, с сыном за плечами, вверх; немного уже не добрался, поднял глаза и увидел, что Петро наставил пику, чтобы столкнуть его назад. „Боже ты мой праведный, лучше б мне не подымать глаз, чем видеть, как родной брат наставляет пику столкнуть меня назад… Брат мой милый! коли меня пикой, когда уже мне так написано на роду, но возьми сына! чем безвинный младенец виноват, чтобы ему пропасть такою лютою смертью?" Засмеялся Петро и толкнул его пикой, и козак с младенцем полетел на дно. Забрал себе Петро все добро и стал жить, как паша. Табунов ни у кого таких не было, как у Петра. Овец и баранов нигде столько не было. И умер Петро.

* * *

Как умер Петро, призвал бог души обоих братьев, Петра и Ивана, на суд. „Великий есть грешник сей человек! — сказал бог. — Иване! не выберу я ему скоро казни; выбери ты сам ему казнь!" Долго думал Иван, вымышляя казнь, и наконец, сказал: „Великую обиду нанес мне сей человек: предал своего брата, как Иуда, и лишил меня честного моего рода и потомства на земле. А человек без честного рода и потомства, что хлебное семя, кинутое в землю и пропавшее даром в земле. Всходу нет — никто не узнает, что кинуто было семя.

* * *

Сделай же, боже, так, чтобы все потомство его не имело на земле счастья! чтобы последний в роде был такой злодей, какого еще и не бывало на свете! и от каждого его злодейства чтобы деды и прадеды его не нашли бы покоя в гробах и, терпя муку, неведомую на свете, подымались бы из могил! А иуда Петро чтобы не в силах был подняться и оттого терпел бы муку еще горшую; и ел бы, как бешеный, землю, и корчился бы под землею!

* * *

И когда придет час меры в злодействах тому человеку, подыми меня, боже, из того провала на коне на самую высокую гору, и пусть придет он ко мне, и брошу я его с той горы в самый глубокий провал, и все мертвецы, его деды и прадеды, где бы ни жили при жизни, чтобы все потянулись от разных сторон земли грызть его за те муки, что он наносил им, и вечно бы его грызли, и повеселился бы я, глядя на его муки! А иуда Петро чтобы не мог подняться из земли, чтобы рвался грызть и себе, но грыз бы самого себя, а кости его росли бы, чем дальше, больше, чтобы чрез то еще сильнее становилась его боль. Та мука для него будет самая страшная: ибо для человека нет большей муки, как хотеть отмстить и не мочь отмстить".

* * *

„Страшна казнь, тобою выдуманная, человече! — сказал бог. — Пусть будет все так, как ты сказал, но и ты сиди вечно там на коне своем, и не будет тебе царствия небесного, покамест ты будешь сидеть там на коне своем!" И то все так сбылось, как было сказано: и доныне стоит на Карпате на коне дивный рыцарь, и видит, как в бездонном провале грызут мертвецы мертвеца, и чует, как лежащий под землею мертвец растет, гложет в страшных муках свои кости и страшно трясет всю землю...»

Уже слепец кончил свою песню; уже снова стал перебирать струны; уже стал петь смешные присказки про Хому и Ерему, про Сткляра Стокозу... но старые и малые все еще не думали очнуться и долго стояли, потупив головы, раздумывая о страшном, в старину случившемся деле.

Иван Фёдорович Шпонька и его тётушка

С этой историей случилась история: нам рассказывал ее приезжавший из Гадяча Степан Иванович Курочка. Нужно вам знать, что память у меня, невозможно сказать, что за дрянь: хоть говори, хоть не говори, все одно. То же самое, что в решето воду лей. Зная за собою такой грех, нарочно просил его списать ее в тетрадку. Ну, дай бог ему здоровья, человек он был всегда добрый для меня, взял и списал. Положил я ее в маленький столик; вы, думаю, его хорошо знаете: он стоит в углу, когда войдешь в дверь... Да, я и позабыл, что вы у меня никогда не были. Старуха моя, с которой живу уже лет тридцать вместе, грамоте сроду не училась; нечего и греха таить. Вот замечаю я, что она пирожки печет на какой-то бумаге. Пирожки она, любезные читатели, удивительно хорошо печет; лучших пирожков вы нигде не будете есть. Посмотрел как-то на сподку пирожка, смотрю: писаные слова. Как будто сердце у меня знало, прихожу к столику — тетрадки и половины нет! Остальные листки все растаскала на пироги. Что прикажешь делать? на старости лет не подраться же!

Прошлый год случилось проезжать чрез Гадяч. Нарочно еще, не доезжая города, завязал узелок, чтобы не забыть попросить об этом Степана Ивановича. Этого мало: взял обещание с самого себя — как только чихну в городе, то чтобы при этом вспомнить о нем. Все напрасно. Проехал чрез город, и чихнул, и высморкался в платок, а все позабыл; да уже вспомнил, как верст за шесть отъехал от заставы. Нечего делать, пришлось печатать без конца. Впрочем, если кто желает непременно знать, о чем говорится далее в этой повести, то ему стóит только нарочно приехать в Гадяч и попросить Степана Ивановича. Он с большим удовольствием расскажет ее, хоть, пожалуй, снова от начала до конца. Живет он недалеко возле каменной церкви. Тут есть сейчас маленький переулок: как только поворотишь в переулок, то будут вторые или третьи ворота. Да вот лучше: когда увидите на дворе большой шест с перепелом и выйдет навстречу вам толстая баба в зеленой юбке (он, не мешает сказать, ведет жизнь холостую), то это его двор. Впрочем, вы можете его встретить на базаре, где бывает он каждое утро до девяти часов, выбирает рыбу и зелень для своего стола и разговаривает с отцом Антипом или с жидом-откупщиком. Вы его тотчас узнаете, потому что ни у кого нет, кроме него, панталон из цветной выбойки и китайчатого желтого сюртука. Вот еще вам примета: когда ходит он, то всегда размахивает руками. Еще покойный тамошний заседатель, Денис Петрович, всегда, бывало, увидевши его издали, говорил: «Глядите, глядите, вон идет ветряная мельница!»

I. Иван Федорович Шпонька

Уже четыре года, как Иван Федорович Шпонька в отставке и

живет в хуторе своем Вытребеньках. Когда был он еще Ванюшею, то обучался в гадячском поветовом училище, и надобно сказать, что был преблагонравный и престарательный мальчик. Учитель российской грамматики, Никифор Тимофеевич Деепричастие, говаривал, что если бы все у него были так старательны, как Шпонька, то он не носил бы с собою в класс кленовой линейки, которою, как сам он признавался, уставал бить по рукам ленивцев и шалунов. Тетрадка у него всегда была чистенькая, кругом облинеенная, нигде ни пятнышка. Сидел он всегда смирно, сложив руки и уставив глаза на учителя, и никогда не привешивал сидевшему впереди его товарищу на спину бумажек, не резал скамьи и не играл до прихода учителя в тесной бабы. Когда кому нужда была в ножике очинить перо, то он немедленно обращался к Ивану Федоровичу, зная, что у него всегда водился ножик; и Иван Федорович, тогда еще просто Ванюша, вынимал его из небольшого кожаного чехольчика, привязанного к петле своего серенького сюртука, и просил только не скоблить пера острием ножика, уверяя, что для этого есть тупая сторона. Такое благонравие скоро привлекло на него внимание даже самого учителя латинского языка, которого один кашель в сенях, прежде нежели высовывалась в дверь его фризовая шинель и лицо, изукрашенное оспою, наводил страх на весь класс. Этот страшный учитель, у которого на кафедре всегда лежало два пучка розг и половина слушателей стояла на коленях, сделал Ивана Федоровича аудитором, несмотря на то что в классе было много с гораздо лучшими способностями.

 Тут не можно пропустить одного случая, сделавшего влияние на всю его жизнь. Один из вверенных ему учеников, чтобы склонить своего аудитора написать ему в списке scit*, тогда как он своего урока в зуб не знал, принес в класс завернутый в бумагу, облитый маслом блин. Иван Федорович, хотя и держался справедливости, но на эту пору был голоден и не мог противиться обольщению: взял блин, поставил перед собою книгу и начал есть. И так был занят этим, что даже не заметил, как в классе сделалась вдруг мертвая тишина. Тогда только с ужасом очнулся он, когда страшная рука, протянувшись из фризовой шинели, ухватила его за ухо и вытащила на средину класса. «Подай сюда блин! Подай,

---

* знает (лат.)

говорят тебе, негодяй!» — сказал грозный учитель, схватил пальцами масляный блин и выбросил его за окно, строго запретив бегавшим по двору школьникам поднимать его. После этого тут же высек он пребольно Ивана Федоровича по рукам. И дело: руки виноваты, зачем брали, а не другая часть тела. Как бы то ни было, только с этих пор робость, и без того неразлучная с ним, увеличилась еще более. Может быть, это самое происшествие было причиною того, что он не имел никогда желания вступить в штатскую службу, видя на опыте, что не всегда удается хоронить концы.

Было уже ему без малого пятнадцать лет, когда перешел он во второй класс, где вместо сокращенного катехизиса и четырех правил арифметики принялся он за пространный, за книгу о должностях человека и за дроби. Но, увидевши, что чем дальше в лес, тем больше дров, и получивши известие, что батюшка приказал долго жить, пробыл еще два года и, с согласия матушки, вступил потом в П*** пехотный полк.

П*** пехотный полк был совсем не такого сорта, к какому принадлежат многие пехотные полки; и, несмотря на то, что он большею частию стоял по деревням, однако ж был на такой ноге, что не уступал иным и кавалерийским. Большая часть офицеров пила выморозки и умела таскать жидов за пейсики не хуже гусаров; несколько человек даже танцевали мазурку, и полковник П*** полка никогда не упускал случая заметить об этом, разговаривая с кемнибудь в обществе. «У меня-с, — говорил он обыкновенно, трепля себя по брюху после каждого слова, — многие пляшут-с мазурку; весьма многие-с; очень многие-с». Чтоб еще более показать читателям образованность П*** пехотного полка, мы прибавим, что двое из офицеров были страшные игроки в банк и проигрывали мундир, фуражку, шинель, темляк и даже исподнее платье, что не везде и между кавалеристами можно сыскать.

Обхождение с такими товарищами, однако же, ничуть не уменьшило робости Ивана Федоровича. И так как он не пил выморозок, предпочитая им рюмку водки пред обедом и ужином, не танцевал мазурки и не играл в банк, то, натурально, должен был всегда оставаться один. Таким образом, когда другие разъезжали на обывательских по мелким помещикам, он, сидя на своей квартире, упражнялся в занятиях, сродных одной кроткой и доброй душе: то чистил пуговицы, то читал гадательную книгу, то ставил мышеловки по углам своей комнаты, то, наконец, скинувши мундир, лежал на постеле. Зато не было никого исправнее Ивана Федоровича в полку. И взводом своим он так командовал, что ротный командир всегда ставил его в образец. Зато в скором времени, спустя одиннадцать лет после получения прапорщичьего чина, произведен он был в подпоручики.

В продолжение этого времени он получил известие, что матушка скончалась; а тетушка, родная сестра матушки, которую он знал только потому, что она привозила ему в детстве и посылала даже в Гадяч сушеные груши и деланные ею самою превкусные пряники (с матушкой она была в ссоре, и потому Иван Федорович после не видал ее), — эта тетушка, по своему добродушию, взялась управлять небольшим его имением, о чем известила его в свое время письмом. Иван Федорович, будучи совершенно уверен в благоразумии тетушки, начал по-прежнему исполнять свою службу. Иной на его месте, получивши такой чин, возгордился бы; но гордость совершенно была ему неизвестна, и, сделавшись подпоручиком, он был тот же самый Иван Федорович, каким был некогда и в прапорщичьем чине. Пробыв четыре года после этого замечательного для него события, он готовился выступить вместе с полком из Могилевской губернии в Великороссию, как получил письмо такого содержания:

«Любезный племянник,

Иван Федорович!

Посылаю тебе белье: пять пар нитяных карпеток и четыре рубашки тонкого холста; да еще хочу поговорить с тобою о деле: так как ты уже имеешь чин немаловажный, что, думаю, тебе известно, и пришел в такие лета, что пора и хозяйством позаняться, то в воинской службе тебе незачем более служить. Я уже стара и не могу всего присмотреть в твоем хозяйстве; да и действительно, многое притом имею тебе открыть лично. Приезжай, Ванюша; в ожидании подлинного удовольствия тебя видеть, остаюсь многолюбящая твоя тетка.

Василиса Цупчевська.

Чудная в огороде у нас выросла репа: больше похожа на картофель, чем на репу».

Через неделю после получения этого письма Иван Федорович написал такой ответ:

«Милостивая государыня, тетушка
Василиса Кашпоровна!

Много благодарю вас за присылку белья. Особенно карпетки у меня очень старые, что даже денщик штопал их четыре раза и очень оттого стали узкие. Насчет вашего мнения о моей службе я совершенно согласен с вами и третьего дня подал в отставку. А как только получу увольнение, то найму извозчика. Прежней вашей комиссии, насчет семян пшеницы, сибирской арнаутки, не мог исполнить: во всей Могилевской губернии нет такой. Свиней же здесь кормят большею частию брагой, подмешивая немного выигравшегося пива.

С совершенным почтением, милостивая государыня тетушка, пребываю племянником

Иваном Шпонькою».

Наконец Иван Федорович получил отставку с чином поручика, нанял за сорок рублей жида от Могилева до Гадяча и сел в кибитку в то самое время, когда деревья оделись молодыми, еще редкими листьями, вся земля ярко зазеленела свежею зеленью и по всему полю пахло весною.

II. Дорога

В дороге ничего не случилось слишком замечательного. Ехали с небольшим две недели. Может быть, еще и этого скорее приехал бы Иван Федорович, но набожный жид шабашовал по субботам и, накрывшись своею попоной, молился весь день. Впрочем, Иван Федорович, как уже имел я случай заметить прежде, был такой человек, который не допускал к себе скуки. В то время развязывал он чемодан, вынимал белье, рассматривал его хорошенько: так ли вымыто, так ли сложено, снимал осторожно пушок с нового мундира, сшитого уже без погончиков, и снова все это укладывал наилучшим образом. Книг он, вообще сказать, не любил читать; а если заглядывал иногда в гадательную книгу, так это потому, что любил встречать там знакомое, читанное уже несколько раз. Так городской житель отправляется каждый день в клуб, не для того, чтобы услышать там что-нибудь новое, но чтобы встретить тех приятелей, с которыми он уже с незапамятных времен привык болтать в клубе. Так чиновник с большим наслаждением читает адрес-календарь по нескольку раз в день, не для каких-нибудь дипломатических затей, но его тешит до крайности печатная роспись имен. «А! Иван Гаврилович такой-то! — повторяет он глухо про себя. — А! вот и я! гм!..» И на следующий раз снова перечитывает его с теми же восклицаниями.

После двухнедельной езды Иван Федорович достигнул деревушки, находившейся в ста верстах от Гадяча. Это было в пятницу. Солнце давно уже зашло, когда он въехал с кибиткою и с жидом на постоялый двор.

Этот постоялый двор ничем не отличался от других, выстроенных по небольшим деревушкам. В них обыкновенно с большим усердием потчуют путешественника сеном и овсом, как будто бы он был почтовая лошадь. Но если бы он захотел позавтракать, как обыкновенно завтракают порядочные люди, то сохранил бы в ненарушимости свой аппетит до другого случая. Иван Федорович, зная все это, заблаговременно запасся двумя вязками бубликов и колбасою и, спросивши рюмку водки, в которой не бывает недостатка ни в одном постоялом дворе, начал свой ужин, усевшись на лавке перед дубовым столом, неподвижно вкопанным в глиняный пол.

В продолжение этого времени послышался стук брички. Ворота заскрыпели; но бричка долго не въезжала на двор. Громкий голос бранился со старухою, содержавшею трактир. «Я взъеду, -- услышал Иван Федорович, — но если хоть один клоп укусит меня в твоей хате, то прибью, ей-богу, прибью, старая колдунья! и за сено ничего не дам!»

Минуту спустя дверь отворилась, и вошел, или, лучше сказать, влез толстый человек в зеленом сюртуке. Голова его неподвижно покоилась на короткой шее, казавшейся еще толще от двухэтажного подбородка. Казалось, и с виду он принадлежал к числу тех людей, которые не ломали никогда головы над пустяками и которых вся жизнь катилась по маслу.

— Желаю здравствовать, милостивый государь! — проговорил он, увидевши Ивана Федоровича.

Иван Федорович безмолвно поклонился.

— А позвольте спросить, с кем имею честь говорить? — продолжал толстый приезжий.

При таком допросе Иван Федорович невольно поднялся с места и стал ввытяжку, что обыкновенно он делывал, когда спрашивал его о чем полковник.

— Отставной поручик, Иван Федоров Шпонька, — отвечал

он.

— А смею ли спросить, в какие места изволите ехать?

— В собственный хутор-с, Вытребеньки.

— Вытребеньки! — воскликнул строгий допросчик. — Позвольте, милостивый государь, позвольте! — говорил он, подступая к нему и размахивая руками, как будто бы кто-нибудь его не допускал или он продирался сквозь толпу, и, приблизившись, принял Ивана Федоровича в объятия и облобызал сначала в правую, потом в левую и потом снова в правую щеку. Ивану Федоровичу очень понравилось это лобызание, потому что губы его приняли большие щеки незнакомца за мягкие подушки.

— Позвольте, милостивый государь, познакомиться! — продолжал толстяк. — Я помещик того же Гадячского повета и ваш сосед. Живу от хутора вашего Вытребеньки не дальше пяти верст, в селе Хортыще; а фамилия моя Григорий Григорьевич Сторченко. Непременно, непременно, милостивый государь, и знать вас не хочу, если не приедете в гости в село Хортыще. Я теперь спешу по надобности... А что это? — проговорил он кротким голосом вошедшему своему лакею, мальчику в козацкой свитке с заплатанными локтями, с недоумевающею миною ставившему на стол узлы и ящики. — Что это? что? — и голос Григория Григорьевича незаметно делался грознее и грознее. — Разве я это сюда велел ставить тебе, любезный? разве я это сюда говорил ставить тебе, подлец! Разве я не говорил тебе наперед разогреть курицу, мошенник? Пошел! — вскрикнул он, топнув ногою. — Постой, рожа! где погребец со штофиками? Иван Федорович! — говорил он, наливая в рюмку настойки, — прошу покорно лекарственной!

— Ей-богу-с, не могу... я уже имел случай... -- проговорил Иван Федорович с запинкою.

— И слушать не хочу, милостивый государь! — возвысил голос помещик, — и слушать не хочу! С места не сойду, покамест не выкушаете...

Иван Федорович, увидевши, что нельзя отказаться, не без удовольствия выпил.

— Это курица, милостивый государь, — продолжал толстый Григорий Григорьевич, разрезывая ее ножом в деревянном ящике. — Надобно вам сказать, что повариха моя Явдоха иногда любит куликнуть и оттого часто пересушивает. Эй, хлопче! — тут оборотился он к мальчику в козацкой свитке, принесшему перину и подушки, — постели постель мне на полу посереди хаты! Смотри же, сена повыше наклади под подушку! да выдерни у бабы из мычки клочок пеньки, заткнуть мне уши на ночь! Надобно вам знать, милостивый государь, что я имею обыкновение затыкать на ночь уши с того проклятого случая, когда в одной русской корчме залез мне в левое ухо таракан. Проклятые кацапы, как я после узнал, едят даже щи с тараканами. Невозможно описать, что происходило со мною: в ухе так и щекочет, так и щекочет... ну, хоть на стену! Мне помогла уже з наших местах простая старуха. И чем бы вы думали? просто зашептыванием. Что вы скажете, милостивый государь, о лекарях? Я думаю, что они просто морочат и дурачат нас. Иная старуха в двадцать раз лучше знает всех этих лекарей.

— Действительно, вы изволите говорить совершенную-с правду. Иная точно бывает... — Тут он остановился, как бы не прибирая далее приличного слова.

Не мешает здесь и мне сказать, что он вообще не был щедр на слова. Может быть, это происходило от робости, а может, и от желания выразиться красивее.

— Хорошенько, хорошенько перетряси сено! — говорил Григорий Григорьевич своему лакею. — Тут сено такое гадкое, что, того и гляди, как-нибудь попадет сучок. Позвольте, милостивый государь, пожелать спокойной ночи! Завтра уже не увидимся: я выезжаю до зари. Ваш жид будет шабашовать, потому что завтра суббота, и потому вам нечего вставать рано. Не забудьте же моей просьбы; и знать вас не хочу, когда не приедете в село Хортыще.

Тут камердинер Григория Григорьевича стащил с него сюртук и сапоги и натянул вместо того халат, и Григорий Григорьевич повалился на постель, и казалось, огромная перина легла на другую.

— Эй, хлопче! куда же ты, подлец? Подь сюда, поправь мне одеяло! Эй, хлопче, подмости под голову сена! да что, коней уже напоили? Еще сена! сюда, под этот бок! да поправь, подлец, хорошенько одеяло! Вот так, еще! ох!..

Тут Григорий Григорьевич еще вздохнул раза два и пустил страшный носовой свист по всей комнате, всхрапывая по временам так, что дремавшая на лежанке старуха, пробудившись, вдруг смотрела в оба глаза на все стороны, но, не видя ничего, успокоивалась и засыпала снова.

На другой день, когда проснулся Иван Федорович, уже толстого помещика не было. Это было одно только замечательное происшествие, случившееся с ним на дороге. На третий день после этого приближался он к своему хуторку.

Тут почувствовал он, что сердце в нем сильно забилось, когда выглянула, махая крыльями, ветряная мельница и когда, по мере того как жид гнал своих кляч на гору, показывался внизу ряд верб. Живо и ярко блестел сквозь них пруд и дышал свежестью. Здесь когда-то он купался, в этом самом пруде он когда-то с ребятишками брел по шею в воде за раками. Кибитка взъехала на греблю, и Иван Федорович увидел тот же самый старинный домик, покрытый очеретом; те же самые яблони и черешни, по которым он когда-то украдкою лазил. Только что въехал он на двор, как сбежались со всех сторон собаки всех сортов: бурые, черные, серые, пегие. Некоторые с лаем кидались под ноги лошадям, другие бежали сзади, заметив, что ось вымазана салом; один, стоя возле кухни и накрыв лапою кость, заливался во все горло; другой лаял издали и бегал взад и вперед, помахивая хвостом и как бы приговаривая: «Посмотрите, люди крещеные, какой я прекрасный молодой человек!» Мальчишки в запачканных рубашках бежали глядеть. Свинья, прохаживавшаяся по двору с шестнадцатью поросенками, подняла вверх с испытующим видом свое рыло и хрюкнула громче обыкновенного. На дворе лежало на земле множество ряден с пшеницею, просом и ячменем, сушившихся на солнце. На крыше тоже немало сушилось разного рода трав: петровых батогов, нечуй-ветра и других.

Иван Федорович так был занят рассматриванием этого, что очнулся тогда только, когда пегая собака укусила слазившего с козел жида за икру. Сбежавшаяся дворня, состоявшая из поварихи, одной бабы и двух девок в шерстяных исподницах, после первых восклицаний: «Та се ж паныч наш!» — объявила, что тетушка садила в огороде пшеничку, вместе с девкою Палашкою и кучером Ом`елько́м, исправлявшим часто должность огородника и сторожа. Но тетушка, которая еще издали завидела рогожную кибитку, была уже здесь. И Иван Федорович изумился, когда она почти подняла его на руках, как бы не доверяя, та ли это тетушка, которая писала к нему о своей дряхлости и болезни.

III. Тетушка

Тетушка Василиса Кашпоровна в это время имела лет около пятидесяти. Замужем она никогда не была и обыкновенно говорила, что жизнь девическая для нее дороже всего. Впрочем, сколько мне помнится, никто и не сватал ее. Это происходило оттого, что все мужчины чувствовали при ней какую-то робость и никак не имели духу сделать ей признание. «Весьма с большим характером Василиса Кашпоровна!» — говорили женихи, и были совершенно правы, потому что Василиса Кашпоровна хоть кого умела сделать тише травы. Пьяницу мельника, который совершенно был ни к чему не годен, она, собственною своею мужественною рукою дергая каждый день за чуб, без всякого постороннего средства умела сделать золотом, а не человеком. Рост она имела почти исполинский, дородность и силу совершенно соразмерную. Казалось, что природа сделала непростительную ошибку, определив ей носить темно-коричневый по будням капот с мелкими оборками и красную кашемировую шаль в день светлого воскресенья и своих именин, тогда как ей более всего шли бы драгунские усы и длинные ботфорты. Зато занятия ее совершенно соответствовали ее виду: она каталась сама на лодке, гребя веслом искуснее всякого рыболова; стреляла дичь; стояла неотлучно над косарями; знала наперечет число дынь и арбузов на баштане; брала пошлину по пяти копеек с воза, проезжавшего через ее греблю; взлезала на дерево и трусила груши, била ленивых вассалов своею страшною рукою и подносила достойным рюмку водки из той же грозной руки. Почти в одно время она бранилась, красила пряжу, бегала на кухню, делала квас, варила медовое варенье и хлопотала весь день и везде поспевала. Следствием этого было то, что маленькое именьице Ивана Федоровича, состоявшее из осьмнадцати душ по последней ревизии, процветало в полном смысле сего слова. К тому ж она слишком горячо любила своего племянника и тщательно собирала для него копейку.

По приезде домой жизнь Ивана Федоровича решительно изменилась и пошла совершенно другою дорогою. Казалось, натура именно создала его для управления осьмнадцатидушным имением. Сама тетушка заметила, что он будет хорошим хозяином, хотя, впрочем, не во все еще отрасли хозяйства позволяла ему вмешиваться. «Воно ще молода дытына, — обыкновенно она говаривала, несмотря на то что Ивану Федоровичу было без малого сорок лет, — где ему все знать!»

Однако ж он неотлучно бывал в поле при жнецах и косарях, и это доставляло наслаждение неизъяснимое его кроткой душе. Единодушный взмах десятка и более блестящих кос; шум падающей стройными рядами травы; изредка заливающиеся песни жниц, то веселые, как встреча гостей, то заунывные, как разлука; спокойный, чистый вечер, и что за вечер! как волен и свеж воздух! как тогда оживлено все: степь краснеет, синеет и горит цветами; перепелы, дрофы, чайки, кузнечики, тысячи насекомых, и от них свист, жужжание, треск, крик и вдруг стройный хор; и все не молчит ни на минуту. А солнце садится и кроется. У! как свежо и хорошо! По полю, то там, то там, раскладываются огни и ставят котлы, и вкруг котлов садятся усатые косари; пар от галушек несется. Сумерки сереют... Трудно рассказать, что делалось тогда с Иваном Федоровичем. Он забывал, присоединяясь к косарям, отведать их галушек, которые очень любил, и стоял недвижимо на одном месте, следя глазами пропадавшую в небе чайку или считая копы нажитого хлеба, унизывавшие поле.

В непродолжительном времени об Иване Федоровиче везде пошли речи как о великом хозяине. Тетушка не могла нарадоваться своим племянником и никогда не упускала случая им похвастаться. В один день, — это было уже по окончании жатвы, и именно в конце июля, — Василиса Кашпоровна, взявши Ивана Федоровича с таинственным видом за руку, сказала, что она теперь хочет поговорить с ним о деле, которое с давних пор уже ее занимает.

— Тебе, любезный Иван Федорович, — так она начала, — известно, что в твоем хуторе осьмнадцать душ; впрочем, это по ревизии, а без того, может, наберется больше, может, будет до двадцати четырех. Но не об этом дело. Ты знаешь тот лесок, что за нашею левадою, и, верно, знаешь за тем же лесом широкий луг: в нем двадцать без малого десятин; а травы столько, что можно каждый год продавать больше чем на сто рублей, особенно если, как говорят, в Гадяче будет конный полк.

— Как же-с, тетушка, знаю: трава очень хорошая.

— Это я сама знаю, что очень хорошая; но знаешь ли ты, что вся эта земля по-настоящему твоя? Что ж ты так выпучил глаза? Слушай, Иван Федорович! Ты помнишь Степана Кузьмича? Что я говорю: помнишь! Ты тогда был таким маленьким, что не мог выговорить даже его имени; куда ж! Я помню, когда приехала на самое пущенье, перед филипповкою, и взяла было тебя на руки, то ты чуть не испортил мне всего платья; к счастию, что успела передать тебя мамке Матрене. Такой ты тогда был гадкий!.. Но не об этом дело. Вся земля, которая за нашим хутором, и самое село Хортыще было Степана Кузьмича. Он, надобно тебе объявить, еще тебя не было на свете, как начал ездить к твоей матушке; правда, в такое время, когда отца твоего не бывало дома. Но я, однако ж, это не в укор ей говорю. Упокой господи ее душу! — хотя покойница была всегда неправа против меня. Но не об этом дело. Как бы то ни было, только Степан Кузьмич сделал тебе дарственную запись на то самое имение, об котором я тебе говорила. Но покойница твоя матушка, между нами будь сказано, была пречудного нрава. Сам черт, господи прости меня за это гадкое слово, не мог бы понять ее. Куда она дела эту запись — один бог знает. Я думаю, просто, что она в руках этого старого холостяка Григория Григорьевича Сторченка. Этой пузатой шельме досталось все его имение. Я готова ставить бог знает что, если он не утаил записи.

— Позвольте-с доложить, тетушка: не тот ли это Сторченко, с которым я познакомился на станции?

Тут Иван Федорович рассказал про свою встречу.

— Кто его знает! — отвечала, немного подумав, тетушка. — Может быть, он и не негодяй. Правда, он всего только полгода как переехал к нам жить; в такое время человека не узнаешь. Старуха́то, матушка его, я слышала, очень разумная женщина и, говорят, большая мастерица солить огурцы. Ковры собственные девки ее умеют отлично хорошо выделывать. Но так как ты говоришь, что он тебя хорошо принял, то поезжай к нему! Может быть, старый грешник послушается совести и отдаст, что принадлежит не ему. Пожалуй, можешь поехать и в бричке, только проклятая дитвора повыдергивала сзади все гвозди. Нужно будет сказать кучеру Смельке, чтобы прибил везде получше кожу.

— Для чего, тетушка? Я возьму повозку, в которой вы ездите иногда стрелять дичь.

Этим окончился разговор.

IV. Обед

В обеденную пору Иван Федорович въехал в село Хортыще и немного оробел, когда стал приближаться к господскому дому. Дом этот был длинный и не под очеретяною, как у многих окружных помещиков, но под деревянною крышею. Два амбара в дворе тоже под деревянною крышею; ворота дубовые. Иван Федорович похож был на того франта, который, заехав на бал, видит всех, куда ни оглянется, одетых щеголеватее его. Из почтения он остановил свой возок возле амбара и подошел пешком к крыльцу.

— А! Иван Федорович! — закричал толстый Григорий Григорьевич, ходивший по двору в сюртуке, но без галстука, жилета и подтяжек. Однако ж и этот наряд, казалось, обременял его тучную ширину, потому что пот катился с него градом. — Что же вы говорили, что сейчас, как только увидитесь с тетушкой, приедете, да и не приехали? — После сих слов губы Ивана Федоровича встретили те же самые знакомые подушки.

— Большею частию занятия по хозяйству... Я-с приехал к вам на минутку, собственно по делу...

— На минутку? Вот этого-то не будет. Эй, хлопче! — закричал толстый хозяин, и тот же самый мальчик в козацкой свитке выбежал из кухни. — Скажи Касьяну, чтобы ворота сейчас запер, слышишь, запер крепче! А коней вот этого пана распряг бы сию минуту! Прошу в комнату; здесь такая жара, что у меня вся рубашка мокра.

Иван Федорович, вошедши в комнату, решился не терять напрасно времени и, несмотря на свою робость, наступать решительно.

— Тетушка имела честь... сказывала мне, что дарственная запись покойного Степана Кузьмича...

Трудно изобразить, какую неприятную мину сделало при этих словах обширное лицо Григория Григорьевича.

— Ей-богу, ничего не слышу! — отвечал он. — Надобно вам сказать, что у меня в левом ухе сидел таракан. В русских избах проклятые кацапы везде поразводили тараканов. Невозможно описать никаким пером, что за мучение было. Так вот и щекочет, так и щекочет. Мне помогла уже одна старуха самым простым средством...

— Я хотел сказать... — осмелился прервать Иван Федорович, видя, что Григорий Григорьевич с умыслом хочет поворотить речь на другое, — что в завещании покойного Степана Кузьмича упоминается, так сказать, о дарственной записи... по ней следует-с мне...

— Я знаю, это вам тетушка успела наговорить. Это ложь, ейбогу, ложь! Никакой дарственной записи дядюшка не делал. Хотя, правда, в завещании и упоминается о какой-то записи; но где же она? никто не представил ее. Я вам это говорю потому, что искренно желаю вам добра. Ей-богу, это ложь!

Иван Федорович замолчал, рассуждая, что, может быть, и в самом деле тетушке так только показалось.

— А вот идет сюда матушка с сестрами! — сказал Григорий Григорьевич, — следовательно, обед готов. Пойдемте! — При сем он потащил Ивана Федоровича за руку в комнату, в которой стояла на столе водка и закуски.

В то самое время вошла старушка, низенькая, совершенный кофейник в чепчике, с двумя барышнями — белокурой и черноволосой. Иван Федорович, как воспитанный кавалер, подошел сначала к старушкиной ручке, а после к ручкам обеих барышень.

— Это, матушка, наш сосед, Иван Федорович Шпонька! — сказал Григорий Григорьевич.

Старушка смотрела пристально на Ивана Федоровича, или, может быть, только казалась смотревшею. Впрочем, это была совершенная доброта. Казалось, она так и хотела спросить Ивана Федоровича: сколько вы на зиму насоливаете огурцов?

— Вы водку пили? — спросила старушка.

— Вы, матушка, верно, не выспались, — сказал Григорий Григорьевич, — кто ж спрашивает гостя, пил ли он? Вы потчуйте только; а пили ли мы или нет, это наше дело. Иван Федорович! прошу, золототысячниковой или трохимовской сивушки, какой вы лучше любите? Иван Иванович, а ты что стоишь? — произнес Григорий Григорьевич, оборотившись назад, и Иван Федорович увидел подходившего к водке Ивана Ивановича, в долгополом сюртуке с огромным стоячим воротником, закрывавшим весь его затылок, так что голова его сидела в воротнике, как будто в бричке.

Иван Иванович подошел к водке, потер руки, рассмотрел хорошенько рюмку, налил, поднес к свету, вылил разом из рюмки всю водку в рот, но, не проглатывая, пополоскал ею хорошенько во рту, после чего уже проглотил; и, закусивши хлебом с солеными опенками, оборотился к Ивану Федоровичу.

— Не с Иваном ли Федоровичем, господином Шпонькою, имею честь говорить?

— Так точно-с, — отвечал Иван Федорович.

— Очень много изволили перемениться с того времени, как я вас знаю. Как же, — продолжал Иван Иванович, — я еще помню вас вот какими! — При этом поднял он ладонь на аршин от пола. — Покойный батюшка ваш, дай боже ему царствие небесное, редкий был человек. Арбузы и дыни всегда бывали у него такие, какие теперь нигде не найдете. Вот хоть бы и тут, — продолжал он, отводя его в сторону, — подадут вам за столом дыни. Что это за дыни? — смотреть не хочется! Верите ли, милостивый государь, что у него были арбузы, — произнес он с таинственным видом, расставляя руки, как будто бы хотел обхватить толстое дерево, — ей-богу, вот какие!

— Пойдемте за стол! — сказал Григорий Григорьевич, взявши Ивана Федоровича за руку.

Все вышли в столовую. Григорий Григорьевич сел на обыкновенном своем месте, в конце стола, завесившись огромною салфеткою и походя в этом виде на тех героев, которых рисуют цирюльники на своих вывесках. Иван Федорович, краснея, сел на указанное ему место против двух барышень; а Иван Иванович не преминул поместиться возле него, радуясь душевно, что будет кому сообщать свои познания.

— Вы напрасно взяли куприк, Иван Федорович! Это индейка! — сказала старушка, обратившись к Ивану Федоровичу, которому в это время поднес блюдо деревенский официант в сером фраке с черною заплатою. — Возьмите спинку!

— Матушка! ведь вас никто не просит мешаться! — произнес Григорий Григорьевич. — Будьте уверены, что гость сам знает, что ему взять! Иван Федорович, возьмите крылышко, вон другое, с пупком! Да что ж вы так мало взяли? Возьмите стегнушко! Ты что разинул рот с блюдом? Проси! Становись, подлец, на колени! Говори сейчас: «Иван Федорович, возьмите стегнушко!»

— Иван Федорович, возьмите стегнушко! — проревел, став на коленку официант с блюдом.

176

— Гм, что это за индейка! — сказал вполголоса Иван Иванович с видом пренебрежения, оборотившись к своему соседу. — Такие ли должны быть индейки! Если бы вы увидели у меня индеек! Я вас уверяю, что жиру в одной больше, чем в десятке таких, как эти. Верите ли, государь мой, что даже противно смотреть, когда ходят они у меня по двору, так жирны!..

— Иван Иванович, ты лжешь! — произнес Григорий Григорьевич, вслушавшись в его речь.

— Я вам скажу, — продолжал все так же своему соседу Иван Иванович, показывая вид, будто бы он не слышал слов Григория Григорьевича, — что прошлый год, когда я отправлял их в Гадяч, давали по пятидесяти копеек за штуку. И то еще не хотел брать.

— Иван Иванович, я тебе говорю, что ты лжешь! — произнес Григорий Григорьевич, для лучшей ясности — по складам и громче прежнего.

Но Иван Иванович, показывая вид, будто это совершенно относилось не к нему, продолжал так же, но только гораздо тише.

— Именно, государь мой, не хотел брать. В Гадяче ни у одного помещика...

— Иван Иванович! ведь ты глуп, и больше ничего, — громко сказал Григорий Григорьевич. — Ведь Иван Федорович знает все это лучше тебя и, верно, не поверит тебе.

Тут Иван Иванович совершенно обиделся, замолчал и принялся убирать индейку, несмотря на то что она не так была жирна, как те, на которые противно смотреть.

Стук ножей, ложек и тарелок заменил на время разговор; но громче всего слышалось высмактывание Григорием Григорьевичем мозгу из бараньей кости.

— Читали ли вы, — спросил Иван Иванович после некоторого молчания, высовывая голову из своей брички к Ивану Федоровичу, — книгу «Путешествие Коробейникова ко святым местам»? Истинное услаждение души и сердца! Теперь таких книг не печатают. Очень сожалительно, что не посмотрел, которого году.

Иван Федорович, услышавши, что дело идет о книге, прилежно начал набирать себе соусу.

— Истинно удивительно, государь мой, как подумаешь, что простой мещанин прошел все места эти. Более трех тысяч верст, государь мой! Более трех тысяч верст. Подлинно, его сам господь сподобил побывать в Палестине и Иерусалиме.

— Так вы говорите, что он, — связал Иван Федорович, который много наслышался о Иерусалиме еще от своего денщика, — был и в Иерусалиме?..

— О чем вы говорите, Иван Федорович? — произнес с конца стола Григорий Григорьевич.

— Я, то есть, имел случай заметить, что какие есть на свете далекие страны! — сказал Иван Федорович, будучи сердечно доволен тем, что выговорил столь длинную и трудную фразу.

— Не верьте ему, Иван Федорович! — сказал Григорий Григорьевич, не вслушавшись хорошенько, — все врет!

Между тем обед кончился. Григорий Григорьевич отправился в свою комнату, но обыкновению, немножко всхрапнуть; а гости пошли вслед за старушкою хозяйкою и барышнями в гостиную, где тот самый стол, на котором оставили они, выходя обедать, водку, как бы превращением какие, покрылся блюдечками с вареньем разных сортов и блюдами с арбузами, вишнями и дынями.

Отсутствие Григория Григорьевича заметно было во всем. Хозяйка сделалась словоохотнее и открывала сама, без просьбы, множество секретов насчет делания пастилы и сушения груш. Даже барышни стали говорить; но белокурая, которая казалась моложе шестью годами своей сестры и которой по виду было около двадцати пяти лет, была молчаливее.

Но более всех говорил и действовал Иван Иванович. Будучи уверен, что его теперь никто не собьет и не смешает, он говорил и об огурцах, и о посеве картофеля, и о том, какие в старину были разумные люди — куда против теперешних! — и о том, как всё, чем далее, умнеет и доходит к выдумыванию мудрейших вещей. Словом, это был один из числа тех людей, которые с величайшим удовольствием любят позаняться услаждающим душу разговором и будут говорить обо всем, о чем только можно говорить. Если разговор касался важных и благочестивых предметов, то Иван Иванович вздыхал после каждого слова, кивая слегка головою; ежели до хозяйственных, то высовывал голову из своей брички и делал такие мины, глядя на которые, кажется, можно было прочитать, как нужно делать грушевый квас, как велики те дыни, о которых он говорил, и как жирны те гуси, которые бегают у него по двору.

Наконец с великим трудом, уже ввечеру, удалось Ивану Федоровичу распрощаться; и, несмотря на свою сговорчивость и на то, что его насильно оставляли ночевать, он устоял-таки в своем намерении ехать, и уехал.

V. Новый замысел тетушки

— Ну что? выманил у старого лиходея запись? — Таким вопросом встретила Ивана Федоровича тетушка, которая с нетерпением дожидалась его уже несколько часов на крыльце и не вытерпела наконец, чтоб не выбежать за ворота.

— Нет, тетушка! — сказал Иван Федорович, слезая с повозки, — у Григория Григорьевича нет никакой записи.

— И ты поверил ему! Врет он, проклятый! Когда-нибудь попаду, право, поколочу его собственными руками. О, я ему поспущу жиру! Впрочем, нужно наперед поговорить с нашим подсудком, нельзя ли судом с него стребовать... Но не об этом теперь дело. Ну, что ж, обед был хороший?

— Очень... да, весьма, тетушка.

— Ну, какие ж были кушанья, расскажи? Старуха-то, я знаю, мастерица присматривать за кухней.

— Сырники были во сметаною, тетушка. Соус с голубями, начищенными...

— А индейка со сливами была? — спросила тетушка, потому что сама была большая искусница приготовлять это блюдо.

— Была и индейца!.. Весьма красивые барышни, сестрицы Григория Григорьевича, особенно белокурая!

— А! — сказала тетушка и посмотрела пристально на Ивана Федоровича, который, покраснев, потупил глаза в землю. Новая мысль быстро промелькнула в ее голове. — Ну, что ж? — спросила она с любопытством и живо, какие у ней брови?

Не мешает заметить, что тетушка всегда поставляла первую красоту женщины в бровях.

— Брови, тетушка, совершенно-с такие, какие, вы рассказывали, в молодости были у вас. И по всему лицу небольшие веснушки.

— А! — сказала тетушка, будучи довольна замечанием Ивана Федоровича, который, однако ж, не имел и в мыслях сказать этим комплимент. — Какое ж было на ней платье? хотя, впрочем, теперь трудно найти таких плотных материй, какая вот хоть бы, например, у меня на этом капоте. Но не об этом дело. Ну, что ж, ты говорил о чем-нибудь с нею?

— То есть как?.. я-с, тетушка? Вы, может быть, уже думаете...

— А что ж? что тут диковинного? так богу угодно! Может быть, тебе с нею на роду написано жить парочкою.

— Я не знаю, тетушка, как вы можете это говорить. Это доказывает, что вы совершенно не знаете меня...

— Ну вот, уже и обиделся! — сказала тетушка. «Ще молода дытына, — подумала она про себя, — ничего не знает! нужно их свести вместе, пусть познакомятся!»

Тут тетушка пошла заглянуть в кухню и оставила Ивана Федоровича. Но с этого времени она только и думала о том, как увидеть скорее своего племянника женатым и понянчить маленьких внучков. В голове ее громоздились одни только приготовления к свадьбе, и заметно было, что она во всех делах суетилась гораздо более, нежели прежде, хотя, впрочем, эти дела более шли хуже, нежели лучше. Часто, делая какое-нибудь пирожное, которое вообще она никогда не доверяла кухарке, она, позабывшись и воображая, что возле нее стоит маленький внучек, просящий пирога, рассеянно протягивала к нему руку с лучшим куском, а дворовая собака, пользуясь этим, схватывала лакомый кусок и своим громким чваканьем выводила ее из задумчивости, за что и бывала всегда бита кочергою. Даже оставила она любимые свои занятия и не ездила на охоту, особливо когда вместо куропатки застрелила ворону, чего никогда прежде с нею не бывало.

Наконец, спустя дня четыре после этого, все увидели выкаченную из сарая на двор бричку. Кучер Омелько, он же и огородник и сторож, еще с раннего утра стучал молотком и приколачивал кожу, отгоняя беспрестанно собак, лизавших колеса. Долгом почитаю предуведомить читателей, что это была именно та самая бричка, в которой еще ездил Адам; и потому, если кто будет выдавать другую за адамовскую, то это сущая ложь и бричка непременно поддельная. Совершенно неизвестно, каким образом спаслась она от потопа. Должно думать, что в Ноевом ковчеге был особенный для нее сарай. Жаль очень, что читателям нельзя описать живо ее фигуры. Довольно сказать, что Василиса Кашпоровна была очень довольна ее архитектурою и всегда изъявляла сожаление, что вывелись из моды старинные экипажи. Самое устройство брички, немного набок, то есть так, что правая сторона ее была гораздо выше левой, ей очень нравилось, потому что с одной стороны может, как она говорила, влезать малорослый, а с другой — великорослый. Впрочем, внутри брички могло поместиться штук пять малорослых и трое таких, как тетушка.

Около полудня Омелько, управившись около брички, вывел из конюшни тройку лошадей, немного чем моложе брички, и начал привязывать их веревкою к величественному экипажу. Иван Федорович и тетушка, один с левой стороны, другая с правой, влезли в бричку, и она тронулась. Попадавшиеся на дороге мужики, видя такой богатый экипаж (тетушка очень редко выезжала в нем), почтительно останавливались, снимали шапки и кланялись в пояс. Часа через два кибитка остановилась пред крыльцом, — думаю, не нужно говорить: пред крыльцом дома Сторченка. Григория Григорьевича не было дома. Старушка с барышнями вышла встретить гостей в столовую. Тетушка подошла величественным шагом, с большою ловкостию отставила одну ногу вперед и сказала громко:

— Очень рада, государыня моя, что имею честь лично доложить вам мое почтение. А вместе с решпектом позвольте поблагодарить за хлебосольство заше к племяннику моему Ивану Федоровичу, который много им хвалится. Прекрасная у вас гречиха, сударыня! я видела ее, подъезжая к селу. А позвольте узнать, сколько коп вы получаете с десятины?

После сего последовало всеобщее лобызание. Когда же уселись в гостиной, то старушка хозяйка начала:

— Насчет гречихи я не могу вам сказать: это часть Григория Григорьевича. Я уже давно не занимаюсь этим; да и не могу: уже стара! В старину у нас, бывало, я помню, гречиха была по пояс, теперь бог знает что. Хотя, впрочем, и говорят, что теперь все лучше. — Тут старушка вздохнула;и какому-нибудь наблюдателю послышался бы в этом вздохе вздох старинного осьмнадцатого столетия.

— Я слушала, моя государыня, что у вас собственные ваши девки отличные умеют выделывать ковры, — сказала Василиса Кашпоровна и этим задела старушку за самую чувствительную струну. При этих словах она как будто оживилась, и речи у ней полилися о том, как должно красить пряжу, как приготовлять для этого нитку. С ковров быстро съехал разговор на соление огурцов и сушение груш. Словом, не прошло часу, как обе дамы так разговорились между собою, будто век были знакомы. Василиса Кашпоровна многое уже начала говорить с нею таким тихим голосом, что Иван Федорович ничего не мог расслушать.

— Да не угодно ли посмотреть? — сказала, вставая, старушка хозяйка.

За нею встали барышни и Василиса Кашпоровна, и все потянулись в девичью. Тетушка, однако ж, дала знак Ивану Федоровичу остаться и сказала что-то тихо старушке.

— Машенька! — сказала старушка, обращаясь к белокурой барышне, — останься с гостем да поговори с ним, чтобы гостю не было скучно!

Белокурая барышня осталась и села на диван. Иван Федорович сидел на своем стуле как на иголках, краснел и потуплял глаза; но барышня, казалось, вовсе этого не замечала и равнодушно сидела на диване, рассматривая прилежно окна и стены или следуя глазами за кошкою, трусливо пробегавшею под стульями.

Иван Федорович немного ободрился и хотел было начать разговор; но казалось, что все слова свои растерял он на дороге. Ни одна мысль не приходила на ум.

Молчание продолжалось около четверти часа. Барышня все так же сидела.

Наконец Иван Федорович собрался духом.

— Летом очень много мух, сударыня! — произнес он полудрожащим голосом.

— Чрезвычайно много! — отвечала барышня. — Братец нарочно сделал хлопушку из старого маменькиного башмака; но все еще очень много.

Тут разговор опять прекратился. И Иван Федорович никаким образом уже не находил речи.

Наконец хозяйка с тетушкою и чернявою барышнею возвратились. Поговоривши еще немного, Василиса Кашпоровна распростилась с старушкою и барышнями, несмотря на все приглашения остаться ночевать. Старушка и барышни вышли на крыльцо проводить гостей и долго еще кланялись выглядывавшим из брички тетушке и племяннику.

— Ну, Иван Федорович! о чем же вы говорили вдвоем с барышней? — спросила дорогою тетушка.

— Весьма скромная и благонравная девица Марья Григорьевна! — сказал Иван Федорович.

— Слушай, Иван Федорович! я хочу поговорить с тобою сурьезно. Ведь тебе, слава богу, тридцать осьмой год. Чин ты уже имеешь хороший. Пора подумать и об детях! Тебе непременно нужна жена...

— Как, тетушка! — вскричал, испугавшись, Иван Федорович. — Как жена! Нет-с, тетушка, сделайте милость... Вы совершенно в стыд меня приводите... я еще никогда не был женат... Я совершенно не знаю, что с нею делать!

— Узнаешь, Иван Федорович, узнаешь, — промолвила, улыбаясь, тетушка и подумала про себя:-- «Куды ж! ще зовсим молода дытына, ничего не знает!» — Да, Иван Федорович! — продолжала она вслух, — лучшей жены нельзя сыскать тебе, как Марья Григорьевна. Тебе же она притом очень понравилась. Мы уже насчет этого много переговорили с старухою: она очень рада видеть тебя своим зятем; еще неизвестно, правда, что скажет этот греходей Григорьевич. Но мы не посмотрим на него, и пусть только он вздумает не отдать приданого, мы его судом...

В это время бричка подъехала к двору, и древние клячи ожили, чуя близкое стойло.

— Слушай, Омелько! коням дай прежде отдохнуть хорошенько, а не веди тотчас, распрягши, к водопою! они лошади горячие. Ну, Иван Федорович, — продолжала, вылезая, тетушка, — я советую тебе хорошенько подумать об этом. Мне еще нужно забежать в кухню, я позабыла Солохе заказать ужин, а она негодная, я думаю, сама и не подумала об этом.

Но Иван Федорович стоял, как будто громом оглушенный. Правда, Марья Григорьевна очень недурная барышня; но жениться!.. это казалось ему так странно, так чудно, что он никак не мог подумать без страха. Жить с женою!.. непонятно! Он не один будет в своей комнате, но их должно быть везде двое!.. Пот проступал у него на лице, по мере того чем более углублялся он в размышление.

Ранее обыкновенного лег он в постель, но, несмотря на все старания, никак не мог заснуть. Наконец желанный сон, этот всеобщий успокоитель, посетил его; но какой сон! еще несвязнее сновидений он никогда на видывал. То снилось ему, что вокруг него все шумит, вертится, а он бежит, бежит, не чувствует под собою ног... вот уже выбивается из сил... Вдруг кто-то хватает его за ухо. «Ай! кто это?» — «Это я, твоя жена!» — с шумом говорил ему какой-то голос. И он вдруг пробуждался. То представлялось ему, что он уже женат, что все в домике их так чудно, так странно: в его комнате стоял вместо одинокой — двойная кровать. На стуле сидит жена. Ему странно; он не знает, как подойти к ней, что говорить с нею, и замечает, что у нее гусиное лицо. Нечаянно поворачивается он в сторону и видит другую жену, тоже с гусиным лицом. Поворачивается в другую сторону — стоит третья жена. Назад — еще одна жена. Тут его берет тоска. Он бросился бежать в сад; но в саду жарко. Он снял шляпу, видит: и в шляпе сидит жена. Пот выступил у него на лице. Полез в карман за платком — и в кармане жена; вынул из уха хлопчатую бумагу — и там сидит жена... То вдруг он прыгал на одной ноге, а тетушка, глядя на него, говорила с важным видом: «Да, ты должен прыгать, потому что ты теперь уже женатый человек». Он к ней — но тетушка уже не тетушка, а колокольня. И чувствует, что его кто-то тащит веревкою на колокольню. «Кто это тащит меня?» — жалобно проговорил Иван Федорович. «Это я, жена твоя, тащу тебя, потому что ты колокол». — «Нет, я не колокол, я Иван Федорович!» — кричал он. «Да, ты колокол», — говорил, проходя мимо, полковник П*** пехотного полка. То вдруг снилось ему, что жена вовсе не человек, а какаято шерстяная материя; что он в Могилеве приходит в лавку к купцу. «Какой прикажете материи? — говорит купец. — Вы возьмите жены, это самая модная материя! очень добротная! из нее все теперь шьют себе сюртуки». Купец меряет и режет жену. Иван Федорович берет под мышку, идет к жиду, портному. «Нет, — говорит жид, — это дурная материя! Из нее никто не шьет себе сюртука...»

В страхе и беспамятстве просыпался Иван Федорович. Холодный пот лился с него градом.

Как только встал он поутру, тотчас обратился к гадательной книге, в конце которой один добродетельный книгопродавец, по своей редкой доброте и бескорыстию, поместил сокращенный снотолкователь. Но там совершенно не было ничего, даже хотя немного похожего на такой бессвязный сон. Между тем в голове тетушки созрел совершенно новый замысел, о котором узнаете в следующей главе

Заколдованное место

Ей-богу, уже надоело рассказывать! Да что вы думаете? Право, скучно: рассказывай, да и рассказывай, и отвязаться нельзя! Ну, извольте, я расскажу, только, ей-ей, в последний раз. Да, вот вы говорили насчет того, что человек может совладать, как говорят, с нечистым духом. Оно конечно, то есть, если хорошенько подумать, бывают на свете всякие случаи... Однако ж не говорите этого. Захочет обморочить дьявольская сила, то обморочит; ей-богу, обморочит! Вот извольте видеть: нас всех у отца было четверо. Я тогда был еще дурень. Всего мне было лет одиннадцать; так нет же, не одиннадцать: я помню как теперь, когда раз побежал было на четвереньках и стал лаять по-собачьи, батько закричал на меня, покачав головою: «Эй, Фома, Фома! тебя женить пора, а ты дуреешь, как молодой лошак!» Дед был еще тогда жив и на ноги — пусть ему легко ткнется на том свете — довольно крепок. Бывало, вздумает...

Да что ж эдак рассказывать? Один выгребает из печки целый час уголь для своей трубки, другой зачем-то побежал за комору. Что, в самом деле!.. Добро бы поневоле, а то ведь сами же напросились. Слушать так слушать!

Батько еще в начале весны повез в Крым на продажу табак. Не помню только, два или три воза снарядил он. Табак был тогда в цене. С собою взял он трехгодового брата — приучать заранее чумаковать. Нас осталось: дед, мать, я, да брат, да еще брат. Дед засеял баштан на самой дороге и перешел жить в курень; взял и нас с собою гонять воробьев и сорок с баштану. Нам это было нельзя сказать чтобы худо. Бывало, наешься в день столько огурцов, дынь, репы, цибули, гороху, что в животе, ей-богу, как будто петухи кричат. Ну, оно притом же и прибыльно. Проезжие толкутся по дороге, всякому захочется полакомиться арбузом или дынею. Да из окрестных хуторов, бывало, нанесут на обмен кур, яиц, индеек. Житье было хорошее.

Но деду более всего любо было то, что чумаков каждый день возов пятьдесят проедет. Народ, знаете, бывалый: пойдет рассказывать — только уши развешивай! А деду это все равно что голодному галушки. Иной раз, бывало, случится встреча с старыми знакомыми, — деда всякий уже знал, — можете посудить сами, что бывает, когда соберется старье: тара, тара, тогда-то да тогда-то, такое-то да такое-то было... ну, и разольются! вспомянут бог знает когдашнее.

Раз, — ну вот, право, как будто теперь случилось, — солнце стало уже садиться; дед ходил по баштану и снимал с кавунов листья, которыми прикрывал их днем, чтоб не попеклись на солнце

— Смотри, Остап! — говорю я брату, — вон чумаки едут!

— Где чумаки? — сказал дед, положивши значок на большой дыне; чтобы на случай не съели хлопцы.

По дороге тянулось точно возов шесть. Впереди шел чумак уже с сизыми усами. Не дошедши шагов — как бы вам сказать -- на десять, он остановился.

— Здорово, Максим! Вот привел бог где увидеться!

Дед прищурил глаза:

— А! здорово, здорово! откуда бог несет? И Болячка здесь? здорово, здорово, брат! Что за дьявол! да тут все: и Крутотрыщенко! и Печерыця и Ковелек! и Стецько! здорово! А, га, га! го, го!.. — И пошли целоваться.

Волов распрягли и пустили пастись на траву. Возы оставили на дороге; а сами сели все в кружок впереди куреня и закурили люльки. Но куда уже тут до люлек? за россказнями да за раздобарами вряд ли и по одной досталось. После полдника стал дед потчевать гостей дынями. Вот каждый, взявши по дыне, обчистил ее чистенько ножиком (калачи все были тертые, мыкали немало, знали уже, как едят в свете; пожалуй, и за панский стол хоть сейчас готовы сесть), обчистивши хорошенько, проткнул каждый пальцем дырочку, выпил из нее кисель, стал резать по кусочкам и класть в рот.

— Что же вы, хлопцы, — сказал дед, — рты свои разинули? танцуйте, собачьи дети! Где, Остап, твоя сопилка? А ну-ка козачка! Фома, берись в боки! ну! вот так! гей, гоп!

Я был тогда малый подвижной. Старость проклятая! теперь уже не пойду так; вместо всех выкрутасов ноги только спотыкаются. Долго глядел дед на нас, сидя с чумаками. Я замечаю, что у него ноги не постоят на месте: так, как будто их что-нибудь дергает.

— Смотри, Фома, — сказал Остап, — если старый хрен не пойдет танцевать!

Что ж вы думаете? не успел он сказать — не вытерпел старичина! захотелось, знаете, прихвастнуть пред чумаками.

— Вишь, чертовы дети! разве так танцуют? Вот как танцуют! — сказал он, поднявшись на ноги, протянув руки и ударив каблуками.

Ну, нечего сказать, танцевать-то он танцевал так, хоть бы и с гетьманшею. Мы посторонились, и пошел хрен вывертывать ногами по всему гладкому месту, которое было возле грядки с огурцами. Только что дошел, однако ж до половины и хотел разгуляться и выметнуть ногами на вихорь какую-то свою штуку, — не подымаются ноги, да и только! Что за пропасть! Разогнался снова, дошел до середины — не берет! что хочь делай: не берет, да и не берет! ноги как деревянные стали! «Вишь, дьявольское место! вишь, сатанинское наваждение! впутается же ирод, враг рода человеческого!»

Ну, как наделать страму перед чумаками? Пустился снова и начал чесать дробно, мелко, любо глядеть; до середины — нет! не вытанцывается, да и полно!

— А, шельмовский сатана! чтоб ты подавился гнилою дынею! чтоб еще маленьким издохнул, собачий сын! вот на старость наделал стыда какого!..

И в самом деле сзади кто-то засмеялся. Оглянулся: ни баштану, ни чумаков, ничего; назади, впереди, по сторонам — гладкое поле.

— Э! ссс... вот тебе на!

Начал прищуривать глаза — место, кажись, не совсем незнакомое: сбоку лес, из-за леса торчал какой-то шест и виделся прочь далеко в небе. Что за пропасть! да это голубятня, что у попа в огороде! С другой стороны тоже что-то сереет; вгляделся: гумно волостного писаря. Вот куда затащила нечистая сила! Поколесивши кругом, наткнулся он на дорожку. Месяца не было; белое пятно мелькало вместо него сквозь тучу. «Быть завтра большому ветру!» — подумал дед. Глядь, в стороне от дорожки на могилке вспыхнула свечка.

— Вишь! — стал дед и руками подперся в бока, и глядит: свечка потухла; вдали и немного подалее загорелась другая. — Клад! — закричал дед. — Я ставлю бог знает что, если не клад! — и уже поплевал было в руки, чтобы копать, да спохватился, что нет при нем ни заступа, ни лопаты. — Эх, жаль! ну, кто знает, может быть, стоит только поднять дерн, а он тут и лежит, голубчик! Нечего делать, назначить, по крайней мере, место, чтобы не позабыть после!

Вот, перетянувши сломленную, видно вихрем, порядочную ветку дерева, навалил он ее на ту могилку, где горела свечка, и пошел по дорожке. Молодой дубовый лес стал редеть; мелькнул плетень. «Ну, так! не говорил ли я, — подумал дед, — что это попова левада? Вот и плетень его! теперь и версты нет до баштана».

Поздненько, однако ж, пришел он домой и галушек не захотел есть. Разбудивши брата Остапа, спросил только, давно ли уехали чумаки, и завернулся в тулуп. И когда тот начал было спрашивать:

— А куда тебя, дед, черти дели сегодня?

— Не спрашивай, — сказал он, завертываясь еще крепче, — не спрашивай, Остап; не то поседеешь! — И захрапел так, что воробьи, которые забрались было на баштан, поподымались с перепугу на воздух. Но где уж там ему спалось! Нечего сказать, хитрая была бестия, дай боже ему царствие небесное! — умел отделаться всегда. Иной раз такую запоет песню, что губы станешь кусать.

На другой день, чуть только стало смеркаться в поле, дед надел свитку, подпоясался, взял под мышку заступ и лопату, надел на голову шапку, выпил кухоль сировцу, утер губы полою и пошел прямо к попову огороду. Вот минул и плетень, и низенький дубовый лес. Промеж деревьев вьется дорожка и выходит в поле. Кажись, та самая. Вышел и на поле — место точь-в-точь вчерашнее: вон и голубятня торчит; но гумна не видно. «Нет, это не то место. То, стало быть, подалее; нужно, видно, поворотить к гумну!» Поворотил назад, стал идти другою дорогою — гумно видно, а голубятни нет! Опять поворотил поближе к голубятне — гумно спряталось. В поле, как нарочно, стал накрапывать дождик. Побежал снова к гумну — голубятня пропала; к голубятне — гумно пропало.

— А чтоб ты, проклятый сатана, не дождал детей своих видеть!

А дождь пустился, как будто из ведра.

Вот, скинувши новые сапоги и обернувши в хустку, чтобы не покоробились от дождя, задал он такого бегуна, как будто панский иноходец. Влез в курень, промокши насквозь, накрылся тулупом и принялся ворчать что-то сквозь зубы и приголубливать черта такими словами, какие я еще отроду не слыхивал. Признаюсь, я бы, верно, покраснел, если бы случилось это среди дня.

На другой день проснулся, смотрю: уже дед ходит по баштану как ни в чем не бывало и прикрывает лопухом арбузы. За обедом опять старичина разговорился, стал пугать меньшего брата, что он обменяет его на кур вместо арбуза; а пообедавши, сделал сам из дерева пищик и начал на нем играть; и дал нам забавляться дыню, свернувшуюся в три погибели, словно змею, которую называл он турецкою. Теперь таких дынь я нигде и не видывал. Правда семена ему что-то издалека достались.

Ввечеру, уже повечерявши, дед пошел с заступом прокопать новую грядку для поздних тыкв. Стал проходить мимо того заколдованного места, не вытерпел, чтобы не проворчать сквозь зубы: «Проклятое место!» — взошел на середину, где не вытанцывалось позавчера, и ударил в сердцах заступом. Глядь, вокруг него опять то же самое поле: с одной стороны торчит голубятня, а с другой гумно. «Ну, хорошо, что догадался взять с собою заступ. Вон и дорожка! вон и могилка стоит! вон и ветка повалена! вон-вон горит и свечка! Как бы только не ошибиться».

Потихоньку побежал он, поднявши заступ вверх, как будто бы хотел им попотчевать кабана, затесавшегося на баштан, и остановился перед могилкою. Свечка погасла; на могиле лежал камень, заросший травою. «Этот камень нужно поднять!» — подумал дед и начал обкапывать его со всех сторон. Велик проклятый камень! вот, однако ж, упершись крепко ногами в землю, пихнул он его с могилы. «Гу!» — пошло по долине. «Туда тебе и дорога! Теперь живее пойдет дело».

Тут дед остановился, достал рожок, насыпал на кулак табаку и готовился было поднести к носу, как вдруг над головою его «чихи!» — чихнули что-то так, что покачнулись деревья и деду забрызгало все лицо.

— Отворотился хоть бы в сторону, когда хочешь чихнуть! — проговорил дед, протирая глаза. Осмотрелся — никого нет. — Нет, не любит, видно, черт табаку! — продолжал он, кладя рожок в пазуху и принимаясь за заступ. — Дурень же он, а такого табаку ни деду, ни отцу его не доводилось нюхать!

Стал копать — земля мягкая, заступ так и уходит. Вот что-то звукнуло. Выкидавши землю, увидел он котел.

— А, голубчик, вот где ты! — вскрикнул дед, подсовывая под него заступ.

— А, голубчик, вот где ты! — запищал птичий нос, клюнувши котел.

Посторонился дед и выпустил заступ.

— А, голубчик, вот где ты! — заблеяла баранья голова с верхушки дерева.

— А, голубчик, вот где ты! — заревел медведь, высунувши из-за дерева свое рыло.

Дрожь проняла деда.

— Да тут страшно слово сказать! — проворчал он про себя.

— Тут страшно слово сказать! — пискнул птичий нос.

— Страшно слово сказать! — заблеяла баранья голова.

— Слово сказать! — ревнул медведь.

— Гм... — сказал дед и сам перепугался.

— Гм! — пропищал нос.

— Гм! — проблеял баран.

— Гум! — заревел медведь.

Со страхом оборотился он: боже ты мой, какая ночь! ни звезд, ни месяца; вокруг провалы; под ногами круча без дна; над головою свесилась гора и вот-вот, кажись, так и хочет оборваться на него! И чудится деду, что из-за нее мигает какая-то харя: у! у! нос — как мех в кузнице; ноздри — хоть по ведру воды влей в каждую! губы, ей-богу, как две колоды! красные очи выкатились наверх, и еще и язык высунула и дразнит!

— Черт с тобою! — сказал дед, бросив котел. — На тебе и клад твой! Экая мерзостная рожа! — и уже ударился было бежать, да огляделся и стал, увидевши, что все было по-прежнему. — Это только пугает нечистая сила!

Принялся снова за котел — нет, тяжел! Что делать? Тут же не оставить! Вот, собравши все силы, ухватился он за него руками.

— Ну, разом, разом! еще, еще! — и вытащил! — Ух! Теперь понюхать табаку!

Достал рожок; прежде, однако ж, чем стал насыпать, осмотрелся хорошенько, нет ли кого: кажись, что нет; но вот чудится ему, что пень дерева пыхтит и дуется, показываются уши, наливаются красные глаза; ноздри раздулись, нос поморщился и вот так и собирается чихнуть. «Нет, не понюхаю табаку, — подумал дед, спрятавши рожок, — опять заплюет сатана очи». Схватил скорее котел и давай бежать, сколько доставало духу; только слышит, что сзади что-то так и чешет прутьями по ногам... «Ай! ай, ай!» — покрикивал только дед, ударив во всю мочь; и как добежал до попова огорода, тогда только перевел немного дух.

«Куда это зашел дед?» — думали мы, дожидаясь часа три. Уже с хутора давно пришла мать и принесла горшок горячих галушек. Нет да и нет деда! Стали опять вечерять сами. После вечера вымыла мать горшок и искала глазами, куда бы вылить помои, потому что вокруг все были гряды; как видит, идет, прямо к ней навстречу кухва. На небе было-таки темненько. Верно, кто-нибудь из хлопцев, шаля, спрятался сзади и подталкивает ее.

— Вот кстати, сюда вылить помои! — сказала и вылила горячие помои.

— Ай! — закричало басом.

Глядь — дед. Ну, кто его знает! Ей-богу думали, что бочка лезет. Признаюсь, хоть оно и грешно немного, а, право, смешно показалось, когда седая голова деда вся была окунута в помои и обвешана корками с арбузов и дыней.

— Вишь, чертова баба! — сказал дед, утирая голову полою, — как опарила! как будто свинью перед рождеством! Ну, хлопцы, будет вам теперь на бублики! Будете, собачьи дети, ходить в золотых жупанах! Посмотрите-ка, посмотрите сюда, что я вам принес! — сказал дед и открыл котел.

Что ж бы, вы думали, такое там было? ну, по малой мере, подумавши, хорошенько, а? золото? Вот то-то, что не золото: сор, дрязг... стыдно сказать, что такое. Плюнул дед, кинул котел и руки после того вымыл.

И с той поры заклял дед и нас верить когда-либо черту.

— И не думайте! — говорил он часто нам, — все, что ни скажет враг господа Христа, все солжет, собачий сын! У него правды и на копейку нет!

И, бывало, чуть только услышит старик, что в ином месте неспокойно:

— А ну-те, ребята, давайте крестить! — закричит к нам. — Так его! так его! хорошенько! — и начнет класть кресты. А то проклятое место, где не вытанцывалось, загородил плетнем, велел кидать все, что ни есть непотребного, весь бурьян и сор, который выгребал из баштана.

Так вот как морочит нечистая сила человека! Я знаю хорошо эту землю: после того нанимали ее у батька под баштан соседние козаки. Земля славная! и урожай всегда бывал на диво; но на заколдованном месте никогда не было ничего доброго. Засеют как следует, а взойдет такое, что и разобрать нельзя: арбуз не арбуз, тыква не тыква, огурец не огурец... черт знает что такое!

Also available from JiaHu Books:

Chekhov – Short Stories to 1880

English - 9781784351373

Russian - 9781784351212

Dual - 9781784351380

Chekhov – Short Stories of 1881

English - 9781784351489

Лучшие русские рассказы — 9781784351229

Дядя Ваня — А. П. Чехов — 9781784350000

Три сестры — А. П. Чехов — 9781784350017

Вишнёвый сад — А. П. Чехов - 9781909669819

Чайка — А. П. Чехов — 9781909669642

Дуэль — А. П. Чехов — 9781784350024

Иванов — А. П. Чехов — 9781784350093

Шутки - А. П. Чехов — 9781784350109

Остров Сахалин - А. П. Чехов — 9781784351120

Русланъ и Людмила — А. С. Пушкин - 9781909669000

Евгеній Онѣгинъ — А. С. Пушкин — 9781909669017

Пиковая дама, Медный всадник, Цыганы — А. С. Пушкин — 9781784350116

Капитанская дочка — А. С. Пушкин — 9781784350260

Борис Годунов — А. С. Пушкин — 9781784350291

Стихотворения: 1813-1820 — А. С. Пушкин — 9781784350864

Анна Каренина — Л. Н. Толстой — 9781909669154

Детство — Л. Н. Толстой — 9781784350949

Отрочество — Л. Н. Толстой — 9781784350956

Юность — Л. Н. Толстой — 9781784350963

Смерть Ивана Ильича — Л. Н. Толстой — 9781784350970

Крейцерова соната — Л. Н. Толстой — 9781784350987

Так что же нам делать? — Л. Н. Толстой — 9781784350994

Хаджи-Мурат — Л. Н. Толстой — 9781784351007

Царство божие внутри вас... — Л. Н. Толстой — 9781784351113

Записки из подполья — Ф. Достоевский — 9781784350472

Бедные люди — Ф. Достоевский — 9781784350895

Повести и рассказы — Ф. Достоевский — 9781784350901

Двойник — Ф. Достоевский — 9781784350932

Рудин — И. С. Тургенев — 9781784350222

Записки охотника - И. С. Тургенев — 9781784350390

Нахлебник - И. С. Тургенев — 9781784350246

Отцы и дети — И. С. Тургенев - 978178435123

Ася — И. С. Тургенев — 9781784350079

Первая любовь — И. С. Тургенев — 9781784350086

Вешние воды — И. С. Тургенев — 9781784350253

Накануне — И. С. Тургенев — 9781784350512

Мать — Максим Горький — 9781909669628

Конармия — Исаак Бабель — 9781784350062

Одесские рассказы — Исаак Бабель - 9781784351748

Человек-амфибия — А. Беляев - 9781784350369

Рассказ о семи повешенных и другие повести — Л. Н. Андреев —
9781909669659

Жизнь Василия Фивейского — Л. Н. Андреев — 9781784351182

Леди Макбет Мценского уезда и Запечатленный ангел - Н. С.
Лесков - 9781909669666

Очарованный странник — Н. С. Лесков — 9781909669727

Некуда — Н. С. Лесков -9781909669673

Мы - Евгений Замятин- 9781909669758

Санин — М. П. Арцыбашев — 9781909669949

Двенадцать стульев — Ильф и Петров - 9781784350239

Золотой теленок — Ильф и Петров - 9781784350468

Мастер и Маргарита — М.А. Булгаков - 9781909669895

Собачье сердце — М.А. Булгаков — 9781909669536

Записки юного врача — М.А. Булгаков — 9781909669680

Роковые яйца — М.А. Булгаков — 9781909669840

Горе от ума — А. С. Грибоедов - 9781784350376

Рассказы для детей - Д. Хармс - 9781784350529

Евгений Онегин (Либретто) — 9781909669741

Пиковая Дама (Либретто) — 9781909669918

Борис Годунов (Либретто) — 9781909669376

Руслан и Людмила (Либретто) — 9781784350666

Жизнь за царя (Либретто) - 9781784351250